Le château des passions

Chère lectrice,

« A cœur vaillant, rien d'impossible », affirme-t-on. Une certitude partagée par vos six héroïnes de ce mois qui, toutes, vont relever par amour d'incroyables défis... Ainsi, en 871, époque des invasions vikings, Gemma, une jeune orfèvre chargée de restaurer *Le sceptre d'or* magique des rois de Wessex, met sa vie en péril en recueillant chez elle un inconnu blessé, ennemi des Vikings, qu'elle fait passer pour son mari... Plus tard, en 1229, Seona *La fiancée écossaise* est prête à soulever des montagnes pour épouser l'homme que son cœur a choisi. Peu lui importe le scandale ; elle ne laissera personne s'opposer à son bonheur — pas même le roi... Découvrez vite cette deuxième partie de *Noces celtiques*, la saga médiévale de Margaret Moore. Toujours au Moyen Age, mais cette fois à la Cour d'Aliénor d'Aquitaine, lady Ivy doit relever un défi d'un tout autre ordre : apprendre les règles de l'amour courtois à un fougueux chevalier qui séduit toutes les dames de la Cour. Une mission d'autant plus délicate que *Le chevalier de la reine* lui inspire à elle aussi d'inavouables tentations. Trois siècles plus tard, en 1473, lady Nicola livre également bataille... au sens propre ! Habile au maniement de l'épée, elle brave les convenances en portant le pourpoint et se jure de ne jamais succomber aux affres de la passion. Mais c'est compter sans *Le retour de lord Melrose*... Autre époque, autre défi : en 1815, Alexandra cache sous sa robe de mariée, non pas une jarretière, mais... un pistolet. Que compte-t-elle en faire ? Vous le saurez en assistant aux *Noces du scandale*. Toujours sous la Régence anglaise, lady Miranda, seule dans son lit, se pose cette épineuse question : comment transformer un mariage de convenance en un mariage d'amour ? Et l'idée qui lui vient alors va bouleverser sa vie...

Enfin, le 1er novembre, ne manquez pas, dans la collection Best Sellers, *Le secret du Nil*, de Shannon Drake.

Bonne lecture et rendez-vous en décembre,

La responsable de collection

CHRISTINE MERRILL

Le château des passions

LES HISTORIQUES

éditions Harlequin

Cet ouvrage a été publié en langue anglaise
sous le titre :
THE INCONVENIENT DUCHESS

Traduction française de
MARIE-JOSÉ LAMORLETTE

Illustration de couverture :
© VITTORIO DANGELICO / THOMAS SCHLUCK

83-85, boulevard Vincent-Auriol, 75013 PARIS — Tél. : 01 42 16 63 63
Service Lectrices — Tél. : 01 45 82 47 47
ISBN 978-2-2808-3518-3 — ISSN 1159-5981

À cette époque...

Compromise et mariée dans la même journée, l'héroïne de ce roman Régence déplore de n'avoir pas le temps d'honorer la tradition voulant que, pour donner à son mariage les meilleures chances de réussite, une jeune épousée doit porter sur elle quatre éléments répondant à des caractéristiques précises :

- Un de ces éléments doit être ancien (un bijou de famille le plus souvent).
- Un autre doit être neuf.
- Un autre doit être emprunté.
- Un autre doit être bleu.

Cette tradition est née dans l'Angleterre de la fin du 19ème siècle: *Something old, something new, something borrowed, something blue.*

Et sa signification est la suivante :

- L'élément « vieux » : il caractérise le lien familial de la mariée et sa vie jusqu'au mariage. Pour cela, c'est souvent un bijou de famille ancien qui est choisi par la mariée.
- L'élément « neuf » : il caractérise la réussite et le succès pour la vie à venir. C'est souvent la robe de noces, choisie par la mariée elle-même.
- L'élément « emprunté » : il caractérise la chance et le bonheur pour le couple de futurs mariés. Il s'agit souvent d'un accessoire ayant déjà été porté, le jour de son mariage, par une mariée heureuse et comblée.
- L'élément « bleu » : il caractérise la fidélité et la pureté dans le couple. C'est souvent un accessoire discret (un mouchoir, par exemple) qui est choisi par la mariée.

1.

— Bien sûr, vous savez que je me meurs.

Sa mère sortit des doigts minces de sous ses draps et tapota la main qu'il lui tendait.

Marcus Radwell, quatrième duc d'Haughleigh, garda un visage impassible et chercha une réponse adéquate.

— Non, déclara-t-il d'un ton neutre. Nous aurons sans doute cette même conversation à Noël, quand vous vous serez remise de votre maladie actuelle.

— Il n'y a que vous pour user d'obstination afin de me réconforter sur mon lit de mort.

« Et il n'y a que vous pour mettre la mort en scène comme dans le Théâtre de Drury Lane », pensa Marcus.

Il ne prononça pas ces mots, s'efforçant de respecter la bienséance, mais jeta un regard noir au décor soigneusement arrangé.

Sa mère avait choisi des tentures bourgogne et une lumière tamisée pour accentuer la pâleur de son teint. Le parfum entêtant des lis posés sur la commode conférait à l'air ambiant une lourdeur de funérailles.

— Non, mon fils, nous n'aurons plus cette conversation. Les choses que j'ai à vous dire seront dites aujourd'hui. Je n'aurai pas la force de les répéter, et je ne serai certainement plus là à Noël pour vous extorquer une autre promesse.

Elle désigna le verre d'eau qui se trouvait sur sa table de chevet. Marcus l'emplit, le lui tendit et la soutint pendant qu'elle buvait.

Pas la force ? Pourtant, sa voix semblait assez ferme. Cette dernière maladie fatale n'était probablement pas plus réelle que celle qui l'avait précédée. Ou que celle d'avant. Il l'étudia fixement, en quête de quelque indication de la vérité. Sa chevelure formait toujours un nuage d'un blond délicat sur l'oreiller, mais son visage était gris sous son teint de porcelaine qui lui donnait un faux air de fragilité.

— Si vous êtes trop faible… Peut-être plus tard…

— Peut-être que plus tard je serai trop faible pour parler, et que vous n'aurez plus à m'entendre. Un bon essai, mais je m'attendais à mieux.

— Et je m'attendais également à mieux de votre part, mère. Je crois que j'avais clairement établi, lors de ma dernière visite à votre *lit de mort* — il mit dans ces mots l'ironie qu'il ne pouvait plus contenir —, que j'étais las de jouer le sot dans ces petits mélodrames que vous vous plaisez à jouer. Si vous voulez quelque chose de moi, vous auriez au moins pu me faire la courtoisie de l'exprimer clairement dans une lettre.

— Pour que vous puissiez repousser mon offre par courrier, et vous épargner une visite à la maison ?

— A la maison ? De quoi parlez-vous ? Vous êtes ici chez vous, pas moi.

Le rire de la duchesse fut un rire sans joie et s'acheva dans une toux rauque. D'anciens instincts poussèrent Marcus à se porter vers sa mère, avant qu'il se ressaisisse et laisse retomber sa main. La quinte de toux s'éteignit brusquement, comme si ce manque de sympathie conduisait la douairière à repenser sa stratégie.

— Cette maison est la vôtre, *Votre Grâce,* que vous choisissiez ou non d'y habiter, dit-elle.

Ainsi, si les craintes pour sa santé n'émouvaient pas assez Marcus, elle comptait jouer sur sa culpabilité concernant le domaine qu'il avait négligé ?

Il haussa les épaules.

Elle désigna d'une main tremblante la table de chevet, et il reprit la carafe pour remplir son verre.

— Non. Le coffret à côté.

Marcus lui donna la boîte incrustée. Elle tritura la serrure, l'ouvrit et sortit un paquet de lettres qu'elle tapota.

— Comme le temps se fait bref, je me suis astreinte à réparer mes erreurs passées. A redresser les torts que j'ai pu causer. Pour me mettre en paix.

« Pour se mettre en règle avec le Seigneur avant son inévitable jugement », se dit Marcus en crispant les mâchoires.

— Et, récemment, j'ai reçu une lettre d'une amie de jeunesse. Une ancienne compagne d'école qui a été mal traitée.

Il devinait par qui.

Si sa mère projetait de réparer chronologiquement tous les dommages qu'elle avait provoqués, elle avait intérêt à faire vite. Même si elle vivait encore vingt ans, comme il le pensait, il y avait assez de mauvaises actions dans son passé pour remplir le temps qui lui restait.

— Il y a eu des problèmes d'argent, comme cela arrive souvent. Son père est mort sans un sou. Elle a été contrainte de rentrer chez elle et a dû se frayer son propre chemin dans le monde. Ces douze dernières années, elle a été la dame de compagnie d'une jeune fille.

— Non.

La voix de Marcus résonna dans la chambre de la malade.

— Vous dites non alors que je ne vous ai encore rien demandé.

— Mais vous allez certainement le faire. La jeune fille va s'avérer en âge d'être mariée, et originaire d'une bonne famille. La conversation va porter sur ma succession. La question est inévitable et ma réponse est non.

— Je pensais vous voir installé avant de mourir.

— Cela vous arrivera peut-être. Je suis sûr que nous avons amplement le temps.

La douairière continua comme si son fils ne l'avait pas interrompue.

— Je vous ai permis d'attendre, en pensant que vous feriez un choix au moment qui vous conviendrait. Mais je n'ai plus le temps. Plus le temps de vous laisser régler les choses par vous-même. Et certainement plus le temps de vous voir absorbé par le chagrin pour des pertes et des erreurs qui remontent à dix ans.

Marcus réprima la réplique qui lui venait sur la langue. Elle avait au moins raison sur ce point. Il n'avait pas besoin de rouvrir cette vieille querelle.

— Vous avez raison, reprit sa mère. Cette jeune fille est en âge de se marier, mais ses perspectives sont maigres. Elle est pour ainsi dire orpheline. Les terres de la famille ont été hypothéquées et vendues. Elle a peu d'espoir de trouver un prétendant, et lady Cecily ne lui voit que peu de chances. Elle craint que sa pupille ne soit destinée à une vie de servitude et ne souhaite pas qu'elle mène la même existence qu'elle. Elle s'est adressée à moi, en espérant que je pourrais l'aider…

— Et vous m'avez offert en sacrifice pour expier les fautes que vous avez commises il y a quarante ans.

— Je lui ai offert de l'espoir. Pourquoi ne le ferais-je pas ? J'ai un fils qui a trente-cinq ans et qui est sans projets d'avenir. Un fils qui ne montre aucun signe de vouloir remédier à cette situation, bien que sa femme et son héritier soient dans la tombe depuis dix ans. Un fils qui se perd avec des catins alors qu'il devrait s'occuper du domaine et assurer sa succession. Je sais combien la vie passe vite. Si vous mourez, le titre ira à votre frère. L'avez-vous considéré, ou vous croyez-vous immortel ?

Marcus s'obligea à sourire.

— Pourquoi cela vous importe-t-il maintenant ? Si St. John héritait du titre, cela vous plairait plus que tout. Vous n'avez jamais cherché à cacher qu'il est votre favori.

Sa mère lui rendit son sourire, avec une égale froideur.

— Je suis une vieille femme sentimentale, mais pas aussi sotte que cela. Je ne mentirai pas en vous qualifiant de favori. Mais je ne prétendrai pas non plus que St. John a le talent ou le tempérament nécessaires pour gérer ce domaine. Je peux être sûre qu'une fois que vous serez installé ici, vous ne perdrez pas la couronne ducale de votre père aux cartes. Votre négligence envers vos devoirs est bénigne, et peut être aisément rectifiée. Mais pouvez-vous imaginer les terres après un an passé aux soins de votre frère ?

Marcus ferma les yeux et sentit un frisson glacé lui parcourir le sang.

Il ne voulait pas imaginer son frère en duc, pas plus qu'il ne voulait s'imaginer enchaîné à une épouse et à une famille et enterré dans cette maison aussi sinistre qu'une tombe. Il y avait assez de fantômes ici, et maintenant sa mère menaçait de s'ajouter à la liste des lugubres esprits qu'il cherchait à éviter.

Elle prit une inspiration tremblante et toussa.

Il lui offrit une autre gorgée d'eau et elle s'éclaircit la gorge avant de se remettre à parler.

— Je ne vous ai pas offert en sacrifice, quelque plaisir que vous preniez à jouer les martyrs. J'ai suggéré que mon amie nous rende visite avec la jeune fille. C'est tout. De vous, j'attends une promesse. Une petite faveur, pas une capitulation totale. Je vous demanderais de ne pas la repousser avant de l'avoir rencontrée. Ce ne sera pas un mariage d'amour, mais je me fie à vous pour comprendre, maintenant, que l'amour ne garantit pas une union longue ni heureuse. Si elle n'est pas difforme ou peu favorisée par la nature, ou si stupide que cela rend sa compagnie insupportable, je compte que vous songiez sérieusement à une offre. L'esprit et la beauté peuvent se faner, mais si elle a du bon sens et une bonne santé, ce seront des qualités suffisantes pour faire une bonne épouse. Vous n'avez pas, jusqu'ici, épousé quelque catin du continent ?

Marcus la fusilla du regard et secoua la tête.

— Ou développé un penchant tragique pour la femme d'un ami ?

— Juste ciel, mère.

— Et vous ne courtisez pas en secret une délicate rose anglaise ? Ce serait trop espérer. Alors cela ne vous laisse aucune excuse logique pour éviter une rencontre. Hormis un cœur brisé et une nature aigrie, que vous pourrez vous remettre à entretenir une fois qu'un héritier sera né et la succession assurée.

— Vous suggérez sérieusement que j'épouse une jeune fille que vous avez invitée, sur la base de votre correspondance avec une vieille connaissance ?

La douairière se débattit pour se redresser, ses yeux luisant comme des tisons dans son visage cendreux.

— Si j'avais eu plus de temps, et si vous n'étiez pas si sottement obstiné, je vous aurais promené dans Londres et forcé à faire un choix parmi les débutantes de la saison il y a bien longtemps. Mais le temps qui me reste est court, et je suis contrainte de m'arranger avec ce qui peut être trouvé rapidement et conclu sans effort. Si elle a des hanches larges et une nature aimable, surmontez vos réserves, mariez-vous et engrossez-la.

Elle toussa de nouveau. Cette fois, cependant, ce ne fut pas le son délicat auquel Marcus était habitué, mais le raclement de poumons qui pouvaient à peine respirer. Et cela continua jusqu'à ce que son corps entier en fût secoué.

Une femme de chambre se précipita dans la pièce, alertée par le bruit, et se pencha sur le lit, soutenant le dos de la duchesse et tenant une bassine devant elle. Après avoir toussé encore, la malade cracha et s'affala sur ses oreillers, épuisée. La servante s'esquiva avec la bassine, mais une petite tache de sang demeura sur les lèvres de la mère de Marcus.

— Mère.

La voix du duc était mal affermie et sa main trembla quand il porta un mouchoir à la bouche de sa mère.

La main de la duchesse se crispa sur la sienne, mais avec peu de forces. Il put sentir ses os sous sa peau translucide.

Quand elle parla, sa voix n'était plus qu'un murmure rauque. L'éclat de ses yeux s'était évanoui pour laisser la place à une expression suppliante et terrifiée que Marcus ne lui avait jamais vue.

— Je vous en prie. Avant qu'il soit trop tard. Rencontrez cette jeune fille. Laissez-moi mourir en paix.

Elle eut un sourire qui était plus une grimace, et il se demanda si elle souffrait. Elle s'était toujours efforcée de garder un contrôle si rigide. D'elle-même. De lui. De tout.

Il devait l'embarrasser d'avoir à plier maintenant. Et, pour la première fois, il remarqua combien elle était petite, allongée là, et il sentit l'odeur de décrépitude masquée par le parfum des lis.

C'était donc vrai. Cette fois, elle était vraiment mourante.

Il soupira.

Quel mal cela pouvait-il faire d'offrir une promesse maintenant, quand sa mère serait partie bien avant qu'il ne fût tenu de la remplir ?

Il répondit avec raideur, lui donnant plus de motifs d'espérer qu'il ne l'avait fait depuis des années :

— Je considérerai cette affaire.

2.

La porte d'entrée était en chêne, et quand elle lâcha le lourd heurtoir en bronze, Miranda Grey fut surprise que le bruit soit à peine plus fort que le martèlement de la pluie sur les dalles autour d'elle. Ce serait un miracle si quelqu'un l'entendait frapper par-dessus le vacarme de cet orage de fin d'été.

Quand la porte finit par s'ouvrir, le majordome hésita, comme si un moment d'attente supplémentaire sous la pluie pouvait nettoyer le perron de la visiteuse et lui épargner la peine de s'occuper d'elle.

La jeune fille n'osait pas imaginer ce qu'il devait voir. Ses cheveux étaient à moitié défaits et dégoulinaient d'eau. Son châle collait à son corps, trempé par la pluie. Sa robe de voyage moulait sa silhouette et ses jupes maculées de boue s'amassaient entre ses jambes quand elle essayait de bouger.

Elle offrit une action de grâce silencieuse pour avoir décidé de ne pas porter des ballerines ou sa nouvelle paire de chaussures. Les lourdes bottes qu'elle avait choisies étaient terriblement inappropriées pour une dame, mais toute autre paire de souliers se serait désintégrée pendant sa marche jusqu'à la maison. Ses poignets, qui sortaient des manches de sa robe avant de disparaître dans ses gants fanés, étaient bleus de froid.

Au bout d'une éternité, le majordome ouvrit la bouche, probablement pour la renvoyer. Ou au moins pour la diriger vers l'entrée de derrière.

Elle carra les épaules et entendit dans sa tête les mots que Cici lui avait répétés.

« Ce n'est pas ce que vous paraissez qui compte. C'est ce que vous êtes. En dépit des circonstances, vous êtes une dame. Vous êtes née pour être une dame. Si vous vous en souvenez, les gens vous traiteront en conséquence. »

Appréciant sa haute taille, pour une fois, elle abaissa les yeux vers le visage du domestique et déclara d'un ton aussi froid que la pluie glacée qui pénétrait dans ses bottes :

— Lady Miranda Grey. Je pense que je suis attendue.

Le majordome s'écarta et marmonna quelque chose à propos d'une bibliothèque. Puis, sans attendre de réponse, il se sauva dans le vestibule, la laissant avec sa valise sur le pas de la porte.

Miranda souleva son bagage pour lui faire franchir le seuil, pénétra à l'intérieur et referma la porte derrière elle. Elle jeta un coup d'œil à la valise qui se trouvait au milieu d'une flaque d'eau sur le sol en marbre. Elle pouvait rester là et pourrir. Elle était sûre que ce n'était pas à elle de le transporter. Les ampoules qui se formaient sous les cals de ses paumes suffirent à la convaincre qu'elle l'avait suffisamment portée pour une nuit. Elle l'abandonna et s'empressa de suivre le majordome.

Il la conduisit dans une grande pièce emplie de livres et marmonna quelque chose. Miranda se pencha vers lui, mais fut incapable de saisir ses mots. Il n'était pas plus facile à comprendre dans le profond silence de la maison qu'il l'avait été quand il lui avait ouvert la porte. Puis il s'esquiva de nouveau dans le vestibule. En quête de la duchesse douairière, espéra la jeune fille. Elle détecta sur ses traces une légère odeur de cognac.

Quand il fut parti, elle examina en détail le décor qui l'entourait, essayant d'ignorer l'eau qui coulait de ses vêtements sur le beau tapis. La maison était grandiose, il n'y avait pas à discuter là-dessus. Les plafonds étaient hauts. Le parc qui s'étendait devant elle était immense, comme elle l'avait découvert avec frustration pendant qu'elle le traversait en titubant sous la pluie battante. Le vestibule qui menait à la bibliothèque était long, large et en marbre, interrompu par des portes qui laissaient supposer quantité de pièces aussi grandes.

Mais…

Elle soupira. Il devait y avoir un mais. Une maison avec un pair, mais sans problème pour l'accompagner, sans défaut caché, ne lui aurait pas ouvert ses portes.

Elle s'approcha des étagères et s'efforça de lire quelques titres. Les livres ne semblaient pas être des ouvrages courants — non pas qu'elle ait quelque idée de la mode en littérature. Leur dos n'était pas usé. Ils étaient couverts de poussière et présentaient même des toiles d'araignées par-ci par-là. Le duc ne devait pas être un homme féru de savoir.

Elle se réjouit. Le savoir n'était certainement pas une condition à remplir. Un homme instruit pourrait être trop intelligent et elle se retrouverait dehors sous la pluie. Peut-être avait-il plus d'argent que d'esprit.

Elle s'avança vers la cheminée et examina les briques de l'âtre. Là, c'était un domaine qu'elle connaissait bien. Le message était plus clair que celui donné par les livres. Il y avait de la suie qui aurait dû être enlevée depuis longtemps.

Elle aperçut également des taches sur les murs, signe que la pièce attendait depuis belle lurette un bon nettoyage. Elle secoua le lourd velours des draperies qui cachaient la fenêtre, éternua sous la poussière et chassa de la main le vol des mites qu'elle avait dérangées.

Ainsi, le duc n'était pas un homme de savoir et la douairière ne tenait pas les domestiques en main. Le majordome était ivre et les servantes ne perdaient pas leur temps à nettoyer la pièce destinée à recevoir les visiteurs. Les doigts de Miranda la démangeaient de redresser des coussins, de battre la poussière des tentures en velours et de trouver une brosse pour récurer les briques. Est-ce que ces gens ne mesuraient pas ce qu'ils avaient ? combien ils étaient chanceux ? et comme ils se montraient négligents avec leur bonne fortune ?

Si elle était la maîtresse de cette maison…

Elle s'interrompit pour se reprendre. Quand elle serait la maîtresse de cette maison. C'était ainsi que Cici voudrait qu'elle pense. Quand, pas si. Son père adorait les mythes et lui avait souvent raconté des histoires de guerriers spartiates. Quand ils partaient à la guerre, leur mère leur disait de revenir avec leur bouclier ou allongés dessus. Et sa famille attendait la même chose d'elle. L'échec n'était pas envisageable. Elle ne pouvait les décevoir.

Fort bien, décida-t-elle. Quand elle serait maîtresse de cette maison, les choses seraient différentes. Elle ne pouvait offrir des richesses à Sa Grâce. Mais, en dépit de la saleté, la maison et les meubles prouvaient qu'il n'avait pas besoin d'argent. Elle n'était pas d'une grande beauté, mais qui la verrait ici, si loin de Londres ? Elle manquait des raffinements et des charmes d'une dame habituée à la société, mais elle n'avait vu nulle évidence que le duc aimait à recevoir. Elle avait peu de connaissances, mais la poussière de sa bibliothèque démontrait que ce n'était pas la première préoccupation du duc.

Ce qu'elle pouvait offrir, c'était les qualités dont il avait visiblement besoin. La tenue de la maison. Un dos solide. La volonté de travailler dur. Elle pourrait lui rendre la vie plus confortable.

Et elle pourrait lui donner un héritier.

Elle écarta vivement cette pensée de son esprit. Cela ferait partie de ses devoirs, bien sûr. Et, en dépit des explications fort détaillées de Cici sur ce en quoi ce devoir consistait, elle n'avait pas peur. Ou en tout cas, pas trop. Cici lui en avait dit assez sur Sa Grâce, le duc d'Haughleigh, pour l'encourager sur ce point. Il était veuf depuis dix ans, aussi ne serait-il peut-être pas trop exigeant. Si ses besoins étaient grands, il avait sûrement trouvé un moyen de les satisfaire en dehors du mariage. Et s'ils n'étaient pas grands, elle n'avait pas de raison de le craindre.

Elle l'avait imaginé attendant son arrivée, pendant le long trajet en diligence depuis Londres. Il était plus âgé qu'elle, et plus mince. Pas frêle, mais avec une stature légère. Des cheveux grisonnants. Elle avait ajouté des lorgnons, parce qu'ils rendaient ceux qui les portaient moins intimidants. Et un sourire aimable. Un peu triste, peut-être, puisqu'il avait attendu si longtemps après la mort de sa femme pour en chercher une autre.

Mais il n'en cherchait pas, se rappela-t-elle. C'était Cici qui avait fait toutes les démarches, et cette introduction avait été arrangée avec la mère du duc. Elle ajouta la timidité à la liste de ses attributs. C'était un gentilhomme de la campagne se retirant de la société, et non le terrifiant débauché ou le séducteur de haut vol contre lequel Cici avait été fort bien placée pour la prévenir. Elle serait polie. Il serait réceptif. Ils s'entendraient bien.

Et quand, pour finir, les détails de sa situation devraient être expliqués, il se serait déjà tant attaché à elle qu'il les accepterait sans problème.

Sans prévenir, la porte s'ouvrit derrière elle et elle pivota pour lui faire face. Son cœur s'emballa dans sa poitrine et elle chassa l'image qu'elle avait créée de toutes pièces. L'homme qui se trouvait devant elle n'avait rien d'un tranquille gentilhomme de la campagne. Ni d'un débauché à la beauté sombre et maussade. Il entra dans la pièce comme un rayon de soleil pénétrant par la fenêtre.

Il n'était pas si vieux, pensa-t-elle. Il avait dû se marier jeune. Et son visage ne portait nulle marque de chagrin, nulles rides dues à un deuil longtemps supporté. Il était ouvert et amical. Elle se détendit un peu et lui rendit son sourire. Il était impossible de faire autrement. Ses yeux étincelaient. Et ils étaient aussi bleus que… Elle hésita. Pas que le ciel. Le ciel en ville était gris. La mer ? Elle ne l'avait jamais vue, aussi n'était-elle pas sûre. Des fleurs, peut-être. Mais pas les modestes fleurs que l'on trouvait dans un potager. Des fleurs plantées en plein soleil, qui n'avaient d'autre usage que de procurer du plaisir à ceux qui les regardaient.

Ses cheveux étaient beaucoup plus faciles à décrire. Ils brillaient comme de l'or à la lumière du feu.

— Eh bien, eh bien, eh bien. Qui avons-nous là ?

Sa voix était grave et plaisante et sa chaleur donna envie à Miranda de se rapprocher de lui. Et quand elle le ferait, elle était sûre qu'il fleurerait le parfum d'un savon de prix. Et que son souffle serait suave. Elle frissonna presque à l'idée qu'elle serait bientôt fixée. Elle fit une révérence.

Il continua à l'observer d'un air étonné.

— Je suis désolé, ma chère. Vous me prenez de court. Pour autant que je sache, nous n'attendions personne.

Miranda fronça les sourcils.

— Ma tutrice a écrit à votre mère. Tout devait être arrangé. Bien sûr, j'ai été assez surprise de ne trouver personne à l'arrivée de la diligence, mais…

Il plissait le front, à présent, mais il eut l'air de commencer à comprendre.

— Je vois. Si ma mère a arrangé cela, voilà qui explique pourquoi vous vous attendiez…

Il fit une pause et reprit prudemment :

— Connaissiez-vous bien ma mère ?

— Moi ? Non, pas du tout. Ma tutrice et elle étaient des amies d'école. Elles s'écrivaient.

Elle fouilla dans son réticule et en tira la lettre d'introduction, humide et maintes fois manipulée, qu'elle lui tendit.

— Alors vous n'avez pas su pour sa maladie.

Il prit la lettre et la parcourut, puis haussa les sourcils en jetant un coup d'œil à Miranda. Après quoi il quitta sa belle redingote sombre, révélant le brassard noir attaché à la manche de sa chemise.

— Je crains que vous n'arriviez six semaines trop tard pour avoir un entretien avec ma mère, à moins que vous ne possédiez des pouvoirs que n'ont pas les gens de cette maison. Le bandeau de deuil vient juste d'être ôté de la porte. Je suppose que je manque de respect en disant cela, mais vous n'avez pas manqué grand-chose. Au mieux, ma mère n'était guère agréable. Allons donc…

Il tendit la main vers elle comme elle se laissait choir sur une chaise, ne prêtant plus attention à l'eau qui coulait de sa robe trempée et mouillait les coussins.

— Je pensais, puisque vous ne la connaissiez pas… Je ne m'attendais pas à ce que cela vous affecte autant. Puis-je vous offrir quelque chose ? Du cognac ? La carafe est de nouveau vide. Wilkins ! Maudit soit cet homme.

Il ouvrit la porte d'un geste brusque et cria dans le vestibule, essayant de trouver le majordome marmonnant.

— Wilkins ! Où est le cognac ?

Miranda était très abattue. Ainsi elle était arrivée transpercée par la pluie, sans escorte et sans être attendue, dans une maison en deuil, avec une lettre d'introduction douteuse ; et elle espérait se frayer un chemin dans les affections d'un pair et obtenir une demande en mariage avant qu'il lui pose trop de questions et la renvoie chez elle. Elle enfouit son visage dans ses mains, souhaitant pouvoir s'enfoncer dans le tapis et disparaître comme la pluie qui gouttait de sa robe.

— Par tous les diables, que se passe-t-il ?

Le duc avait trouvé quelqu'un, mais de toute évidence ce n'était pas le majordome.

— St. John, que signifient ces cris pour réclamer du cognac ? N'avez-vous point de honte ? Buvez tout ce qu'il y a dans la maison si vous le devez, mais ayez la décence de le faire en silence.

La voix retentit plus fortement alors qu'elle s'approchait de la porte ouverte.

— Et qui est-ce là ? Je le jure devant Dieu, St. John, si cette souris noyée vous doit son état, par la mémoire de notre mère, je vais vous jeter dehors sous la pluie, avec le cognac, la fille et le reste.

Miranda leva les yeux et découvrit un étranger qui se découpait sur le seuil. Il était tout ce que l'autre homme n'était pas. Des cheveux sombres, avec une touche de gris sur les tempes, et un visage marqué par l'amertume et une vie difficile. Une bouche qui ne souriait pas. Et ses yeux avaient le gris du ciel avant un orage. La force et le pouvoir émanaient de lui comme la chaleur du feu.

Le premier passa sous son bras et revint dans la pièce, tendant un verre de cognac. Puis il se reprit et le garda pour lui, buvant une longue gorgée avant de parler.

— Pour une fois, mon cher frère, vous ne pouvez me reprocher cet état de choses. Cette jeune fille est votre problème, pas le mien, et vient de la part de notre défunte mère.

Il agita la lettre d'introduction avant de la remettre à son frère.

— Puis-je vous présenter lady Miranda Grey, venue voir Sa Grâce le duc d'Haughleigh, déclara le jeune homme blond avec un grand sourire.

— Vous êtes le duc ?

Miranda considéra l'homme imposant qui se tenait sur le seuil et se demanda comment elle avait pu se tromper à ce point. Quand il était entré dans la pièce, son frère avait pâli, rendu insignifiant. Elle tenta de se lever pour exécuter une autre révérence, mais ses genoux flanchèrent sous elle et elle retomba sur sa chaise. L'eau qui stagnait dans ses bottes fit un bruit de succion quand elle bougea.

Il la fixa.

— Naturellement, je suis le duc. C'est chez moi que vous êtes venue. Qui vous attendiez-vous à trouver ? Le prince régent ?

Le jeune homme blond sourit de nouveau.

— Je pense qu'elle m'a pris pour vous. Je viens juste d'entrer dans la bibliothèque, pour chercher la carafe de cognac, et je l'ai trouvée qui attendait là…

— Depuis combien de temps ? coupa le duc.

— Quelques instants. Quelques instants à peine, même si j'aurais apprécié de passer plus de temps seul avec lady Miranda. Sa conversation est charmante.

— Et, durant cette agréable conversation, vous avez négligé de mentionner votre nom, et lui avez permis de prolonger sa méprise.

Marcus se détourna de son frère pour faire face à Miranda. Son regard accrocha celui de la jeune fille et le soutint un peu trop longtemps, comme s'il pouvait lire dans ses yeux le contenu de son cœur. Elle esquiva son examen, embarrassée, et désigna d'un geste impuissant la lettre d'introduction.

— J'étais attendue. Je n'avais aucune idée… pour votre mère. Je suis terriblement désolée, ajouta-t-elle après une brève hésitation.

— Pas autant que moi.

Il parcourut la lettre.

— Maudite soit cette femme. Elle m'a extorqué une promesse. Mais c'était une promesse sur son lit de mort, et j'ai prononcé ces mots en espérant que son décès m'absoudrait de toute action.

— Vous avez promis de m'épouser en espérant qu'elle mourrait ? releva Miranda en le regardant avec horreur.

— J'ai promis de vous rencontrer. Rien de plus. Si ma mère était morte cette nuit-là, comme elle semblait sur le point de le faire, qui aurait pu savoir ce que je lui avais promis ? Mais elle a pris son temps.

Il agita la lettre.

— De toute évidence, assez pour poster une invitation. Et maintenant vous êtes ici. Avec une femme de chambre, je suppose ?

— Euh… non.

Miranda batailla pour répondre. C'était ce qu'elle avait craint. Il devait penser qu'elle avait perdu tout bon sens, à voyager sans chaperon pour se rendre chez des étrangers.

— Elle est tombée malade et n'a pas pu m'accompagner.

Tandis que ce mensonge tombait de ses lèvres, elle se força à croiser le regard impassible du duc.

— Votre tutrice, sûrement…

— Malheureusement, non. Elle est également en mauvaise santé et ne peut plus voyager.

Elle poussa un soupir convaincant. Cici était aussi forte qu'un bœuf, et avait juré qu'il en faudrait une paire pour la ramener en présence de la mère du duc.

— Alors vous avez voyagé seule ? Depuis Londres ?

— Par la diligence, répondit-elle. J'ai fait le trajet à côté du cocher. C'était peu orthodoxe, mais pas inconvenant.

Et pas cher.

— Et quand vous êtes arrivée dans le Devon ?

— J'ai été surprise de ne trouver personne pour m'accueillir. J'ai demandé la direction et j'ai marché.

— Six kilomètres et demi ? Dans la campagne ? Sous la pluie battante ?

— Après Londres, j'ai apprécié l'air frais.

Elle n'avait pas besoin de mentionner les économies qu'elle avait faites en s'abstenant de louer une calèche.

— Vous n'aviez donc pas assez pris l'air, en voyageant pendant des heures sur le toit de la diligence ?

Il la contemplait comme si elle avait le cerveau fêlé.

— J'aime les orages.

C'était un nouveau mensonge, mais le mieux qu'elle pouvait faire. Le goût qu'elle aurait pu avoir pour les orages aurait certainement disparu quand la pluie avait transpercé son jupon et coulé en ruisselets glacés le long de ses jambes.

— Et aimez-vous aussi le déshonneur, pour le rechercher de cette façon ?

Miranda courba la tête, ne se sentant plus capable de le regarder dans les yeux. Cela avait été une erreur de venir ici. Sa conduite avait été excentrique, mais elle n'avait pas voulu se compromettre. En marchant jusqu'à la maison, elle avait pris tous les risques, et maintenant, si le duc la renvoyait et qu'elle devait rentrer chez elle, il n'y aurait aucun moyen de réparer les torts causés à sa réputation.

Il désigna la pièce d'un geste large.

— Vous êtes à des kilomètres de la protection de la société, en compagnie de deux débauchés notoires.

— Notoires ?

Elle les compara. Le duc avait l'air assez dangereux, mais elle avait du mal à croire que son frère pût être une menace pour son honneur.

— Dans cette région, certainement. Est-ce que quelqu'un sait que vous êtes ici ?

— J'ai demandé mon chemin à un gentilhomme respectable et à sa femme.

— Un homme de cette taille ? demanda le duc en faisant un signe de la main. Corpulent. Avec des cheveux gris. Sa femme, grande et sèche comme une trique. Avec une bouche qui lui donne un air… un peu trop respectable, ajouta-t-il avec une grimace.

Miranda haussa les épaules.

— Je suppose qu'il peut s'agir d'eux. S'il a un lorgnon et si elle louche un peu.

— Et quand vous leur avez parlé, vous leur avez donné votre vrai nom ?

Elle lui rendit son regard avec défi.

— Pourquoi ne l'aurais-je pas fait ?

Le duc se laissa tomber sur une chaise avec un grognement. Son frère lâcha un éclat de rire. Marcus le dévisagea d'un air sévère.

— Il n'y a pas de quoi rire, espèce de benêt. Si vous vous souciez un tant soit peu d'honneur, alors l'un d'entre nous est dans une situation délicate.

St. John rit de nouveau.

— Vous connaissez la réponse à la première partie de votre remarque. Cela peut vous conduire à répondre à la seconde. Je suppose que je pourrais généreusement offrir…

— Je me doute de ce que vous pouvez considérer comme une offre généreuse. Achevez votre phrase et je vous gifle.

Marcus passa ses doigts dans ses cheveux sombres. Puis il se tourna lentement vers Miranda.

— Miss… quel que soit votre nom…

Il consulta la lettre, la relut et reprit :

— Lady Miranda Grey. Votre arrivée ici a été quelque peu… inhabituelle. A Londres, elle aurait pu passer inaperçue. Mais Marshmore est petit et l'arrivée d'une jeune dame en diligence, seule, est une raison suffisante pour susciter des ragots. Dans le village, vous avez parlé au révérend Winslow et à sa femme, qui ont un penchant fort peu chrétien pour les rumeurs et peu d'affection pour notre famille. Quand vous avez demandé la direction de cette maison, sans chaperon, vous avez consolidé l'opinion qu'ils peuvent avoir de vous.

— Je ne comprends pas.

St. John eut un sourire sarcastique.

— Il ne fait nul doute qu'il est bien connu en ville, à

présent, que le duc et son frère se sont assez réconciliés après la mort de leur mère pour partager une demi-mondaine.

— Il y a une chance que votre histoire ne remonte pas jusqu'à Londres, je suppose, déclara Marcus avec une pointe d'espoir.

Ce qui ne serait d'aucune aide à la jeune fille. A cause de son père, Londres était un endroit trop néfaste pour elle. Si elle devait renoncer au Devon, par-dessus le marché… Elle soupira. Il y avait une limite au nombre de comtés dans lesquels elle pouvait être disgraciée, et elle gardait l'espoir d'une union.

St. John se montrait toujours amusé.

— Mme Winslow a une cousine à Londres. Nous pourrions aussi bien passer une annonce dans le *Times*.

Le duc regarda par la fenêtre et contempla la pluie, qui était passée d'un crachin glacial à un véritable orage, avec des éclairs et un vent fort.

— On ne peut dire dans quel état doit être la route entre ici et l'auberge. Je n'ose y risquer une voiture.

L'expression de ses yeux fit que Miranda se demanda s'il s'attendait à ce qu'elle repartît à pied. Elle retint la réponse qui se formait dans son esprit, et s'efforça de se concentrer sur le but de son voyage. Un but qui ne semblait plus aussi improbable que lorsque Cici l'avait mentionné la première fois.

— Elle va devoir passer la nuit ici, Marcus, dit St. John. Il n'y a pas d'autre solution. Et la seule question que se posera la ville sera de savoir qui de nous deux l'a eue d'abord.

Miranda réprima une exclamation choquée devant cette insulte, et se couvrit la bouche de la main. Elle n'avait pas intérêt à attirer l'attention sur elle, en cet instant. A en juger par l'attitude du duc, il la jetterait plus volontiers dehors, sous l'orage, qu'il s'excuserait pour la grossièreté de son frère.

St. John donna une bourrade dans le dos de Marcus.

— Mais bonne nouvelle, mon vieux. Il y a un remède à cela. Et c'était le souhait de notre mère sur son lit de mort, non ?

— Maudite soit-elle. Qu'elle aille en enfer. Et maudits soient le pasteur et la mégère compassée qu'il a pour femme. Nom d'un chien !

St. John tapota la manche de son frère courroucé.

— Peut-être le révérend devrait-il vous expliquer ce qu'est le libre arbitre, Marcus. Ce ne sont pas eux qui vous forcent la main.

Le duc chassa sa main d'un geste brusque.

— Et maudit soyez-vous aussi.

— Vous avez le choix, Marcus. Mais Haughleigh ?

Le titre échappa avec mépris aux lèvres du jeune homme.

— C'est Haughleigh qui ne l'a pas. Car Marcus ne choisirait jamais le bon sens de préférence à la chevalerie, n'est-ce pas ?

Le visage du duc s'assombrit.

— Je n'ai pas besoin de votre aide dans cette affaire, St. John.

— Bien sûr que non, Votre Grâce. Vous n'avez jamais besoin de moi. Alors prononcez les mots et finissons-en. Protégez votre précieux honneur. Attendre ne résoudra pas les choses.

Le duc se raidit puis se tourna vers Miranda, la mâchoire contractée et le regard voilé, comme s'il fournissait un grand effort pour dominer ses émotions. Il y eut une longue pause, et la jeune fille eut l'impression que le sol tremblait quand la question émana de lui comme de la lave d'un volcan en éruption.

— Lady Miranda, voudriez-vous me faire l'honneur d'accepter ma demande en mariage ?

3.

— Mais c'est ridicule !

Cela lui avait échappé. Ce n'était pas censé être sa réponse, se rappela-t-elle. C'était son but, n'est-ce pas, d'éviter un scandale et de se retrouver correctement et proprement mariée ? Et à un duc. Comment pouvait-elle y voir une objection ?

Elle avait imaginé un comte d'un certain âge. Un aristocrate placide. Un baron perdu dans la boisson ou dans ses livres. Quelqu'un dont les attentes seraient aussi maigres que les siennes. Mais pas un duc, en dépit de ce que Cici avait prévu. Elle avait mentionné que le duc d'Haughleigh avait un jeune frère. Ce dernier avait semblé la plus probable de deux possibilités improbables.

Et maintenant, elle se trouvait confrontée à l'aîné des deux. Mécontent. Impatient. Il était plus que ce qu'elle avait escompté.

— Vous trouvez ma proposition ridicule ? lui demanda-t-il en la fixant, l'air stupéfait.

Elle sccoua la tête.

— Jc suis désolée. Elle n'est pas ridicule, bien sûr que non. Seulement soudaine. Vous m'avez surprise.

Elle se mettait à bredouiller. Elle s'arrêta avant d'être

tentée de rejeter son offre et de demander que son frère lui fît cette proposition à sa place.

— Eh bien ? Vous devez être remise du choc, à présent.

Naturellement, pensa-t-elle en ravalant son amertume. Cela remontait à quelques secondes. Elle devait s'être pleinement reprise, maintenant. Elle regarda St. John pour quêter son aide. Il lui sourit largement, ouvert, honnête et inutile.

Le duc tapait du pied. Voulait-elle être liée pour la vie à un homme qui tapait du pied alors qu'elle essayait de prendre une décision capitale ?

La voix de Cici résonna de nouveau dans son esprit. « Vos désirs n'ont rien à voir là-dedans. Ce que vous voulez ne doit pas compter. Faites le meilleur choix possible au vu des options en présence. Et s'il n'y a qu'un choix… »

— Ma réputation est-elle vraiment ruinée ?

— Si vous ne pouvez quitter cette maison avant demain matin, ce qui est le cas. Et si la femme du pasteur répand l'histoire, ce qu'elle fera. Je suis désolé, ajouta Marcus après réflexion.

Il était désolé. C'était déjà quelque chose, supposa-t-elle. Mais était-il désolé pour elle ou pour lui-même ? Et devrait-elle passer le reste de sa vie à expier cette nuit ?

— Parfait, dit-elle d'une voix qui était à peine plus haute qu'un murmure. Si c'est ce que vous souhaitez…

L'attitude d'homme d'affaires du duc s'évapora sous la tension.

— Ce n'est pas ce que je souhaite, coupa-t-il, mais ce qui doit être fait. Vous êtes ici, maintenant, grâce à ma défunte mère qui a déclenché les choses et qui me laisse m'en accommoder. Et ne prétendez pas que ce n'était pas votre but en venant ici. Vous étiez en quête d'une demande en mariage, et vous en avez reçu une dans les minutes qui ont suivi notre rencontre.

C'est un succès pour vous. Un coup d'éclat. Ne pouvez-vous au moins feindre d'être satisfaite ? Je ne peux qu'espérer que nous formions un couple convenable. Et maintenant, si vous voulez m'excuser, je dois écrire au pasteur une lettre qui lui sera remise dès que la route sera praticable, pour lui expliquer la situation et requérir sa présence demain matin. J'espère seulement que de l'argent et de bonnes intentions viendront à bout des détails et le convaincront de ne pas publier les bans. Nous pourrons avoir une cérémonie dans la chapelle familiale, à l'écart des curieux et avec sa femme pour témoin.

Il se détourna et se dirigea à grands pas vers la porte.

— Excusez-moi, lança Miranda dans son dos. Que devrai-je faire en attendant ?

— Allez au diable, gronda-t-il. Ou dans votre chambre. Peu m'importe votre choix.

Il claqua la porte derrière lui.

— Mais je n'ai pas de chambre, protesta-t-elle, s'adressant à la porte fermée.

St. John gloussa derrière elle. Elle pivota vers lui, surprise. Elle avait oublié sa présence face à la personnalité de son frère, qui semblait occuper tout l'espace disponible dans la pièce.

Le jeune homme souriait toujours et elle se détendit un peu. Elle aurait au moins un allié dans la maison.

— Ne vous préoccupez pas trop de mon frère, dit-il. Il est un peu dérouté pour l'instant, comme n'importe quel homme le serait à sa place.

— Et il aboie plus fort qu'il ne mord ? demanda Miranda avec espoir.

— Oui. J'en suis sûr.

Mais il avait un peu hésité en disant cela. Et, pendant un moment, son visage se figea comme s'il se rappelait quelque chose. Puis il chassa cette pensée et reprit une expression chaleureuse.

— Votre hôte l'a peut-être oublié, mais je pense que je peux vous trouver une chambre et quelque chose pour dîner. Allons trouver le majordome, voulez-vous ? Et voyons ce qu'il a fait de vos bagages.

Elle avait recommencé. Marcus avait été sûr que six pieds de terre le sépareraient de toute autre intervention maternelle dans sa vie. Il avait pensé qu'une demi promesse de coopération serait suffisante pour tranquilliser la douairière et le laisser libre.

Manifestement, ce n'était pas le cas. Il vida un tiroir du secrétaire de la duchesse défunte. Du papier blanc, des enveloppes, des timbres. Il renversa un encrier, jura, et tamponna la tache qui s'étendait avec le napperon.

Elle avait jeté sa ligne et, à la première occasion, il s'était jeté sur le hameçon telle une truite affamée. Il aurait dû sortir de la pièce et laisser la fille à St. John. La renvoyer sous la pluie avec ce qui lui restait d'honneur à défendre. Ou lui permettre de dormir dans un lit sec et se moquer de sa réputation.

Mais comment aurait-il pu le faire ?

Il se laissa choir sur la chaise proche du bureau et la sentit craquer sous son poids. Il avait été perdu dès qu'il l'avait regardée dans les yeux. Quand elle s'était rendu compte de ce qu'elle avait fait en venant chez lui, il n'avait pas vu de triomphe dans son regard, seulement de la résignation. Et lorsqu'il s'en était pris à elle, elle avait tenu bon, le dos droit et le menton levé, même si elle ne pouvait cacher la panique et le désespoir qu'elle éprouvait.

Il avait vu cette expression assez souvent, par le passé. Dans le miroir, chaque matin en se rasant. Les dix années écoulées l'avaient gommée de son visage, pour mieux marquer cette pauvre jeune femme. Elle avait certainement l'air de quelqu'un qui s'était mis à dos la famille Radwell. Et s'il pouvait faire quelque chose pour alléger sa misère…

Il se retourna vers le bureau. Cela ne ressemblait pas à sa mère de brûler de vieilles lettres. Si elle avait eu un plan, il y en aurait des traces. Et il avait vu une certaine lettre, le jour où elle avait suggéré cette rencontre. Il fit claquer ses doigts quand il se souvint où.

Dans le coffret incrusté posé sur sa table de chevet. Les domestiques soient loués de leur négligence ! Ils n'avaient pas nettoyé la chambre, s'étaient contentés de changer les draps quand on avait enlevé le corps. La boîte se trouvait toujours près du lit. Il la prit et en sortit plusieurs paquets de lettres, soigneusement liées par des rubans.

De la correspondance de St. John, le damné lèche-bottes. Chaque lettre commençant par : « Très chère mère… »

Marcus admira la faculté de son frère de mentir sans rien montrer et de ne pas avoir la main qui tremblait de rire en écrivant ces mots. Mais il demandait sans doute de l'argent, et ce n'avait jamais été un sujet d'amusement pour lui.

Il n'y avait pas de lettres de lui-même, nota-t-il. Les courtes missives qu'il avait coutume d'envoyer n'avaient pas de quoi être chéries par la douairière.

Des lettres des avoués, réglant des affaires du domaine. Elle s'était bien préparée à partir quand le moment était venu.

Et enfin, au fond, un petit paquet de lettres écrites sur un lourd vélin crème.

*
**

« Très chère Andrea,

» Cela fait de nombreuses années, presque quarante, depuis que nous nous sommes vues pour la dernière fois à l'école de miss Farthing, et j'ai souvent pensé à vous. J'ai vu l'annonce de votre mariage avec le défunt duc, et des naissances de vos fils. A l'époque, j'ai pensé vous envoyer mes félicitations, mais vous comprendrez pourquoi ceci n'aurait pas été raisonnable. Toutefois, j'ai pensé à vous et vous ai gardée dans mes prières, en espérant que vous ayez la vie que vous méritiez si amplement.

» Je vous écris maintenant dans l'espoir que vous pourrez aider une vieille amie dans le besoin. Ce n'est pas pour moi que j'écris, mais pour la fille de notre ami commun, Anthony. La vie de Miranda n'a pas été facile depuis la mort de sa mère et les troubles de son père qui l'ont suivie. Elle n'a aucun espoir de faire un mariage convenable de la manière ordinaire.

» Tout me porte à croire que vos deux fils ne sont, pour l'heure, pas mariés. Votre aîné n'a pas retrouvé une autre épouse depuis la mort en couches de la duchesse il y a dix ans. Je sais combien la succession doit être importante pour vous. Et nous savons toutes les deux que des accidents peuvent arriver, surtout pour des jeunes gens actifs comme le sont certainement vos fils.

» Aussi, peut-être que les tentatives d'union de deux vieilles amies d'école pourraient résoudre les deux problèmes à la fois et voir la jeune Miranda mariée à l'un de vos fils.

» J'attends votre réponse avec espoir,

Cecily Dawson. »

Une étrange lettre, pensa Marcus. Il n'était pas impossible d'appeler à l'aide une ancienne amie d'école, mais c'était assez peu commun si aucun mot n'avait été échangé entre elles pendant quarante ans. Il prit la deuxième lettre du paquet.

« Andrea,

» J'attends toujours votre réponse au sujet de lady Miranda Grey. Je ne souhaite pas venir dans le Devon pour régler cette affaire face à face, mais je le ferai si je le dois. De grâce, répondez-moi.

» Dans cette attente,

Cecily Dawson. »

Marcus haussa un sourcil. Encore plus étrange. Il déplia la troisième lettre.

« Andrea,

» Merci pour votre brève réponse du quatorze, mais je crains que cela ne suffise pas. Si vous craignez que cette jeune fille ne soit pas chaste, veuillez comprendre qu'elle est plus innocente concernant la chambre à coucher que nous l'étions à son âge. Et je veux qu'elle reste ainsi jusqu'à ce qu'elle puisse faire un mariage convenant à sa position. Quoi qu'il soit arrivé à son père, la jeune Miranda n'en est pas à blâmer. Mais elle est aussi pauvre qu'une souris d'église et poursuivie par des offres qui n'ont rien à voir avec le mariage. Je souhaite la voir en sûreté loin d'ici avant qu'un désastre ne se produise. A défaut de vos fils, peut-être un autre gentilhomme convenable de votre voisinage ? Pourriez-vous vous occuper de l'introduire ? De la guider dans le cercle de vos relations ? Toute assistance serait grandement appréciée.

» Votre avec gratitude,

Cecily. »

*
* *

Marcus prit la dernière lettre du paquet.

« Andrea,

» Je suis navrée d'apprendre votre mauvaise santé, mais je ne l'accepterai pas comme une excuse pour que vous me refusiez votre aide. Si vous devez bientôt comparaître devant notre Créateur, demandez-lui s'il a entendu mes quarante années de supplications pour que justice soit faite entre nous. Je peux pardonner les torts que vous m'avez causés, mais vous méritez aussi une portion de blâme pour la triste vie que cette enfant a menée. Sauvez-la maintenant. Redonnez-lui la position qu'elle mérite et je prierai pour votre âme. Mais tournez-lui encore le dos, et je l'amènerai moi-même dans le Devon pour expliquer la situation à votre famille à vos funérailles.

Cecily Dawson. »

Marcus s'assit sur le lit, contemplant les lettres avec confusion. Du chantage. Et, connaissant sa mère, c'était une affaire de justice à rendre. Si elle n'avait pas été coupable, elle aurait détruit les lettres et il n'en aurait rien su. Qu'avait-elle bien pu faire pour mettre son âme en péril ? Pour être si détestée qu'une ancienne amie était prête à prier pour sa damnation ?

Une foule de choses, pensa-t-il sombrement, si cette Cecily se tenait entre elle et un but quelconque. Un homme, peut-être ? Son père, espéra-t-il. Cela remettrait les commentaires au sujet de la succession à leur place. Sa mère avait été plus que consciente de l'honneur de la famille et de sa place dans l'histoire. De la nécessité d'un héritier légitime.

Et de la nécessité de garder les secrets secrets.

Il l'avait été aussi, à une époque, avant que d'amères expériences lui ôtents ses œillères. Certaines familles étaient si corrompues qu'il valait mieux les laisser s'éteindre sans successeurs. Certains honneurs ne méritaient pas d'être protégés. Certains secrets devaient être exposés à la lumière. Cela leur enlevait leur pouvoir d'entacher ce qui les entourait et de détruire la vie de ceux qu'ils concernaient.

Et de quelle honte récente souffrait cette jeune fille, dont sa famille à lui était responsable ? St. John, très probablement. Il avait dû porter un autre coup en douce, qu'il espérait voir réglé tranquillement par sa famille.

Marcus fronça les sourcils. Non, ce n'était pas cela. Les lettres parlaient de torts anciens. Et quand il avait découvert la jeune fille et son frère ensemble, il n'avait pas eu de sentiment de conspiration. Elle avait paru complètement étrangère à St. John et à cette maison. Perdue au milieu de ce qui l'entourait.

Ce n'était certainement pas une jolie fille. Mais il ne l'avait pas vue sous son meilleur jour. Ses longs cheveux noirs tombaient de leurs épingles et étaient trempés par la pluie. La robe qu'elle portait n'était pas à la mode, et le fait qu'elle soit mouillée la rendait encore plus informe. Elle collait à sa haute silhouette osseuse comme ses cheveux collaient aux contours incisifs de son visage. Tout en elle était dur : ses traits, son corps, le pli de sa bouche, l'expression de ses yeux.

Il sourit. Une femme selon son cœur. Peut-être qu'ils s'entendraient bien, après tout.

Miranda regarda autour d'elle avec désespoir. Ainsi, ceci allait être son nouveau foyer. Pas cette chambre, espéra-t-elle. Elle était assez luxueuse pour être celle d'une duchesse.

C'était précisément pour cela qu'elle ne s'y sentait pas à sa place.

Elle chassa cette pensée de son esprit.

« C'est la vie qui est faite pour vous, pas celle que vous avez menée jusqu'à présent. Le passé est une aberration. L'avenir est un simple retour à ce qui doit être. »

D'accord. Elle ferait bien de prendre les mots de Cici à cœur. De se les répéter aussi souvent que nécessaire jusqu'à ce qu'ils deviennent réalité.

Certes, si c'était la vie qu'elle était destinée à mener, la poussière et les toiles d'araignées faisaient partie intégrante de son destin. Elle avait espéré, quand elle parviendrait enfin à profiter du confort d'une grande maison, qu'elle n'aurait pas à la nettoyer d'abord. Cette chambre n'avait pas été aérée depuis des années. Il faudrait une échelle solide pour atteindre les appliques et les débarrasser de la crasse qui les ternissait, ainsi que le dessus de la cheminée. Que l'homme qui pensait que les hauts plafonds donnaient de la majesté à une pièce aille au diable.

Elle écarta les rideaux poussiéreux de la fenêtre pour scruter la nuit rayée de pluie. Ceci devait être le devant de la maison, et les taches sombres qu'elle apercevait au-dessous d'elle étaient sans doute les massifs d'un jardin d'agrément. Poussés sans méthode comme tout le reste, probablement.

Est-ce que son nouvel époux était pauvre, pour que son domaine soit si négligé ?

Ce n'était pas l'avis de Cici. « Il est assez riche pour gaspiller son argent en catins », avait-elle dit. Mais elle avait également décrit la douairière comme une araignée au centre d'une grande toile. Miranda ne s'était pas attendue à trouver la toile vide.

Cici aurait été folle de joie, elle en était sûre. La partie la plus faible de son plan avait toujours été la coopération du fils. La douairière pouvait être forcée, mais comment gagnerait-elle l'appui de son fils sans tout révéler ? Cici avait espéré que l'un ou l'autre des deux hommes serait si profondément inféodé à sa mère qu'il acquiescerait sans poser de questions quand une jeune fille convenable lui serait présentée. Mais elle avait eu des doutes. Si les deux fils avaient été sous le contrôle de leur mère, ils auraient déjà été mariés.

Miranda estompa la culpabilité qui montait en elle. Le duc avait eu raison. Elle avait atteint son but et elle devait en retirer du plaisir. Elle était sur le point de devenir la dame d'une très grande — et très sale — propriété. Elle allait épouser un duc, le rêve de toute jeune fille de la haute société. Et lui donner son héritier.

Elle s'assit sur le bord du lit. C'était le fond du problème. Pour avoir les héritiers, elle devrait devenir beaucoup plus familière avec le duc d'Haughleigh qu'elle ne le souhaitait. Elle devrait grimper dans le lit de cet homme intimidant et…

Rester allongée sans bouger et penser à autre chose, supposa-t-elle. Cici lui avait assuré qu'il y avait de nombreux types d'hommes. Et que le côté qu'ils montraient dans leur salon n'était pas ce qu'elle découvrirait dans la chambre à coucher. Elle l'espérait, sinon il passerait la nuit à l'interroger et à taper du pied si les choses n'allaient pas assez vite à son gré. Elle l'imagina debout devant elle au petit déjeuner, le lendemain de leur mariage, et exigeant de savoir pourquoi elle n'était pas déjà grosse.

« C'est injuste, injuste, lui reprocha Cici dans sa tête. Comment pouvez-vous prétendre connaître un homme que vous venez juste de rencontrer ? Laissez-lui une chance. »

Entendu. Une chance. Et il l'avait demandée en mariage, quand il avait compris sa situation. Il aurait pu l'abandonner à son déshonneur. S'il avait pu dominer sa colère initiale d'avoir été piégé dans une union, il ferait peut-être un bon mari. Elle essaierait d'être une femme convenable.

Et dans une maison aussi grande que celle-ci, ils pourraient peut-être s'arranger pour ne pas se voir. Il y avait certainement assez de place pour cela.

On frappa doucement à la porte.

— Lady Miranda ? Monsieur le duc m'a envoyée vous servir.

Une tête ornée d'une coiffe passa dans l'embrasure de la porte entrouverte.

— Puis-je entrer, madame ?

— Oui, je vous en prie.

— Je suis Polly, madame. Je n'ai pas grand-chose d'une femme de chambre pour une dame, j'en ai peur. Il n'y en avait pas l'utilité. La domestique de la douairière est rentrée chez elle après l'enterrement.

— Eh bien, il y a longtemps que je n'ai pas eu de femme de chambre, Polly, aussi nous essaierons toutes les deux de nous faire à cette situation.

La servante sourit et entra, portant un plateau avec une théière et un souper léger. Elle le posa sur une petite table près de la fenêtre.

— Lord St. John a pensé qu'il vous serait plus agréable de vous restaurer ici, madame. Dans cette maison, le souper est quelque peu irrégulier.

— Irrégulier ? répéta Miranda.

Cela voulait-il dire rarement servi ? se demanda-t-elle. Ou pris à des heures irrégulières ? La nourriture était-elle étrange, d'une certaine façon ?

Elle jeta un coup d'œil au repas, qui consistait en un ragoût liquide et une croûte de pain sec. Ce n'était certainement pas ce qu'elle attendait. C'était trop proche des pauvres collations auxquelles elle était habituée. Elle goûta.

Ce n'était pas aussi bien préparé.

— La maison se remet encore après la mort de Sa Grâce, expliqua Polly en inclinant la tête pour marquer une seconde de silence respectueux.

— Et quelles étaient les habitudes, avant ?

— Sa Grâce prenait le plus souvent un plateau dans sa chambre, le soir.

— Et ses fils ?

— Ils n'étaient pas là, madame. Lord St. John était le plus souvent à Londres. Et monsieur le duc se trouvait sur le continent. A Paris et d'autres villes du même genre. Il n'est rentré que peu avant la mort de sa mère, pour faire la paix. Et lord St. John a presque manqué les funérailles.

Il était aussi bien que sa réputation soit à sauver, pensa Miranda. A entendre Polly, il ne semblait pas que l'un ou l'autre des deux hommes auraient cédé aux requêtes de leur mère pour la prendre pour femme.

— Quand allons-nous recevoir le reste de vos affaires, madame ?

Polly secouait une pauvre robe du soir pour en effacer les plis, surprise d'avoir atteint si vite le fond de la valise.

Il n'y avait pas de bon moyen d'expliquer à la servante qu'elle avait vu la totalité de son trousseau : deux robes de jour, une robe du soir et sa robe de voyage qui séchait dans un coin, le tout complété par une paire de fichus ramollis, des gants usés et des bas raccommodés.

— Je crains qu'il n'y ait pas autre chose, Polly. Il y a eu un problème avec la diligence, mentit-elle. Il y avait une malle, mais elle n'a pas fait le voyage avec moi. Les hommes l'ont accidentellement laissée en arrière, et j'ai bien peur qu'elle ne soit volée, maintenant.

— Peut-être pas, madame, répondit Polly. La prochaine fois que Sa Grâce ira au village, il pourra s'en enquérir. Ils pourront l'envoyer ici quand ils auront l'adresse.

Miranda pouvait deviner la réponse qu'elle s'attirerait si elle demandait au duc d'enquêter sur sa chimérique garde-robe. Il lui donnerait sans doute une somme d'argent pour les besoins du ménage. Elle comptait là-dessus. Peut-être qu'il ne serait pas trop observateur et qu'elle pourrait commencer à faire de petits achats pour compléter ses toilettes.

Elle revint au sujet dont elles parlaient.

— Sa Grâce a-t-elle été malade longtemps avant sa mort ?

— Oui, madame. Elle a passé les deux derniers mois dans sa chambre. Nous l'avons tous vu arriver.

Et ils avaient négligé leurs devoirs parce qu'il n'y avait personne pour les pousser à l'action. A en juger par l'état de la maison, le duc n'avait pas pris les choses en mains après les funérailles.

— Et maintenant que Sa Grâce est en charge des choses, s'enquit-elle prudemment, quelle sorte de maître est-il ?

— Je ne sais pas bien, madame. Il s'occupe des terres et laisse la maison à elle-même. Certains soirs, il dîne avec les fermiers. Certains soirs, il dîne au village. Certains soirs, il ne dîne pas du tout. Pas grand-chose n'a été fait pour les maisons des fermiers et l'entretien depuis qu'il est parti, et je pense qu'il se sent un peu coupable. Et personne ne peut dire ce que lord St. John prépare.

Elle sourit largement, comme si c'était un motif de fierté pour la maisonnée.

— Le jeune lord St. John est tout à fait homme à courir les jolies filles.

— Oui. Eh bien… Hum…

C'était la dernière chose dont elle avait besoin, pensa Miranda. Mais il s'était montré agréable avec elle et l'avait beaucoup aidée.

— C'est lui qui a suggéré que nous vous installions ici, même si la chambre n'a pas été utilisée depuis longtemps. Il a pensé que le duc voudrait vous voir là, en fin de compte.

— Et pourquoi cela ?

Polly désigna du pouce une porte intérieure.

— C'est plus commode, en un sens. C'était la chambre de sa défunte femme, mais cela remonte à une époque où je n'étais pas là.

— A… à combien de temps, Polly ?

Miranda jeta un coup d'œil au lit, mal à l'aise à l'idée de dormir dans le lit de mort de quelqu'un, bien qu'il paraît majestueux.

— A plus de dix ans, madame.

La femme de chambre vit son expression et lui décocha un grand sourire.

— Les draps ont été changés depuis, j'en suis sûre, reprit-elle.

— Bien sûr, dit Miranda, en se morigénant d'être aussi sotte. Et la duchesse est morte… de quoi ?

— Elle est morte en couches, madame. Le duc en a été brisé et a juré de laisser la maison pourrir sur ses fondations avant de se remarier. Il a passé le plus gros de ces dix dernières années sur le continent. Il est revenu une ou deux fois par an pour vérifier l'état de la propriété, mais c'est tout.

Miranda s'adossa à son fauteuil et en saisit les bras. Le portrait que Cici lui avait dépeint était celui d'un homme qui avait eu du chagrin, mais qui était prêt à se remarier. Et il ne l'avait pas attendue. Ni voulu d'elle. Il avait seulement accepté une rencontre pour satisfaire sa mère mourante.

Pas étonnant qu'il se soit mis en rage.

Elle devrait le libérer de toute obligation à son égard. Peut-être qu'il pourrait lui prêter le montant de son voyage de retour à Londres. Les perspectives étaient sombres, mais certainement pas aussi mauvaises que de s'attacher à un mari réticent.

« Ne laissez pas une attaque de nerfs vous détourner de votre destin. Il n'y a rien ici vers quoi vous puissiez revenir, si vous rejetez une opportunité dans le Devon. »

Rien sauf Cici, qui avait été une mère pour elle pendant tant d'années, et son pauvre cher père. Ils avaient sacrifié le peu qu'ils avaient pour lui donner cette chance de se marier. Elle ne pouvait les décevoir. Et si elle devenait duchesse, elle pourrait trouver un moyen de les revoir.

Si son mari le permettait.

— Que vais-je devenir ? murmura-t-elle, plus pour elle-même que pour Polly.

La nuit passa lentement, et l'orage continua à battre les fenêtres. La chambre était humide et le pauvre feu allumé dans la cheminée ne faisait rien pour la réchauffer. Après plusieurs tentatives, Polly renonça à trouver une servante pour aérer le lit et changer les draps ou pour améliorer le tirage de la cheminée. Elle revint avec des instructions du duc, à savoir que Miranda, pour la bienséance, devait rester dans sa chambre avec la porte fermée à clé jusqu'au matin, quand quelqu'un viendrait la chercher pour se rendre à la chapelle pour le mariage. La jeune fille ferma soigneusement la porte derrière Polly, essayant d'imaginer quels dangers la menaçaient de l'extérieur contre lesquels elle devait se défendre. Sûrement, maintenant que le mal était fait, son honneur ne craignait plus rien. Est-ce que des chiens sauvages parcouraient le corridor la nuit, pour qu'il soit nécessaire de s'enfermer à clé ?

Le seul danger qu'elle craignait ne viendrait probablement pas de la porte qui donnait sur le couloir. Elle fixa celle qui communiquait avec les appartements de son futur époux. S'il voulait entrer, il pouvait aisément accéder à elle.

Et tout moyen de s'échapper, si elle en avait besoin, lui était barré. Ses cheveux se hérissèrent sur sa nuque. Elle traversa la chambre sur la pointe des pieds et posa une main sur la porte de communication, penchant la tête vers le panneau de bois pour écouter les bruits qui venaient de l'autre côté. Il y eut un juron étouffé, un mouvement, puis plus rien. Pour l'instant.

Elle secoua la tête. Elle était ridicule. S'il la voulait, il n'y avait pas de hâte pour cela. Elle lui appartiendrait légalement dans vingt-quatre heures. Il était fortement improbable qu'il projette de pénétrer dans sa chambre ce soir-là et de la prendre.

Elle posa la main sur la poignée. La porte serait fermée à clé, bien sûr. Elle n'était qu'une sotte. Son futur mari n'avait rien montré qui indiquait un désir pour elle maintenant, ou même dans l'avenir. Il avait paru plus abattu que concupiscent à l'idée d'un mariage imminent et des relations sexuelles qui allaient avec.

La poignée tourna dans sa main et elle entrebâilla légèrement la porte, avant de la refermer vivement et de s'adosser au panneau.

D'accord. Ses craintes n'étaient pas si stupides, après tout.

La porte du couloir était verrouillée contre des intrus, mais le chemin était libre pour permettre une visite de l'homme qui serait son maître et seigneur. Elle ne pouvait rien contre cela.

Elle se comportait comme si elle avait passé sa vie à lire des romans bon marché, ou à jouer une mauvaise pièce avec un duc de pacotille et une vierge effarouchée. S'il avait prévu de la séduire, il en aurait déjà eu amplement l'occasion. Et s'il y avait quelque danger réel, elle pourrait appeler St. John à l'aide.

Mais, seulement pour le cas où il voudrait entrer, elle tira une chaise délicate aux pieds dorés qui se trouvait devant la coiffeuse et la coinça sous la poignée de la porte de communication. Puis, se rappelant le duc, la largeur de ses épaules et l'étendue de son courroux, elle poussa encore la coiffeuse devant la porte pour finir de la bloquer. Après quoi elle se coucha, remonta les couvertures jusqu'à son menton et contempla sans pouvoir dormir le ciel de lit.

Marcus s'éveilla en sursaut, sentant la sueur froide lui couler le long du corps. Il écouta les battements sourds de son cœur, qui ne se ralentirent que légèrement maintenant qu'il était éveillé et qu'il reconnaissait l'endroit où il était.

Presque dix ans sans cauchemars, depuis qu'il s'était éloigné de ce lieu qui en avait été la source. Il avait été convaincu qu'ils reviendraient dès qu'il franchirait le seuil de cette maison. Il était resté allongé, les attendant la première nuit et la seconde. Et il n'y avait rien eu.

Il avait pensé, aussi, qu'ils reviendraient après les obsèques de sa mère. Nuit après nuit à sentir la terre heurtant son visage et à lutter pour respirer. Ou à frapper contre le couvercle scellé du cercueil, pendant que les cailloux résonnaient de l'autre côté. Certainement, le fait d'avoir vu sa mère descendue dans le sol lui ramènerait ces rêves où il étouffait, ces cauchemars où il était enterré prématurément, qu'il avait toujours faits dans cette maison.

Mais il n'avait connu qu'un sommeil paisible ces deux derniers mois. Et il s'était bercé de l'idée qu'il était libre. Au moins aussi libre que possible, étant donné les responsabilités du titre et du domaine. Il s'était dit qu'il n'avait plus rien à craindre, et qu'il avait le temps de s'occuper des affaires qu'il avait esquivées si longtemps, d'être un duc et un propriétaire terrien.

Et voilà que les rêves revenaient aussi fort qu'avant. Cela avait été de l'eau, cette fois. Probablement en écho à l'orage qui se déchaînait dehors. Des vagues et des vagues qui s'écrasaient dans sa chambre et l'entraînaient sous elles. Qui opprimaient ses poumons jusqu'à ce qu'il soit forcé de prendre la dernière inspiration liquide qui mettrait fin à sa vie.

Il s'était éveillé brusquement. Un son léger s'était infiltré dans son rêve et maintenant il restait allongé, pendant que son cœur ralentissait, attendant qu'il se reproduise.

La porte de communication s'entrouvrit et un rayon de lumière pénétra dans sa chambre, avant que le panneau soit hâtivement refermé avec un petit déclic qui résonna dans le silence.

Il réprima un rire. Sa promise, éveillée et se déplaçant dans la pièce, l'avait tiré du rêve dont elle était probablement la cause. Il envisagea de lui crier qu'il avait un cauchemar, et de quêter du réconfort comme un petit garçon. Elle le prendrait pour un fou.

Non, peut-être pas. Ce n'était pas la crainte de sa folie qui l'avait poussée à vérifier la porte. Il avait été sot de ne pas la fermer à clé lui-même et, ainsi, de la tranquilliser. Mais il y avait longtemps qu'il n'avait pas franchi ce seuil, et il l'avait ignoré depuis tant d'années qu'il avait presque oublié qu'il était là.

Il sourit à sa future femme dans l'obscurité.

« Je sais que vous êtes là. Juste de l'autre côté de la porte. Si j'écoute bien, je peux entendre le bruit de votre souffle. Venez dans ma chambre, chérie. Approchez-vous. Encore. Encore plus. Vous êtes effrayée, n'est-ce pas ? Vous avez peur de l'avenir ? Moi aussi, sapristi. Mais je connais un moyen pour nous faire passer les heures jusqu'à l'aube. Maudits soient l'honneur, la vertu et les obligations juste pour une nuit, une seule nuit. »

Trop tard, se dit-il en entendant que quelque chose de lourd était tiré sur le tapis et traîné contre la porte. Il contempla le dais de son lit. Elle était, sans nul doute, une jeune dame très honorable et très vertueuse qui ferait une bonne épouse. Il trouva cette pensée terriblement déprimante.

4.

Le pasteur secouait la tête d'un air maussade et Marcus fît glisser vers lui, sur son bureau, la lettre d'explication qu'il venait de rédiger.

— Comme vous le voyez, j'étais juste en train de vous écrire pour vous inviter à la maison afin que nous puissions régler cette situation.

Il pinça les lèvres et se força à réprimer le reste des pensées qui lui venaient.

« Bien sûr, je n'aurais pas dû me donner cette peine. Vous avez pris votre voiture pour venir ici dès le lever du soleil. Vouliez-vous constater les dégâts causés par la tempête, révérend ? Vieux fouinard que vous êtes. Vous êtes venu voir la fille et vous espérez le pire. »

Le pasteur prit une mine compatissante, mais ne put cacher un sourire moralisateur quand il exprima son sentiment.

— C'est fort malheureux. Un tour des choses très regrettable. Bien sûr, vous mesurez quel est le devoir qui vous incombe dans de telles circonstances, afin d'empêcher que l'on jase au village et de protéger la réputation de cette jeune dame.

« Un devoir qui aurait pu être évité hier, si vous vous étiez soucié un tant soit peu de cette jeune fille ou aviez pris soin de faire taire les ragots », pensa Marcus avec amertume.

— Oui, répondit-il d'un ton affable. J'en ai discuté hier avec Miranda et nous sommes d'accord. Il ne reste qu'à organiser la cérémonie.

Le révérend hocha la tête.

— Votre mère aurait été très satisfaite.

— Croyez-vous, vraiment ? releva le duc en plissant les paupières.

— Hmm, oui. Elle me l'a dit lors de la dernière visite que je lui ai faite.

— Et elle a mentionné Miranda ?

Le pasteur opina de nouveau du chef.

— Oui. Elle a déclaré qu'une union entre vous était à prévoir. C'était son plus cher désir que…

— Par tous les diables !

— Votre Grâce. Il n'est pas utile…

— Cela a joliment été arrangé, n'est-ce pas ? La main de ma mère sortant de sa tombe pour pousser cette pauvre fille à sa ruine, et votre femme et vous regardant de l'autre côté pendant que cela arrivait.

Marcus se pencha en avant et le pasteur recula.

— Votre Grâce, j'ai du mal à penser…

— Vous ne pensez que bien peu, c'est certain. Supposez que je sois aussi mauvais bougre que ma mère le disait. Alors vous auriez jeté l'honneur de cette jeune fille aux orties dans l'espoir que je consente à cette folie. Supposez que je n'aie pas été là quand elle est arrivée. Supposez qu'il n'y ait eu que St. John pour l'accueillir. Pensez-vous honnêtement qu'il aurait été aussi conciliant que moi ?

Il était de nouveau sur le point de crier. Il s'interrompit pour se reprendre et prononça les mots suivants sur le ton d'un murmure froid et méprisant.

— Ou auriez-vous balayé cet incident sous le tapis et

renvoyé la demoiselle en ville, au lieu de proclamer dans tout le village où on pouvait la trouver — pour que tout le monde soit au courant et que mes obligations ne fassent aucun doute ?

— Il est inutile de se perdre en conjectures. Par chance, nous n'avons qu'à régler l'affaire telle qu'elle se présente.

— Ce qui me laisse marié à une étrangère choisie par ma mère.

Le pasteur hocha encore la tête, l'air incertain.

— Hmm… Eh bien… Vu les circonstances, il vaudrait mieux agir vite. Les bans…

— Sont loin d'être rapides, si je me souviens bien. Nous nous en sommes dispensés, la dernière fois. Grâce à une licence spéciale.

— Si vous envoyez votre demande à Londres aujourd'hui, peut-être que la semaine prochaine…

— Et je suppose que vous allez emmener la jeune fille chez vous pour une semaine, le temps que les papiers nous parviennent. Franchement, révérend, ma mère et vous auriez dû mieux prévoir les choses. Peut-être auriez-vous dû imiter ma signature sur la demande de licence il y a un mois, et nous aurions pu tout régler aujourd'hui. Vous n'auriez même pas eu à m'impliquer dans la décision.

Marcus réfléchit un instant et contempla froidement l'homme d'église.

— Voici comment nous allons procéder : vous allez célébrer la cérémonie aujourd'hui, et je me rendrai demain à Londres pour la licence.

— Mais ce serait hautement inconvenant !

— Cela aura l'avantage que je n'aurai pas à vous revoir chez moi, ce qui me conviendrait tout à fait. Si vous vous souciiez de convenance, il fallait le faire hier, quand vous avez rencontré Miranda en route pour chez moi. Quand je reviendrai avec la licence, je demanderai à un domestique de vous l'apporter et vous pourrez y noter la date que vous voudrez, et signer ce maudit document. Mais, ce matin, vous allez marier la jeune dame et moi sous le regard de Dieu, dans la chapelle familiale.

Le pasteur secoua la tête en signe de réprobation.

— Hmm. Eh bien… Cela ne serait guère légitime.

— Pas légal, peut-être, mais certainement moral. Et la moralité est ce dont vous êtes censé vous préoccuper. Si vous ne remettez pas en cause le fait que vous m'avez forcé à l'épouser, alors ne gâchez pas votre salive à me dire que ma conduite est impropre. Ouvrez le livre de prières et prononcez les mots, puis quittez ma maison avec votre mégère d'épouse et laissez-moi en paix. Maintenant, allez à la chapelle et préparez-vous pour la cérémonie. Miranda et moi serons là sous peu.

Le pasteur quitta la pièce en marmonnant, mécontent, mais apparemment prêt à suivre le plan de Marcus sans autres objections. Un don généreux à l'issue de la cérémonie suffirait à lisser les plumes ébouriffées du révérend, se dit le duc, et bientôt le scandale de son nouveau mariage s'estomperait comme s'il n'avait rien eu d'inhabituel.

Son esprit était en paix au moins sur un point. L'entretien avec le pasteur libérait Miranda de tout blâme sur la façon cavalière dont elle était arrivée chez lui. Elle avait espéré conclure une union, mais il n'y avait aucune preuve qu'elle avait essayé de le piéger en ruinant sa réputation. Il n'avait pas de raison de croire qu'elle était autre chose que ce qu'elle paraissait être.

Sauf si elle était déshonorée avant d'arriver chez lui.

Les lettres de la mystérieuse Cecily ne le laissaient pas

entendre. Elles disaient qu'elle était innocente. Mais, bien sûr, elles n'allaient pas prétendre le contraire. Nulle personne sensée n'enverrait une lettre affirmant que la jeune fille était une dévoyée, mais qu'elle avait bon cœur. Il combattit cette idée, s'efforçant de l'écarter. Il était bel et bien lié à elle par une promesse et par son honneur, quel que soit l'état de sa réputation.

Mais pas par la loi. Tant que son nom ne figurerait pas sur la licence, il ne nouerait pas un lien qui ne pourrait être défait, si la vérité venait bientôt à transparaître. Il observerait la jeune fille et essaierait de découvrir ce qu'il pourrait de la réalité avant qu'il soit trop tard. Et il la protégerait pendant qu'elle serait chez lui, s'assurerait de ne pas faire empirer une situation déjà désastreuse.

Il sonna Wilkins et lui demanda de convoquer St. John dans son bureau.

Peu après, son frère pénétra dans la pièce avec le mépris et l'insolence qu'il montrait toujours quand ils étaient seuls ensemble.

— Votre serviteur comme toujours, Votre Grâce.

— Epargnez-moi pour une fois votre fausse servilité, St. John.

Le jeune homme lui offrit un sourire sarcastique.

— Vous ne m'appréciez même pas quand je fais de mon mieux pour vous témoigner du respect, monsieur le duc d'Haughleigh. Il est, hélas, fort difficile de satisfaire le pair.

— Comme vous vous empressez de me le dire chaque fois que nous nous entretenons. Vous pouvez déclarer une trêve pour une journée. Aujourd'hui, vous allez me faire l'honneur de me traiter comme un duc et le maître de cette maison.

Marcus se sentait de nouveau prêt à crier. Son intention de s'adresser à St. John comme à un frère était ruiné avant qu'il ait eu le temps de la mettre en pratique. Au diable son humeur trop vive et la faculté de son cadet à le faire sortir de ses gonds sans se donner la moindre peine.

— Fort bien, Marcus.

Son nom sonnait aussi faux et dédaigneux que son titre sur les lèvres de son frère.

— Une trêve, mais seulement pour un jour. Considérez-la comme mon cadeau de mariage.

— C'est de ce mariage que je voulais vous parler, St. John.

— Oh, vraiment ?

Le jeune homme haussa les sourcils avec cette insolence que Marcus ne pouvait supporter.

— Y a-t-il quelque chose en quoi vous auriez besoin de mes conseils ? Je pensais que le pasteur vous aurait fait un discours sur les devoirs du mari. Ou que, peut-être, vous vous souviendriez de quelques-uns, après Bethany. Mais, en me remémorant votre premier mariage, je peux deviner en quoi je pourrais vous être utile.

Le poing de Marcus s'abattit sur le bureau comme s'il ne se contrôlait pas.

— Comment osez-vous, St. John ? Maudit soyez-vous de parler de Bethany, aujourd'hui en particulier.

— Pourquoi pas, Marcus ? Elle n'est jamais loin de mon esprit. Ce n'est pas parce que vous voulez l'oublier que je dois faire de même.

Marcus détendit ses doigts et écarta l'image où il les serrait sur la gorge de son frère ; il les posa soigneusement sur son sous-main.

— Vous m'avez promis une trêve, et je vois comme vous

l'oubliez rapidement. Supposons un moment, St. John, qu'il vous reste un peu d'honneur en ce qui concerne cette maison.

— Fort bien, mon frère. Un dernier jeu de « Faisons comme si », comme quand nous étions petits. Et qu'allons-nous prétendre, si je puis le savoir ?

— Que vous allez quitter cette maison de votre plein gré, aujourd'hui, et qu'il ne me sera pas nécessaire de faire appel aux domestiques pour vous chasser.

— M'en aller d'ici ? Pourquoi ferais-je cela, Marcus ?

— Parce que vous détestez cet endroit autant que je le déteste. Et que vous me détestez. Voilà qui fait deux bonnes raisons. Pour ma part, je dois demeurer ici et affronter les souvenirs qui y restent. Comme vous vous empressez de me le faire remarquer chaque fois que nous sommes seuls, je suis le duc d'Haughleigh. Et maintenant je vais me marier, et il y a de bonnes chances que j'aie bientôt un héritier. Il n'y a pas de raison que vous vous attardiez ici dans l'attente que je me rompe le cou dans l'escalier et que je vous laisse le titre et le domaine. Je suis certain que si cet heureux accident survenait avant que j'aie un fils, ma femme vous préviendrait et vous pourriez revenir.

— Vous avez raison, Marcus. Je vous hais et je hais cette maison. Mais je me suis attaché à Miranda.

— Dans les douze heures depuis que vous la connaissez.

— J'ai passé plus de temps avec elle pendant ces heures-là que vous, Marcus. Tandis que vous étiez occupé à jouer le maître du manoir et à donner des ordres, j'ai franchi un pas. Et maintenant, je trouverais fort dur de me séparer de ma chère petite sœur, car c'est ainsi que je la vois.

Il eut un sourire faussement candide, que Marcus connaissait bien.

— Vous la verrez, si vous devez la voir, de loin.

Le duc ouvrit le tiroir de son bureau et en sortit une bourse en cuir qui tinta quand il la jeta sur la table.

— Vous allez partir aujourd'hui, et prendre ma bourse avec vous. Vous n'avez même pas besoin de passer dans votre chambre pour faire vos bagages, car Wilkins s'en occupe déjà. Vos affaires seront expédiées à l'auberge dans l'heure.

— Vous pensez à tout, n'est-ce pas, Marcus ? Sauf, bien sûr, à ce que vous ferez si je refuse d'obéir à votre ordre.

— J'y ai pensé aussi, St. John.

— Vraiment ?

— Oui. Vous pouvez partir sur-le-champ pour l'auberge, et de là pour plus loin. Ou vous pouvez partir les pieds devant pour un endroit situé à la gauche de notre mère. La vue que je vous réserve de cet endroit est superbe, mais vous ne serez plus en état de l'apprécier.

— Un fratricide ? Vous êtes devenu un homme d'action durant les dix ans où nous avons été séparés, Marcus.

— Ou un duel, si vous en avez le cran. Le résultat sera le même, je vous l'assure. Je peux seulement deviner comment vous avez passé ces années-là, mais j'ai étudié avec les meilleurs maîtres d'escrime en Italie, et je suis très fort. Je vous ai accordé une période de deuil et j'ai fait tous les efforts possibles pour colmater la brèche entre nous et laisser le passé en paix. Cela a été un échec cuisant. Après aujourd'hui, vous ne serez plus le bienvenu chez moi, St. John. Si vous ne partez pas de votre plein gré, je me débarrasserai moi-même de vous.

— Vous avez peur, Marcus ?

— De vous ? Certainement pas.

Marcus remua dans son siège, essayant de cacher la tension qui s'emparait de lui.

— Du passé qui pourrait revenir vous hanter, je crois.

— Je n'en ai pas peur, St. John. Mais je ne suis plus le jeune homme naïf que j'ai été. Il n'y a pas de place pour vous ici. Quelle est votre décision ?

St. John tendit une main indolente devant lui et attira la bourse à lui.

— Comment pourrais-je refuser votre générosité, Marcus ? Je vais saluer la vieille bande de mes amis à Londres, et leur offrir un verre en votre honneur et en l'honneur de votre charmante nouvelle femme.

Marcus sentit ses muscles se détendre et s'efforça de ne pas lâcher un soupir soulagé.

— Vous avez choisi sagement, St. John.

Miranda attendit poliment pendant que Mme Winslow et Polly examinaient sa robe.

— Mais elle est grise !

La déception de la femme du pasteur était évidente.

— Cela m'a paru un choix pratique, à l'époque.

L'excuse de Miranda était aussi molle que la dentelle qui ornait la robe.

— Ma chère, le bon sens est une bonne chose, mais c'est le jour de votre mariage ! N'avez-vous rien qui conviendrait mieux ? Cette robe serait plus appropriée…

— Pour un deuil ? acheva Miranda. Eh bien oui. J'ai perdu ma chère mère…

Qui était morte depuis treize ans. Mais ce que Mme Winslow ignorait ne pouvait la blesser. Et si ce décès paraissait plus récent, cela expliquait la robe. De fait, celle-ci avait été la toilette de deuil de Cici, achetée quinze ans plus tôt après la mort d'un comte espagnol. Alors que du noir eût été plus approprié, Cici avait choisi une soie gris tourterelle, car elle ne voulait pas paraître indisponible trop longtemps. Raccourcir le bustier et allonger la jupe pour qu'elle aille à Miranda leur avait donné du travail, mais elles étaient arrivées à un résultat satisfaisant en ajoutant un ruché à l'ourlet.

— Votre mère ? Pauvre chère. Mais votre deuil est terminé, à présent ?

— Oui. Seulement je n'ai pas eu le temps d'acheter de nouvelles toilettes.

« Ni l'argent », ajouta-t-elle en elle-même.

— Bien. Maintenant que le duc va s'occuper de vous, je suis sûre que les choses vont s'arranger. Et, pour l'heure, ceci devra faire l'affaire.

Mme Winslow considéra Miranda d'un air bizarre.

— Avant que votre mère meure, vous a-t-elle…

Elle prit une grande inspiration.

— Il y a des choses que toute jeune femme doit savoir avant de se marier. Certains faits qui feront que la première nuit sera moins… choquante.

Miranda se mordit la lèvre. Il valait mieux qu'elle ne révèle pas tout ce qu'elle savait des relations conjugales. Les sermons de Cici avaient été très informatifs, sinon orthodoxes, et lui avaient fourni une connaissance des détails peu digne d'une dame.

— Merci de votre sollicitude, madame Winslow.

— Savez-vous… qu'il y a des différences entre un homme et une femme ?

— Oui, répondit Miranda un peu trop vite. J'ai… soigné des malades, pour une œuvre de charité.

Elle espéra que cela expliquerait suffisamment de choses.

— Alors vous avez vu…

Mme Winslow but nerveusement une gorgée de thé.

— Oui.

— Bien. Ou plutôt non. Mais au moins, vous ne serez pas surprise.

Elle s'empressa d'ajouter :

— Les deux genres s'accouplent par l'endroit où il y a les différences, l'homme plante une graine et c'est de là que naissent les enfants. Comprenez-vous ?

Cici avait été assez claire là-dessus, mais Miranda douta que la description de Mme Winslow puisse être très utile à une personne non initiée.

— Oui, répondit-elle.

— De toute façon, reprit la femme du pasteur, j'ose dire que le duc saura assez bien comment s'y prendre. Vous devez vous fier à lui en tout. Toutefois, c'est un homme…

Les mots lui manquèrent de nouveau.

— … très *vigoureux*.

— Vigoureux ?

— Dans la force de l'âge. Robuste. Et les hommes de sa famille passent pour avoir des appétits… très développés. Trop développés, pourrait-on dire.

Elle souffla d'un air réprobateur.

Miranda la contempla avec ce qu'elle espérait être une expression dignement confuse, et n'eut pas à feindre la rougeur qui lui monta aux joues.

— Le bébé que sa première femme a mis au monde quand elle est morte était paraît-il exceptionnellement grand. Une naissance difficile. Il va bien sûr insister pour avoir un héritier. Mais si ses demandes semblent excessives après la naissance d'un premier enfant… Bien des femmes feignent… une migraine, par exemple. Un petit mensonge n'est pas un grand péché quand il procure à une épouse fatiguée une nuit de tranquillité.

Miranda se tenait au fond de la chapelle, attendant l'homme qui allait sceller son destin. Quand on avait frappé à sa porte, elle s'était attendue à voir le duc, mais avait été surprise de découvrir St. John qui lui avait tendu un petit bouquet et lui avait offert de l'accompagner.

La robe qu'elle avait finalement choisie pour le mariage n'était pas celle de soie, mais sa meilleure robe de jour, et, s'il avait pensé faire un commentaire sur son état, il ne le montra pas. La toilette en question avait paru bien mieux à Miranda lorsqu'elle l'avait arrangée à la lueur du feu. Ici, dans le Devon, à la lumière du jour, sa pauvreté était clairement visible pour quiconque se souciait de la regarder. L'ourlet de la jupe de coton vert qui avait appartenu à Cici avait dû être rabaissé de plusieurs centimètres pour couvrir ses longues jambes, et la marque de l'ancien ourlet se voyait sous la dentelle mal placée censée la cacher. Les ruchés qu'elle avait coupés dans l'étoffe du bustier trop grand pour les ajouter au bas des manches n'étaient pas égaux, et le bout de dentelle défraîchie qu'elle y avait ajouté rendait l'ensemble pathétique.

— Allons, petite souris. Ne prenez pas cet air sinistre, même si je peux imaginer qu'un long entretien avec la femme du pasteur ne vous ait guère donné envie de sourire. Vous a-t-elle expliqué vos devoirs d'épouse ?

Miranda rougit devant le franc-parler de St. John.

— D'une certaine manière. Puis elle m'a questionnée sur mes parents et sur les vingt-quatre dernières heures. Et elle m'a assuré que, quoi que vous ayez pu me faire, si j'éprouvais la nécessité de m'enfuir, ils me recueilleraient sans poser de questions.

Le rire du jeune homme résonna sous les voûtes, et le pasteur et sa femme se retournèrent avec réprobation.

— Et Dieu ne les frappe pas de ses foudres pour leurs mensonges quand ils prétendent qu'ils ne vous poseraient pas de questions. Au moins, mon frère et moi ne cherchons pas à déguiser notre conduite dévoyée. Alors qu'ils enrobent leur désir d'entendre le récit sordide de votre séduction dans une offre de protection.

— De ma quoi ?

— Ils espèrent le pire, ma chère. Si vous deviez fondre en larmes devant l'autel et supplier d'être sauvée, vous exauceriez leurs plus beaux rêves.

Miranda fronça les sourcils, sévère.

— St. John.

— Ou mieux encore, vous pourriez tomber en pleurant dans mes bras et me laisser vous emporter loin de cet endroit pendant que mon frère fulminerait. Je serais ravi de vous faire ce plaisir.

— Comme si cela pouvait arranger ma réputation !

— Ah, mais quelle réputation ! Etre séduite et enlevée lors de votre mariage par le superbe jeune frère du duc, et emmenée quelque part. Oh, mais je vois que je vous contrarie.

Il indiqua un vitrail au-dessus de l'autel, qui représentait la tête ensanglantée de Saint Jean le Baptiste.

— Je ne sais pas à quoi ma mère a pensé, en me baptisant du nom d'un saint. Si c'était pour m'inculquer la piété et la vertu, cela n'a pas marché.

— Ce vitrail a-t-il été commandé en votre honneur ?

— Vous ne voyez pas la ressemblance ?

Il inclina la tête sur le côté, tira la langue et fit des yeux blancs. Et, malgré elle, Miranda rit.

— Non, c'est un vieux nom de la famille, et le vitrail a été commandé en l'honneur d'un St. John particulièrement répréhensible qui m'a précédé. Il a probablement perdu la tête pour une femme, le malheureux.

Il toucha sa tête blonde et admit :

— Il y a une légère ressemblance, toutefois. La plupart des œuvres d'art de cette chapelle ont été conçues pour avoir un air de famille. Cela dit, mon frère ressemble plus à une faute de ma mère qu'au premier enfant de mon père.

— Je ne pense pas, observa Miranda en désignant une statue de marbre. Ce martyr qui fronce les sourcils dans le coin pourrait bien être lui. Voyez-vous son profil ?

St. John rit.

— Non, mon frère n'a pas été baptisé d'un nom de la Bible. Il a été nommé d'après un dictateur romain. Et cela lui convient tout à fait.

— Que faites-vous encore ici ?

St. John avait raison. C'était une voix impérieuse, et son propriétaire ne faisait rien pour cacher son mépris tandis qu'il s'adressait à son frère.

— Vous aviez besoin de témoins pour cette petite fête, Marcus. Et comment aurais-je pu manquer le mariage de mon frère ?

— Vous pouviez le manquer parce que je vous l'ai ordonné, gronda Marcus. Je crois vous avoir dit de libérer votre chambre et de partir ce matin.

— Mais vous vouliez certainement dire après la cérémonie. Je doutais que vous me prendriez comme témoin, mais il faut bien que quelqu'un vous donne votre épouse.

Miranda fronça les sourcils. Elle avait déjà été donnée,

c'était certain. Elle n'avait pas besoin de la présence de son père pour le lui rappeler.

— Et je suppose que c'est pour cela que, lorsque je suis allé chercher Miranda dans sa chambre, je l'ai trouvée vide.

— Cela porte malheur, quand le fiancé voit la fiancée avant le mariage.

— A vous autant qu'à moi, répondit Marcus d'un ton meurtrier.

— Je vous en prie, Votre Grâce, intercéda Miranda. Serait-il si mal que St. John reste juste une heure de plus, si je le souhaite ?

— Comme vous voulez.

Il répondit d'un ton bref, comme si cette phrase lui était arrachée du cœur. Puis il désigna l'allée et l'autel et marmonna pour son frère :

— Si vous insistez pour prendre part à cette cérémonie contre mes instructions, alors n'abusez pas de ma patience. Conduisez-la à l'autel et commençons.

St. John offrit son bras à Miranda et se dirigea lentement vers l'avant de la chapelle, Marcus un pas derrière eux. La jeune fille sentait l'irritation de son futur époux, aussi dense qu'un nuage d'encens. St. John tressaillit près d'elle quand la main de son frère le poussa en avant, l'incitant à marcher plus vite.

— Vous êtes pressé, Marcus ? Je peux comprendre pourquoi, bien sûr, avec une si charmante jeune mariée qui vous attend. Mais nous devons essayer de respecter la solennité de l'occasion. Nul besoin de remonter l'allée en courant, n'est-ce pas ?

— Avancez, c'est tout.

Marcus cracha presque ces mots. Miranda craignait de se

tourner vers lui, mais elle pouvait deviner son expression. C'était celle qu'il avait juste avant de se mettre à jurer.

Ils atteignirent l'autel et le pasteur baissa les yeux sur eux avec un sourire bienveillant.

— Très chers frères, nous sommes réunis ici aujourd'hui sous le regard de Dieu, et devant cette assemblée…

Il hésita en considérant les bancs vides et un gloussement échappa à St. John.

La voix du révérend monta et descendit, monotone.

— … et cette union ne doit pas être traitée de façon mal avisée, à la légère ou d'une manière dévoyée…

Miranda se mordit la lèvre. Traitée d'une façon mal avisée, vraiment ? Que pouvait-il y avoir de mal avisé dans tout cela ?

— … qu'il parle maintenant ou se taise à jamais.

Il y eut un reniflement sonore de la femme du pasteur dans le banc de devant, pour remplir la pause théâtrale.

Le révérend se tourna de nouveau vers les mariés.

— Je requiers et exige de vous deux, puisque vous en répondrez le jour du jugement dernier, quand les secrets de tous les cœurs seront révélés, que si l'un de vous a connaissance d'un empêchement à ce mariage…

« Mon Dieu, pardonnez-moi ce que je fais aujourd'hui, pria Miranda avec ferveur. Je jure que je serai une bonne et fidèle servante de cet homme. Et ne me punissez pas pour les secrets que j'ai dans le cœur, car j'ai promis de les garder. Ce n'est pas bien, je sais, mais j'ai juré à Cici et à mon père… »

Tandis qu'elle priait, elle sentit la main de son mari se refermer plus fermement sur la sienne. Sans qu'elle s'en rendît compte, il l'avait attirée plus près de lui et elle s'appuyait contre son bras, aussi solide qu'un pilier de marbre. Peut-être était-ce un signe que sa force la protégerait et la soutiendrait face à ses craintes.

Le pasteur leur fit prononcer leurs vœux, le duc répondant par un ferme « Je le veux » et maintenant sa pression sur la main de Miranda, ce qui l'incita à répondre de la même façon.

Il récita ses devoirs avec la même assurance, bien que son regard effleurât à peine Miranda tandis qu'il parlait, et elle promit de « l'aimer, le chérir et lui obéir ».

Puis le révérend demanda l'anneau et le duc la contempla avec une expression médusée, ayant clairement oublié ce détail. Il jeta un coup d'œil à St. John amusé, et fit glisser sa chevalière de son doigt pour la tendre au pasteur qui la bénit. Quand il déclara : « Par cette bague je vous épouse, avec mon corps je vous vénère et je vous remets toutes mes possessions terrestres », sa voix prit un ton d'excuse pour tout ce qui s'était passé lors des dernières vingt-quatre heures. Et il baisa la chevalière avant de la passer au doigt de Miranda.

Il replia ses doigts sur les siens pour empêcher la bague de glisser, et pendant un instant elle eut l'impression d'avoir emprisonné son baiser dans sa paume. Elle put en sentir la chaleur se répandre en elle.

Le pasteur acheva la cérémonie d'une voix monotone et Miranda se raccrocha au baiser qui touchait sa main. Cici avait eu raison en tout point. Tout allait bien se passer. Son nouvel époux pouvait être bougon, mais il y avait eu de la tendresse dans la façon dont il avait prononcé ses vœux, lui avait fait croire à ses paroles, l'avait soutenue quand elle était effrayée et lui avait donné sa bague.

Puis ce fut fini, et sa main fut fermement posée au creux du bras de son mari tandis qu'ils se tournaient pour accepter les félicitations de l'assistance. Des deux personnes qui la composaient.

La femme du pasteur renifla poliment et admit que cela avait été une belle cérémonie, quoi qu'il en soit. Puis elle leur souhaita du bonheur d'un ton qui laissait entendre qu'elle pensait que c'était loin d'être gagné.

Le sourire de St. John était aussi éclatant que toujours, même s'il était un peu triste. Il serra la main de son frère et Marcus l'accepta avec raideur.

— Bonne chance, Marcus. Une fois de plus, vous êtes plus fortuné que vous le méritez.

Il se tourna vers Miranda.

— Miranda, ma chère sœur.

Il lui prit les mains et déclara :

— Je dois partir cet après-midi, comme mon frère le souhaite. Mais s'il y a quoi que ce soit que je puisse faire pour vous, l'aubergiste du village saura où me trouver. Et maintenant — ses prunelles étincelèrent —, que je sois le premier à embrasser la jeune mariée.

Avant que son frère puisse objecter, et bien que Miranda vît l'orage qui s'amassait dans ses yeux, les lèvres de St. John se posèrent brièvement sur les siennes. Ce fut un baiser doux et inoffensif, et elle ne put s'empêcher de sourire de son impertinence.

— St. John, je crois qu'il est temps pour vous de partir, déclara Marcus d'un ton sec. Vous auriez dû le faire depuis longtemps, de fait. Quant à vous…

Il baissa les yeux sur Miranda et elle s'avisa de nouveau combien il était imposant. Elle s'écarta de lui, tendue, mais il la ramena à lui.

— Vous devez apprendre à faire attention à qui vous embrassez, madame.

Il plongea dans le sien un regard qui s'était assombri. Elle se perdit dans ses yeux, paralysée par la nervosité et l'anticipation. Puis la bouche de Marcus couvrit la sienne et il posa une main sur sa nuque, caressant ses cheveux et faisant naître des frissons dans son dos. Malgré elle, elle se détendit et s'appuya contre lui, glissant les mains sous les rabats de sa redingote pour sentir la solidité de son corps, le laissant la soutenir tandis qu'il posait son autre main sur sa taille.

Cela n'était pas bien.

Cela ne devait pas être.

Les idées qui lui venaient n'avaient pas de place dans une chapelle.

Elle ouvrit la bouche pour protester et la langue de Marcus s'introduisit en elle, caressant la sienne et allant et venant, simulant... Elle sentit cette sensation la traverser en un grand frisson.

Elle lutta pour contrôler ses émotions.

Dieu du ciel, non !

Elle ne devait pas répondre ainsi. Que devait-il penser ?

Elle se dégagea de ses bras et recula, levant les yeux vers lui en état de choc. Il lui sourit, un sourcil haussé en signe de surprise. Puis il se détourna, fixant au-delà d'elle le dos de St. John qui s'éloignait.

5.

Elle tremblait encore d'un mélange de passion et de panique. Comment avait-il osé ? Dans une église ! Et devant un pasteur ! Et elle avait répondu comme une vulgaire catin. Si ce baiser avait été une façon pour son mari de vérifier son expérience, il avait probablement confirmé ses pires craintes.

Son estomac vide protesta et elle se couvrit la bouche, redoutant de regarder la femme du révérend de peur de rendre sur le sol de marbre. Cela ne ferait qu'aggraver la situation.

Mais son mari ne s'en rendrait pas compte. Il quittait déjà la chapelle à grands pas et s'engageait dans le vestibule, suivant St. John à quelque distance, certainement pour s'assurer qu'il se dirigeait vers les écuries pour s'en aller.

Miranda redressa le dos et se tourna vers le pasteur et sa femme, s'obligeant à afficher un sourire.

— Bien.

Le mot était empli d'un entrain artificiel.

— Je dois vous remercier, révérend Winslow, et vous, madame Winslow, pour votre sollicitude en ce qui concerne ma sécurité et mon honneur.

— Hum… Eh bien… Cette sollicitude continue, Votre Grâce, déclara le révérend.

Un instant, Miranda regarda autour d'elle, s'attendant à

voir son mari derrière elle. Puis elle s'avisa qu'il s'adressait à elle, la nouvelle duchesse.

— Merci encore. Mais je suis certaine, maintenant que nous sommes mariés, que tout ira bien pour moi ici.

Ils continuèrent à la fixer. Elle avait espéré qu'un « au revoir » soit sous-entendu dans ses remerciements, mais ils ne montraient nul signe de vouloir partir. Ils devaient attendre quelque chose.

— Bien, répéta-t-elle, mais son empressement avait nettement diminué.

— Peut-être qu'au cours du déjeuner de mariage, nous pourrions de nouveau parler à monsieur le duc, suggéra Mme Winslow. Pour nous assurer qu'il n'attend rien d'autre de nous.

Sa remarque ouvrit la voie à un autre problème.

— Ah, oui. Le déjeuner de mariage.

Miranda se demanda si quelqu'un parmi les domestiques avait songé à recevoir des invités. Elle doutait, après avoir vu son humeur à l'église, que son mari se souciât de célébrer l'événement. Toutefois, si elle ne pouvait fournir un gâteau et du champagne, elle ferait bien de trouver une servante pour accueillir les Winslow, qui semblaient bien décidés à s'attarder.

— Rentrons à la maison et voyons ce que les domestiques ont préparé, dit-elle.

Elle les accompagna et les laissa dans le salon en promettant de revenir rapidement, puis se rua dans le vestibule et appela Wilkins.

Le majordome semblait être en aussi piteux état que la veille. Il lui jeta un long regard vaseux qui la fit penser qu'il avait oublié qui elle était.

— Wilkins, lança-t-elle d'un ton abrupt dans l'espoir de

pénétrer son esprit habité par le brouillard du cognac. J'ai besoin que vous trouviez Sa Grâce et que vous lui demandiez de venir prendre congé des Winslow. Et il faut que je parle à la gouvernante au sujet d'un déjeuner de mariage.

— Un déjeuner.

Wilkins avait enregistré le mot, à en juger par la panique qui se lut sur son visage.

— C'est peu probable, miss. La gouvernante n'est pas là aujourd'hui.

En un éclair, la situation dans laquelle elle avait atterri s'étendit devant Miranda. La maison était impossible à mener, les domestiques indociles, le duc asocial et indifférent au chaos qui l'entourait.

Et, après vingt minutes de prières machinales, elle était en charge de cette maisonnée.

— Tout d'abord, Wilkins, déclara-t-elle d'une voix suave, vous ne m'appellerez plus « miss ». Après la cérémonie qui vient d'avoir lieu dans la chapelle, mon titre est Sa Grâce, duchesse d'Haughleigh. Comme je doute que vous vous souveniez de mon ancien nom, vous n'aurez pas à perdre de temps pour l'oublier. En outre, si la gouvernante n'est pas là, elle a dû prendre des mesures pour que la maison soit correctement menée en son absence. Qui doit la remplacer ?

Le regard blanc de Wilkins et son front plissé furent une réponse suffisante.

— Parfait. Je vais en conclure que personne n'est responsable, et c'est certainement l'impression que donne cette maison. La cuisinière est-elle disponible ? Sobre ? Vivante ? Avons-nous au moins une cuisinière, Wilkins ?

— Oui, miss. Euh… madame. Votre Grâce.

A chaque nouvelle appellation, le dos du majordome se redressait un peu.

— Alors vous allez l'informer que, si elle tient à sa place, il y aura un déjeuner de mariage servi dans la salle à manger dans quarante-cinq minutes. Je n'attends pas un miracle. Seulement le mieux qu'elle pourra faire en étant prévenue si tardivement. Et une bouteille ou deux du meilleur champagne de la cave pour nous éviter de penser à la nourriture. Maintenant, veuillez trouver le duc et lui dire de nous rejoindre dans le salon, je vous prie.

Son discours avait dû faire mouche, car Wilkins s'éloigna en direction de la cuisine à une vitesse qu'elle ne lui avait jamais vue. Cela fait, Miranda se détourna avec autant de majesté et d'assurance qu'elle put en montrer et retourna dans le salon, essayant d'afficher sa part de bonheur conjugal.

Les Winslow étaient perchés sur le bord de leurs chaises, attendant son arrivée. Elle les informa du bref délai et entreprit de tenir une conversation, ce qui revenait à soulever un bœuf mort. Les sujets tels que la famille, le passé, les amis, les espoirs pour l'avenir avaient été épuisés ou esquivés durant l'entretien du matin avec Mme Winslow.

Les efforts que fournit Miranda pour les faire parler de leur propre vie prouvèrent qu'ils n'avaient pas beaucoup voyagé, et qu'ils n'étaient pas très intelligents.

La pendule égrenait ses minutes et le duc n'arrivait toujours pas. Cela lui plairait sûrement de se découvrir le sujet de la conversation quand il ferait son apparition, se dit Miranda. Elle fit un essai timide :

— Connaissez-vous la famille Radwell depuis longtemps, révérend ? Pour ma part, ils me sont étrangers, hormis une correspondance entre la douairière et ma tutrice.

— Hum... Eh bien... J'ai passé le plus clair de ma vie dans la région. Les choses étaient différentes du temps de l'ancien duc, déclara le pasteur.

— Comment cela ?

Miranda doutait qu'une demande d'information aussi directe pût recevoir une réponse, mais elle décida que cela valait la peine d'essayer.

Le pasteur jeta un coup d'œil nerveux vers la porte, comme s'il s'attendait à voir apparaître le duc actuel à la mention de son nom. Mais sa femme n'était plus capable de retenir les noirs secrets qu'elle connaissait.

— L'ancien duc n'aurait pas supporté les folies de ses fils, dit-elle. Il connaissait son devoir et le domaine était un exemple du temps où il le gérait. Le quatrième duc a essayé pendant quelques années d'être à la hauteur des exigences de son père, mais il a jeté l'éponge après la mort de sa première femme, laissant la pauvre douairière se débrouiller seule du mieux qu'elle pouvait. Quant à lord St. John…

Elle secoua la tête et soupira pour donner plus d'importance à ses dires.

— … il n'a jamais fait le moindre effort pour rendre la vie de sa famille plus facile. Du moment où il a été assez âgé pour distinguer la différence entre les sexes, déchiffrer les figures d'un jeu de cartes ou compter les points sur des dés, il a toujours eu des dettes. A mon avis, la douairière est plus morte d'un cœur brisé que d'autre chose. Et pour ce qui est du duc actuel…

A cet instant précis, la porte s'ouvrit et Marcus parut sur le seuil.

La femme du pasteur s'empressa de refermer la bouche.

— Si je pouvais vous voir un moment dans le vestibule, Miranda.

Le mot « sur-le-champ » ne fut pas prononcé, mais il était assez clair. Et le son de son nom sur ses lèvres fit un étrange effet à la jeune fille. Il y avait quelque chose dans la manière dont il prononçait le « r » qui ressemblait à une sourde vibration.

— Veuillez m'excuser un instant, révérend. Madame Winslow.

Elle se leva en hâte pour rejoindre son mari dans le vestibule.

— Votre Grâce ?

— Vous avez exigé ma présence, Miranda ? demanda-t-il en s'inclinant moqueusement devant elle.

— Je ne l'ai pas exigée. J'ai demandé à Wilkins de vous trouver et de vous faire venir à notre déjeuner de mariage.

— Je n'ai pas commandé de déjeuner.

— Je l'ai fait.

Elle lui jeta un regard noir, sous l'effet de la frustration.

— Peut-être que vous ne voyez nul besoin de célébrer cette journée, et je pourrais me passer de continuer ce… cette comédie, mais les Winslow attendent cela de nous et ne partiront pas tant que ces gracieusetés n'auront pas eu lieu.

— Maudits soient les Winslow !

— Maudissez-les si vous voulez, chuchota Miranda, mais faites-le discrètement. Ils écoutent probablement à la porte.

— Je me moque qu'ils m'entendent. S'ils n'ont pas le bon sens de s'en aller…

— Fort bien, alors il n'y aura pas de déjeuner. Et puisque je dois n'avoir aucune autorité dans cette maison, je vais vous laisser entrer dans le salon et leur demander de partir. Ordonnez-leur de quitter les lieux. Vous semblez être doué pour cela.

— Ah, nous en venons au fond du problème. Il s'agit de St. John, n'est-ce pas ? Je lui ai dit ce matin qu'il n'est plus le bienvenu ici et ma décision est ferme.

— St. John ? Ne soyez pas ridicule. Il s'agit de votre manque de volonté de respecter les convenances pendant plus de quelques minutes d'affilée.

— Je les ai respectées en vous demandant en mariage. Et je vous ai épousée, non ?

Elle s'obligea à sourire et marmonna entre ses dents serrées :

— Et maintenant vous devez prétendre célébrer ce mariage, comme je le fais. Avalez un morceau de gâteau et un verre de vin. Nous devons tous les deux manger quelque chose, et cela ne nous tuera pas de le faire ensemble. Puis remerciez le pasteur d'avoir présidé la cérémonie, payez-le et faites-le partir.

La porte du salon s'ouvrit et la tête du révérend parut dans l'embrasure.

— Et comment vous en sortez-vous, tous les deux ?

Marcus sourit avec une telle férocité que le pasteur recula à l'abri de la porte.

— Aussi bien que l'on peut s'y attendre, révérend. Je viens d'apprendre que ma femme a arrangé une petite fête pour nous. Passons à la salle à manger et voyons ce que les domestiques ont préparé.

Il montra le chemin, nota Miranda avec soulagement, car elle ne s'était pas encore rendue dans la salle à manger depuis son arrivée. Ce fut ce qu'elle attendait : une pièce sale et poussiéreuse, avec une vilaine soie peinte sur les murs qui représentait des bergers et des bergères mal dessinés gardant des moutons dans des collines.

Le déjeuner ne la surprit pas non plus. Du thé trop léger, des œufs coulants, un jambon médiocre accompagné par l'éternel pain sec. Elle se demanda comment la cuisinière s'arrangeait. Avait-elle trouvé un moyen de le faire durcir avant de le cuire ? Le gâteau de mariage lui-même était la partie la plus atroce de la collation. Il n'y avait pas eu assez de temps pour confectionner un vrai gâteau, et la cuisinière avait accomodé les restes d'un autre repas. Le repas de qui ?, Miranda n'en était pas sûre, mais il était certain que ce n'était pas le sien. La partie coupée avait été replâtrée et l'ensemble lourdement recouvert de sucre glace et émaillé de violettes en sucre qui étaient incapables de cacher le piètre état de ce dessert.

Marcus présidait la table sans dire un mot, gardant l'affreux sourire qu'il avait eu dans le vestibule. Le pasteur prononça une brève prière d'action de grâce, à laquelle le duc répondit par un clignement d'yeux, et ils se mirent à manger.

Au soulagement de Miranda, Wilkins avait suivi ses instructions et fourni le meilleur champagne que la cave avait à offrir. Elle n'en avait jamais goûté auparavant et fut surprise de le trouver aussi léger et facile à boire. Elle fut tout aussi surprise, vingt minutes plus tard, d'en avoir bu trois verres et d'avoir à peine touché à la nourriture posée dans son assiette. Elle ouvrit la bouche pour parler et eut un hoquet, ce qui fit sursauter les Winslow sur leurs chaises et lui attira un regard critique de son mari. Elle s'excusa calmement et empêcha le valet empressé de remplir de nouveau son verre.

Peu après, le duc ôta sa serviette de ses genoux et la jeta sur son assiette d'un geste décidé. Il se leva et s'avança lentement vers le pasteur avec un sourire diabolique, d'un pas si mesuré que les deux femmes furent convaincues que le révérend allait connaître sa dernière heure. Alors Marcus glissa la main dans la poche de sa redingote et le pasteur se crispa dans l'attente du coup à venir.

Marcus tira simplement une enveloppe remplie de billets de banque et la laissa tomber dans l'assiette du révérend.

— Merci pour votre assistance, révérend et madame Winslow. Bonne journée.

Puis il resta là, parfaitement immobile, dominant le pasteur. Et attendit. Tout bien considéré, Miranda se dit qu'elle préférait encore le voir crier. Mais l'effet était impressionnant et il fallut moins d'une minute au pasteur pour perdre contenance, s'excuser, leur présenter ses vœux et pousser sa femme vers la porte.

Miranda les salua d'une révérence artificielle, en espérant que cela ne se voyait pas trop, puis elle se tourna et vit que son mari les avait suivis jusqu'à la porte.

— J'escompte que cela a été suffisant, madame ?

Il la fixa avec seulement une légère trace de l'ennui qu'il avait montré durant l'heure écoulée.

— Oui, merci.

Elle leva les yeux vers lui et se demanda ce qui lui passait à l'esprit. Il était capable de tant d'émotions, et d'en changer si rapidement.

— Fort bien.

Il continua à la contempler, comme s'il la voyait pour la première fois.

Miranda abaissa son regard, serra les mains, puis se rappela la bague qu'il lui avait donnée et le baiser qui l'avait accompagnée. Elle rougit, passant son doigt à la surface du bijou en or, et éprouva une sensation de sécurité et de chaleur.

Il baissa les yeux sur son geste.

— Ah, oui. J'avais oublié cela. Pouvez-vous me rendre ma bague, je vous prie ?

Elle le dévisagea, choquée.

— J'en ai besoin, expliqua-t-il. Et il ne faudrait pas que vous la perdiez.

— La perdre ? C'est juste que… Je pensais…, bafouilla-t-elle.

Elle considéra la chevalière, ne sachant que dire. Elle avait pensé que ce don signifiait quelque chose.

Peut-être pas.

Alors elle croisa le regard de Marcus et se perdit dans ses yeux. Ses doigts se détendirent, la lourde bague glissa et rebondit sur le sol de marbre.

Le duc se baissa pour la ramasser avant qu'elle ait roulé trop loin, puis il hocha la tête comme si cela confirmait ce qu'il pensait, à savoir qu'elle ne méritait pas de la garder.

— Merci. Et maintenant, si vous voulez bien m'excuser, je suis sûr que je vous reverrai dans nos chambres, plus tard.

6.

Miranda fixait le dais de son lit, observant une araignée qui tissait sa toile dans un coin. Son mari allait bientôt venir, ferait ce qu'il avait à faire, et ce serait terminé.

Elle essayait de ne pas repasser dans son esprit les explications détaillées que Cici lui avait données des relations conjugales. Cela ferait mal la première fois, mais elle ne devait pas avoir peur.

Elle maudit mentalement Cici de le lui avoir expliqué ainsi. Cela ne devait pas être trop douloureux, sinon les femmes n'accepteraient jamais une deuxième fois.

La douleur ne lui était pas étrangère. Cet acte ne pourrait blesser son corps autant que le fait de partir de chez elle avait blessé son cœur.

Elle survivrait.

Cici lui avait dit aussi qu'avec certains hommes, ce n'était pas douloureux, mais de fait très agréable. Quand l'homme était aimant et doux, une femme ne rêvait de rien d'autre que d'être unie à lui.

Cici avait connu de nombreux hommes et pouvait faire des comparaisons.

Comme elle n'en connaîtrait qu'un seul, que cela puisse être agréable ailleurs ne devait pas la concerner. Néanmoins, il était irritant de penser que les choses pouvaient être plus plaisantes dans un autre lit.

N'avait-elle pas toujours su qu'il y avait des situations meilleures que la sienne ?

Et n'était-ce pas le désir fou d'améliorer sa situation qui l'avait conduite ici ?

Elle se remémora son dernier travail, qui consistait à aider aux cuisines d'une des grandes maisons proches de chez elle. Elle apportait des fraises qu'elle avait cueillies au jardin à la cuisinière, quand un lord dont elle ne connaissait pas le nom l'avait surprise dans un corridor retiré. Il lui avait barré le passage, lui avait souri et lui avait souhaité une bonne matinée.

Elle lui avait rendu son sourire et avait cherché à le contourner.

Il lui avait demandé son nom.

Elle avait répondu poliment et avait continué à avancer vers la cuisine.

Il avait été sur elle avant qu'elle s'en rendît compte, lui collant le dos au mur. Il avait plongé la main dans le panier de fraises qu'elle tenait devant elle et en avait porté une à sa bouche, mordant dans le fruit et laissant couler le jus sur son menton. Puis il en avait pris une autre et l'avait portée aux lèvres de Miranda, en lui demandant de la mordre.

Elle avait faim et n'avait pu résister à la tentation de manger une fraise. Elle l'avait mangée de la main du gentilhomme, comme un animal apprivoisé. Alors il avait glissé la main sur le devant de sa robe et s'était emparé de sa poitrine.

Elle était restée là, figée par le choc tandis qu'il soupesait un de ses seins et en faisait rouler la pointe entre ses doigts.

Son esprit lui avait crié qu'elle devait s'enfuir en courant. Mais ses jambes l'avaient trahie et n'avaient pu bouger. Et il s'était penché plus près sur elle, lui mordillant le lobe de l'oreille et lui chuchotant qu'il y avait beaucoup de façons plus faciles de gagner quelque monnaie que de faire des courses pour la cuisine, « Miranda ».

Et que, « Miranda », il pouvait y avoir de belles robes et de charmants colifichets pour une jolie fille, une fille qui savait se tenir tranquille, si elle laissait tomber son panier de fraises et venait avec lui.

Et, à sa grande honte, elle avait été tentée. La partie d'elle-même qui était faible, fatiguée et effrayée lui disait qu'il avait raison. Il serait plus facile de s'allonger sur le dos et de céder.

Mais il avait commencé à lui décrire ce qu'il voulait dans des chuchotis altérés, et la colère avait dominé la peur. Elle avait lâché le panier et s'était enfuie de la maison. Elle avait sauvé son honneur, mais perdu sa place. Et elle s'était estimée heureuse qu'il n'ait pas pris ce qu'il voulait sans discuter.

Cici l'avait prévenue : si un homme se révélait être une brute, il valait mieux ne pas résister, mais rester tranquille et le laisser finir.

Ce qui la ramena à son nouvel époux.

Le baiser à l'église avait été assez étrange. Il avait été agréable au début, mais vite dominateur et impossible à fuir. Elle s'imagina coincée sous lui, ce soir, tandis qu'il grognerait et s'agiterait comme un étalon dans une cour d'écurie. Elle ne bougerait pas, le laisserait prendre ce qu'il voulait et peut-être cesserait-il de s'intéresser à elle et regagnerait-il sa chambre.

Elle devait toutefois considérer le bon côté des choses, quel qu'il soit. Il se tenait plus propre que ce que les domestiques tenaient la maison. Il était rasé de près et son corps sentait l'eau de Cologne, pas la sueur. Son haleine était fraîche. Ses dents étaient bonnes.

Les avantages de la richesse, pensa-t-elle. Ces circonstances meilleures que son père souhaitait pour elle, d'après Cici. Il était inévitable qu'elle se marie et qu'elle ait un homme dans son lit. Au moins, un homme riche serait propre et le lit serait large.

Et le résultat serait le même, qu'elle ait épousé un mendiant ou un pair. Un ventre gonflé, les douleurs de l'enfantement et un bébé. Au moins, son nouveau mari pourrait se permettre de garder ses enfants. Elle n'aurait jamais à s'inquiéter de manger à sa faim, d'avoir un toit sur la tête ou des vêtements décents sur le dos. C'était le présent que son père lui avait souhaité et elle devait lui être reconnaissante d'avoir été assez sensé pour se préoccuper de son avenir.

Elle guetta des bruits en provenance de l'autre chambre et ses nerfs se tendirent encore plus. Combien de temps comptait-il attendre ?

Il était plus de minuit et il n'y avait toujours pas de signe de lui.

Son estomac grogna, et le vide douloureux qui l'habitait lui fit monter de l'acide dans la gorge. Elle aurait dû prendre un repas. Elle aurait dû faire honneur à ce misérable déjeuner de mariage. Maintenant, elle était affamée autant que terrifiée et pouvait sentir un léger lancement qui commençait derrière ses tempes.

Peut-être devrait-elle sonner Polly pour qu'elle lui apporte un thé. Comme si la servante voudrait venir à cette heure. En outre, Miranda avait trop de sympathie pour la femme de chambre pour la tirer de son lit chaud afin de combler des besoins dont elle aurait dû s'occuper plus tôt dans la soirée.

Bien sûr, rien ne disait qu'elle ne pouvait pas prendre les choses en mains elle-même. Les grandes maisons étaient toutes les mêmes. Les chambres à l'étage, les cuisines en bas et un escalier de service entre les deux. Il était possible, à cette heure avancée, que le duc n'ait pas l'intention de lui rendre visite. Et s'il le faisait, elle se hâterait et serait de retour avant qu'il arrive, personne ne saurait rien.

Elle entrouvrit sa porte et longea le couloir sur la pointe des pieds, vers l'endroit où elle était sûre de trouver l'escalier de service.

Le duc contempla son verre de cognac. Il aurait dû être en haut, à cette heure, s'occupant de sa nouvelle épouse, et non dans la bibliothèque à essayer de rassembler un courage d'ivrogne.

Il se versa un autre verre et le but. Ce n'était pas ainsi que la journée aurait dû se passer. Il n'avait eu aucun désir de prendre femme, et certainement pas de se lier à la petite oie blanche qui avait surgi sur le pas de sa porte la veille. Il aurait dû finir par prendre une décision, mais il avait savouré la relative tranquillité de la maison sans la présence de sa mère.

D'abord, il remettrait le domaine en ordre. Et quelque chose devrait être fait à propos de St. John. Une sorte de trêve, au moins. Il faudrait qu'ils résolvent suffisamment leur vieux problème pour ne pas se prendre à la gorge l'un l'autre. Il n'avait pas vraiment envie de chasser son seul parent vivant de la maison pour de bon. Toutefois, ce serait peut-être nécessaire si aucune solution ne pouvait être trouvée.

Il n'avait jamais eu l'intention d'amener une femme dans la situation embrouillée qui était la sienne à présent. Mais quelqu'un avait contraint Miranda à s'y frayer un chemin et maintenant il avait un autre problème à régler. Et il s'était fort mal débrouillé jusqu'ici, l'admonestant dans le vestibule pour des questions dans lesquelles elle n'avait rien à voir, et poussé par les ricanements de St. John à lui donner ce baiser après le mariage. Il pouvait dire, d'après la façon dont elle avait crispé les lèvres au déjeuner, qu'elle était convaincue d'avoir épousé un goujat.

Et maintenant, au lieu de s'excuser et de s'occuper de l'affaire qui l'attendait, il se réfugiait dans la bibliothèque avec une bouteille de cognac. Comme si un excès d'alcool ferait autre chose que diminuer ses capacités à remplir le nouveau devoir qui s'ajoutait à une liste déjà longue.

Pour le moins, cela le rendrait peu attentif et il imaginait que déflorer une vierge requérait une certaine dose de finesse.

Si c'était vraiment l'état de Miranda. Il soupçonnait que non. Le fait qu'elle ait quitté Londres sans être accompagnée lui donnait des doutes. Il ne savait rien de la famille dont elle était issue hormis qu'elle avait subi des torts de la part de la sienne, et cela ne restreignait pas beaucoup le champ où il pouvait choisir une épouse. C'était ainsi qu'il avait gagné sa première femme, également. Il supposait qu'entre sa mère, son frère et lui, il y avait une bonne liste de jeunes filles à marier dont les familles avaient été spoliées. Mais il ne pouvait pas prendre un harem pour réparer l'honneur des siens.

Il vaudrait peut-être mieux, songea-t-il en faisant tourner l'alcool dans son verre, repousser la consommation du mariage, au moins jusqu'à ce qu'il ait pu déterminer la raison pour laquelle sa mère avait été si encline à lui faire épouser cette femme en particulier. Il serait sensé de procéder avec prudence.

Mais quel plaisir en retirerait-il ?

Il sourit à la pensée qui s'était glissée malgré lui dans sa tête. Jeter la prudence à tout vent ? Il était le frère de St. John, après tout. Il serait sans doute raisonnable de retarder la nuit de noces jusqu'à ce qu'il soit sûr de vouloir rester marié à la femme en question, mais cela ne le satisfaisait pas. Si elle était venue chez lui dans l'espoir d'être épousée, elle devait sûrement attendre sa visite.

Il reposa son verre et se dirigea d'un pas lent vers sa chambre.

Si elle était honorable, et que tout ceci n'était qu'une horrible méprise, elle méritait la protection de son nom, et devait être prête à se soumettre gracieusement à son nouvel époux. Elle avait eu amplement l'occasion d'arrêter cette farce de mariage au début, mais elle n'avait rien dit. Elle n'avait à présent aucune raison de se récrier devant la conclusion inévitable de la journée.

Mais si elle était une catin qui lui avait été imposée par une combinaison de mauvaise fortune et du désir de sa mère de se racheter ? Alors il pourrait profiter des faveurs de sa femme, sachant qu'il ne prendrait pas des libertés qu'elle n'avait pas déjà accordées ailleurs. Et quand il découvrirait la vérité, il la jetterait à la rue avec armes et bagages, en se moquant de sa réputation. Elle pourrait crier et pleurer tant qu'elle voudrait, mais sans licence de mariage, il n'y avait pas de mariage. Il n'était pas lié par un contrat légal, et ce ne seraient pas une femme éplorée et un pasteur se tordant les mains qui le persuaderaient de la garder.

Cela dit, le moyen le plus rapide de découvrir son honneur ou son manque d'honneur était de passer à l'action. En voyant la jeune fille nue, il pourrait constater si elle avait un ventre bourgeonnant ou si elle manquait de pudeur.

Mais si elle était innocente ? Alors il lui faudrait manigancer un plan.

Il arriva à sa chambre et s'arrêta, la main sur la poignée de la porte. Comment arranger les choses au mieux ? Dans sa chambre, ou dans celle de Miranda ? Dans celle de la jeune fille, se dit-il. Ainsi, quand ce serait fini, elle pourrait avoir le réconfort de la familiarité, pour autant qu'elle se sente chez elle après un séjour de vingt-quatre heures.

Habillé, ou déshabillé ? Dévêtu serait plus facile, décida-t-il. Il y avait certainement du plaisir à se découvrir lentement, mais peut-être, dans ce cas, la rapidité serait-elle préférable.

Dévêtu, donc. Mais jusqu'à quel point ? Pas entièrement. Il ne pouvait arriver nu dans sa chambre. Si elle était vierge, il ne pouvait savoir quelles informations elle avait reçues sur les relations conjugales. Se montrer nu et complètement excité n'était pas une façon de donner des leçons d'anatomie. Peut-être en cet instant était-elle assise très correctement dans son lit, dans sa meilleure chemise de nuit et portant sa coiffe, attendant son époux.

Cette pensée le fit sourire.

Fort bien. Dans sa chambre à elle. Il arriverait vêtu de sa robe de chambre, et s'assiérait au coin du lit pour ne pas l'alarmer. Ils discuteraient. Puis il se rapprocherait d'elle. Il lui prendrait la main pour la rassurer. Et il s'emparerait de ses lèvres.

Très vite, il la posséderait, et l'affaire serait conclue.

Il se déshabilla sans l'aide de son valet et enfila une robe de chambre de brocart. Il resserra le nœud de sa ceinture et hocha la tête en signe d'approbation. Voilà. Un plan était en place et les choses allaient se dérouler jusqu'à leur conclusion.

Il ouvrit la porte de communication.

Les choses auraient pu continuer, s'il n'y avait pas eu l'absence d'un élément capital. Sa femme n'était nulle part.

Miranda considérait le cellier d'un regard noir. Comment la maison pouvait-elle receler si peu de nourriture ? Elle ne voulait qu'un morceau de pain et de fromage, mais elle s'était attendue à trouver davantage. La collation qu'elle prit semblait à peine convenir aux souris qu'elle avait dérangées en entrant dans la pièce.

Du pain si rance. Et du fromage si sec. C'était aussi peu appétissant que le déjeuner et le dîner. Elle s'imagina écrivant une lettre de doléances à sa famille.

« Chère Cici et cher père,

» Je suis arrivée dans le Devon et j'ai épousé un duc. Et je suis plus fatiguée et affamée que je l'ai jamais été dans ma vie. Je vous en prie, laissez-moi rentrer à la maison. »

— Par tous les diables, que faites-vous dans la cuisine ?

« Et pourquoi faut-il que vous criiez chaque fois que vous me parlez ? » se demanda Miranda en se massant les tempes.

Le duc se tenait sur le seuil, les bras croisés devant lui. Ses paroles roulèrent sur la jeune fille tel un torrent.

— Je suis entré dans votre chambre, comptant vous trouver en train de m'attendre, et j'ai dû parcourir toute la maison avant de vous découvrir. Et ici, entre tout autre endroit. Envisagiez-vous de dormir près du feu, comme le chat de la cuisine ? Devais-je appeler les domestiques pour vous retrouver ? N'aurait-ce pas été superbe ? Faire savoir à la maisonnée que le duc a une épouse depuis moins d'une journée et l'a déjà perdue.

— Parce que cela ne concerne que vous, n'est-ce pas ? rétorqua Miranda d'un ton cinglant. Et ce que les gens peuvent penser. C'est pour cela que vous avez dû m'épouser. C'est la seule raison pour laquelle je suis encore ici et je suppose que vous me le rappellerez chaque fois que je commettrai une erreur, pour le restant de mes jours.

— Si vous voulez rester dans cette maison, alors oui, il s'agit de mes souhaits. Et si je déclare que ce que les gens pensent est important, vous feriez bien de le croire et d'agir en conséquence.

— Mais justement, répliqua-t-elle. Je ne veux pas rester dans cette maison. Quelle raison aurais-je d'y rester ?

— Beaucoup penseraient qu'une grande maison et un duc seraient une raison suffisante, gronda Marcus.

La rage et la confusion submergèrent Miranda et lui échappèrent.

— Ces gens ne vous ont pas rencontré. Sinon, ils auraient changé d'opinion. Car je jure que je ne me suis jamais sentie aussi misérable de ma vie. Vous avez mauvais caractère et une langue trop acérée, milord.

Elle huma l'air ambiant.

— Et vous avez bu. Vous ne faites que vous en prendre à moi, mais vous escomptez que je vous attende docilement dans mon lit. Vous avez été assez empressé de m'embrasser devant l'autel, et cependant vous n'avez montré nulle hâte de venir me rejoindre pour notre nuit de noces. Je vous ai attendu pendant des heures, et finalement j'ai eu trop faim pour patienter davantage et je me suis rendue dans la cuisine pour trouver de quoi manger.

Elle désigna les alentours d'un geste.

— Mais, hélas, il n'y a presque rien. Quelle surprise que cette maison soit menée comme la plus pauvre des cahutes, et non comme une grande résidence ! Etes-vous aussi misérable que vous êtes véhément, pour que les repas que vous servez soient si maigres et les pièces si froides et si sales ?

Il eut l'air, pensa-t-elle, d'un chien qui avait reçu une tape sur le museau et qui se montrait étourdi avant de décider d'attaquer ou de battre en retraite. Et elle sentit le monde vaciller sous elle quand elle comprit ce qu'elle avait fait. Le duc d'Haughleigh n'était pas du genre à tourner bride et à s'enfuir.

— Si c'est ce que vous ressentez, madame, dit-il d'une voix glacée, alors je devrais peut-être vous renvoyer à Londres.

Miranda mesura qu'elle était allée trop loin. Elle avait manqué à son père. Elle avait manqué à Cici. Elle avait mis le duc en fureur. Et elle n'avait nulle part où aller.

La pièce se mit à tourner autour d'elle.

— Sacrebleu.

Marcus la vit qui commençait à s'affaler et se jeta en avant pour la rattraper avant qu'elle heurte le sol. Qui aurait pensé, après une telle algarade, qu'elle allait se pâmer ?

Puis il attira son corps à lui et eut la réponse. La pauvre enfant n'avait que la peau sur les os. Elle n'avait pas exagéré en déclarant qu'elle avait froid, qu'elle était fatiguée et affamée. Elle ne faisait que dire la vérité sur l'hospitalité catastrophique qu'il lui avait offerte.

Il passa une main sous ses genoux et la souleva dans ses bras, surpris qu'en dépit de sa haute taille elle soit si légère.

Elle se débattit faiblement contre sa poitrine et murmura :

— Reposez-moi par terre.

— Et vous laisser tomber en tas sur le sol ? Certainement pas.

Il s'engagea dans l'escalier et se dirigea vers leurs chambres.

Quand Miranda s'avisa de la direction qu'il prenait, elle lutta contre lui, mais il la serra plus fort.

— Non, je vous en prie.

Il perçut le frisson violent qui lui traversait le corps comme ils franchissaient le seuil de sa chambre.

Il contempla avec stupeur le sommet de sa tête, essayant d'y voir clair dans le labyrinthe que cette femme devait appeler son cerveau, et supposa qu'il comprenait.

— Ne craignez rien, madame. La nécrophilie ne fait pas partie de mes nombreux vices. Je n'ai pas l'intention de vous traîner inconsciente jusqu'à votre lit et de m'imposer à votre corps sans vie.

Il la déposa sur le lit et elle se pelotonna, ses poings serrés pressés sur son visage.

Marcus la contempla à la lueur du feu, surpris de ce qu'il vit. Elle était étonnamment mince, et les flammes jetaient des ombres dans les creux qui soulignaient ses yeux et ses pommettes. Sa chemise de nuit n'était pas la délicate pièce de trousseau qu'il s'attendait à découvrir, elle était en coton épais, reprisée maintes fois et un peu trop courte pour elle.

Il écarta les mains de Miranda de son visage et les considéra, frottant doucement ses paumes de ses pouces. Elles étaient rugueuses, marquées par des cals et des ampoules fraîches, ainsi que par des coupures et des cicatrices témoignant d'une personne qui savait ce que c'était que de travailler pour gagner sa vie. Il la lâcha et elle cacha ses mains, le regardant avec horreur et guettant sa réaction.

— Je vais vous envoyer Polly avec de la nourriture, dit-il. A l'avenir, ne craignez pas de demander ce que vous voulez, que ce soit une bûche supplémentaire dans le feu ou un repas.

Je vais rejoindre ma chambre, maintenant, et n'attendrai rien d'autre de vous que vous vous reposiez et repreniez des forces avant de prendre quelque décision que ce soit. Bonne nuit, Miranda.

Il ferma doucement la porte derrière lui. Quel oiseau rare elle était! Prête à s'élancer au cœur de la tempête en battant des ailes pour s'en défendre. Il avait mauvais caractère et une langue acérée, avait-elle dit ?

Il sourit et s'assit à son bureau. Elle avait pris sa mesure en une seule journée. Et la voir s'élever contre lui dans toute sa fureur avait été tout à fait… excitant, pensa-t-il en remuant sur sa chaise. Ce n'était pas une fleur délicate qu'il craignait de toucher. Ni une séductrice pleine de calculs qui avait l'intention de le piéger. Cette femme avait du feu dans le sang et se moquait totalement de lui ou de son titre. Et si la colère et la passion avaient partie liée ? Alors peut-être que le temps était venu pour ce mariage. Qu'il en était même plus que temps.

Bien sûr, il lui faudrait réparer certains des dommages qu'il avait causés durant ce dernier jour, s'il espérait qu'elle vienne à lui de son plein gré. Il devait être prudent.

C'était ce genre de pensées qui l'avait conduit au désastre de son premier mariage. Avec Bethany, cela avait été sa douce nature et sa beauté éblouissante qui lui avaient permis de l'enrouler pieds et poings liés dans sa toile, avant d'aspirer tout l'espoir qu'il avait en lui. Cette femme-ci pouvait y arriver par la simple force de sa volonté, le séduisant par sa passion, le rendant faible du désir de la satisfaire.

Il lui fallait savoir d'où elle venait, avant de s'être abattue sur lui sans qu'il soupçonne rien. Pourquoi elle était endurcie par le travail. Quel tort sa mère lui avait causé.

Il réfléchit un moment, puis décida d'agir, prenant une plume et du papier sur son bureau.

« Très chère Miranda. »

Il froissa la feuille et la jeta dans le feu. Comment devait-il commencer une lettre à une épouse qui était une complète étrangère pour lui ?

« Miranda. »

Un peu froid, peut-être, mais adéquat.

« Je pense qu'il vaut mieux, après cette nuit, que nous procédions avec prudence dans le voyage qui nous attend. Vos perceptions sont exactes. Je ne vous aurais pas choisie si la situation ne m'avait été imposée par mon honneur, tout comme vous n'auriez pas recherché ma compagnie, sur la base de ma conduite de ces deux derniers jours.

» Mais cela ne signifie pas que notre union soit impossible. Parfois, cela renforce un mariage de voir le pire d'abord et de trouver ensuite la douceur du bonheur. J'ai donc décidé de me rendre à Londres quelques semaines et de vous laisser seule pour que vous vous accoutumiez à votre nouvel environnement. La maison est à vous ; faites-en ce qu'il vous plaît. Les domestiques sont également à vos ordres. Je pense que vous trouverez qu'il y a des avantages à un titre et à un domaine, des avantages qui peuvent compenser les tristes déficiences du caractère de leur propriétaire.

» Passez deux semaines seule, utilisez-les pour vous reposer de votre voyage et pour vous approprier votre nouvelle maison avant que nous prenions un nouveau départ. Je ferai de mon mieux pour laisser ma mauvaise humeur en ville et pour vous revenir comme un mari contrit et respectueux.

» Et, si vous décidez néanmoins que vous souhaitez rentrer chez vous, nous nous en occuperons quand je reviendrai. Il ne devrait pas y avoir de problème pour obtenir une annulation, puisque je n'ai pas visité le lit conjugal et que je vous ai laissé votre honneur.

» En attendant mon retour, votre mari,

Marcus Radwell, duc d'Haughleigh. »

Il scella la lettre et la posa pour qu'une servante la place sur la table du petit déjeuner le lendemain matin. Puis il sonna son valet et donna de brèves instructions pour que la voiture soit préparée et les valets d'écurie réveillés.

Enfin, il prit les lettres que sa mère avait reçues de la mystérieuse lady Cecily. Deux semaines devraient lui suffire pour trouver son adresse et rassembler des informations sur sa nouvelle épouse.

7.

Le jour pointa de bonne heure, désagréablement brillant, et Miranda ferma les draperies pour s'en défendre. Après sa rencontre avec le duc la nuit écoulée, elle ne voyait absolument pas ce qu'elle pourrait dire ce matin-là. Nul doute que ses bagages seraient faits et l'attendraient dans le vestibule. Mais songerait-il à lui payer son voyage, ou assumerait-il qu'elle pourrait acheter un billet sur son propre argent ?

Elle eut un rire amer. Comme si elle avait de l'argent. Sa bourse avait été vidée par son trajet dans le Devon et ne montrait aucun signe de vouloir se remplir magiquement pour le trajet de retour.

Et si elle devait rentrer, où irait-elle ? Son père lui avait exprimé très clairement qu'elle ne devait pas revenir, et même si la séparation avait été affectueuse, elle savait qu'il était sincère dans son désir de se débarrasser d'elle — pour sa sécurité à elle et sa tranquillité d'esprit à lui.

A moins qu'elle abandonne toute fierté et gagne sa vie sur le dos, comme plus d'un gentilhomme l'avait suggéré. Mais quelle sotte jugerait préférable d'être la maîtresse d'un homme riche plutôt qu'une épouse ?

Il n'y avait rien à faire. Ce matin, elle allait chercher son mari et se mettre à sa merci, quoi qu'il advienne. Si elle ne mangeait rien d'autre aujourd'hui, elle remâcherait ses paroles du soir précédent.

— Votre Grâce, êtes-vous réveillée ?

Polly passa la tête entre les rideaux et lui présenta le plateau du thé.

— Je me demandais si vous voudriez déjeuner en bas, ce matin. La cuisinière a dit qu'il y aurait quelque chose dans le salon du petit déjeuner. Pas ce à quoi vous êtes habituée, j'en suis sûre, mais un peu mieux que ce que vous avez eu jusqu'ici.

Le thé était au moins chaud, ce jour-là, et Miranda espéra que c'était un signe des progrès à venir. Elle prit une gorgée et se sentit un tout petit peu mieux.

— Monsieur le duc m'a dit que vous seriez sans doute fatiguée, ce matin, et que je devais m'assurer que vous ayez assez de sommeil et un bon petit déjeuner — même si je dois me tenir devant vous et vous forcer à l'avaler, déclara fièrement la femme de chambre.

— Il a dit cela, vraiment ?

Miranda envisagea de refuser de manger, mais se rappela la promesse qu'elle venait de se faire.

— Et qu'a-t-il dit d'autre ?

— Que vous sauriez ce que vous voulez faire, que vous êtes la maîtresse de maison, maintenant, et que je dois vous aider de toutes les manières possibles, en m'assurant toujours que vous mangiez et que vous vous reposiez. Puis il est monté dans sa voiture et il est parti.

— Parti ?

— La nuit dernière, après minuit. Il s'est rendu à Londres, puis lord St. John est revenu de là où il était allé. C'était aussi animé que la cour d'une auberge, ici, cette nuit.

— St. John est de retour ?

Miranda essaya de ne pas montrer dans sa voix le soulagement qu'elle éprouvait. Peut-être le jeune homme pourrait-il l'aider à comprendre les actions de son mari.

Polly l'aida à s'habiller et elle descendit l'escalier pour aller prendre son petit déjeuner, mais s'arrêta à mi-chemin. Pourquoi hésitait-elle ? C'était sa maison. Son escalier. Ses domestiques.

Bien, pas vraiment les siens. Ceux de son mari, peut-être, jusqu'à ce qu'il revienne de l'endroit quelconque où il était allé. Probablement avec les documents nécessaires pour une annulation — si c'était la peine, car elle pensait qu'elle aurait dû signer une licence ou autre chose, et cela ne s'était pas produit la veille. Elle en était sûre. Ou, en tout cas, raisonnablement sûre. La journée avait passé si vite, et elle avait été si fatiguée…

Elle porta les mains à ses tempes et les pressa, essayant de faire taire les pensées qui lui trottaient dans la tête. Il n'était pas bon d'essayer d'analyser les événements des deux derniers jours. Même si elle avait eu l'esprit clair, ils n'auraient eu aucun sens et ils lui paraissaient seulement de plus en plus étranges.

Elle allait se concentrer sur la tâche qui l'attendait. Pas un pas en arrière, pas un kilomètre en avant. Juste un pas à la fois, jusqu'à ce qu'elle se sorte du labyrinthe dans lequel elle était perdue.

Et le premier pas était le petit déjeuner. Elle pénétra dans la pièce et découvrit St. John se prélassant à la tête de la table, à la place où elle se serait attendue à voir le duc. Il lisait le courrier comme si la maison lui appartenait. Miranda se demanda quelle serait la réaction de son mari s'il était là pour voir la scène, puis elle se ressaisit.

Elle savait parfaitement comment il réagirait. De la façon

dont il réagissait chaque fois qu'il voyait quelque chose qui lui déplaisait. Par des cris. Des menaces. Et St. John serait banni de la maison sans être entendu. Si elle ne pouvait rien faire d'autre, peut-être pourrait-elle trouver un moyen de mettre un terme aux stupides querelles que ces deux-là semblaient envenimer à souhait.

— Miranda.

Le jeune homme se leva et lui adressa un sourire rayonnant, et elle se sentit soudain beaucoup moins seule.

— Vous avez déjà un effet positif, ici. Il y a un petit déjeuner, pour changer. Et, même si je ne m'aventurerais pas à goûter les harengs, les œufs semblent assez frais. Venez, asseyez-vous.

— N'êtes-vous pas un peu désinvolte avec l'hospitalité de votre frère, pour quelqu'un que j'ai vu bannir de cette maison hier ?

St. John sourit de nouveau.

— Peut-être. Peut-être. Mais on m'a informé à l'auberge que mon frère partait pour Londres. Et bien qu'il ne puisse supporter ma compagnie, les domestiques sont très attachés au mouton noir que je suis et je compte sur leur silence quand il reviendra. En outre…

Il la regarda avec attention.

— … je me demandais si la nouvelle duchesse pouvait avoir besoin d'aide après avoir été abandonnée par son mari lors de sa nuit de noces. Allez-vous bien ?

La question fut posée avec douceur, mais il ne souriait plus et il se contracta, attendant la réponse.

— Certes, mentit Miranda.

Elle n'avait pas été congédiée, si les dires de Polly reflétaient l'humeur du duc. Et être laissée seule par son nouvel époux, mais autorisée à rester chez lui, était ce qu'elle pouvait souhaiter de mieux, même si c'était un peu irritant.

— Je commence déjà à me sentir chez moi, ajouta-t-elle. Est-ce le courrier ?

Elle tendit la main vers la lettre que St. John avait devant lui, mais il la ramena à lui.

— Attendriez-vous un billet doux, petite sœur ? Non, ce n'est pas le courrier. Juste quelque chose que j'ai apporté pour m'en débarrasser. Ces maudits collecteurs de factures m'ont traqué jusqu'à l'auberge. Montrons-leur ce que je pense d'eux.

Il referma la lettre, la roula et alla jusqu'à la cheminée.

— Moins de temps je passerais avec cette odieuse missive, mieux ce sera pour tout le monde.

Il frotta une allumette sur le manteau et la plaça sous la feuille, la regardant s'enflammer avant de la jeter dans le feu.

— Franchement, St. John, vous ne devriez pas être aussi négligent avec vos responsabilités.

— Miranda, ma chère, je suis tout à fait sérieux parfois, quand j'ai un but à atteindre. Vous ne m'avez pas encore vu sous mon meilleur jour. Et je suis certain que si vous avez parlé à mon frère, vous n'avez entendu rien d'autre que le pire de mon caractère.

— Oh, non, je vous l'assure. J'ai eu très peu de temps pour discuter de quoi que ce soit avec le duc la nuit dernière.

Elle s'interrompit, embarrassée. Cela sonnait comme s'ils avaient été occupés à autre chose. Elle baissa les yeux sur son assiette et grignota une tartine.

— A-t-il au moins pris le temps de vous dire pourquoi il vous quittait si vite ?

— Je suis sûre qu'il a une bonne raison d'agir ainsi, répondit-elle.

St. John hocha la tête par-dessus sa tasse de café.

— J'en suis certain. Il doit y avoir certaines personnes à Londres qui doivent être informées de son mariage. Afin d'éviter des embarras par la suite.

— Certaines personnes ? releva Miranda, attendant qu'il poursuive.

Il s'éclaircit la gorge.

— Eh bien… oui. Il ne serait pas bon que les rumeurs le précèdent en ville. Le fait qu'il se soit remarié ne change pas nécessairement la situation actuelle, mais il est sage de la part de Marcus de la tranquilliser. De lui faire savoir que sa position est toujours garantie. Jalousie, ton nom est femme, et tout cela.

Il regarda Miranda, une légère rougeur sur les joues.

— Je sais que je ne devrais même pas suggérer de telles choses, surtout à une dame, et lors de votre premier jour ici. Mais il m'a semblé que vous méritiez de connaître l'état des lieux. Je ne voulais pas vous insulter.

Ainsi, son mari avait dédaigné le lit conjugal et s'était rendu à Londres pour être avec sa… Miranda beurra une autre tartine avec soin et en mordilla le coin, avec l'impression de mâcher de la sciure. Il n'y avait aucune raison pour que cela la préoccupe. Elle s'était attendue à quelque chose de ce genre. Cette union n'était pas un mariage d'amour, et elle n'était pas une écervelée.

— C'est bon, St. John. Merci. Vous avez raison. Il vaut mieux savoir où en sont les choses.

Il poussa un soupir soulagé.

— Bien. Je suis heureux que vous preniez cela aussi bien. Et rappelez-vous : comme je vous l'ai offert, si vous avez besoin d'un bras solide pour vous soutenir et que mon frère n'est pas là, vous pouvez toujours compter sur moi.

— Merci.

Elle lui décocha l'ombre d'un sourire.

— Et maintenant, ma chère, je dois partir. Pour m'occuper des responsabilités que vous tenez à ce que j'assume.

Il soupira de nouveau.

— Paraître aussi oisif que je le fais demande une somme d'efforts surprenante. Aurai-je l'honneur de me joindre à vous pour dîner ce soir ?

— Bien sûr.

En le regardant partir, Miranda songea que s'il comptait dîner avec elle, cela signifiait qu'il devait y avoir un repas. Ce qui requérait un menu, des courses et la coordination des domestiques. Peut-être que le duc s'était arrangé pour subsister avec du thé et du ragoût insipides, mais il devait sûrement y avoir autre chose dans la cuisine.

Elle avait la charge de la situation. Au moins en attendant que le duc revienne et la relève de ses fonctions. Et si elle devait assumer cette charge, il fallait qu'il y ait des changements.

Elle redressa le dos et descendit les marches qui menaient au couloir des domestiques et dans la cuisine où elle s'était rendue la veille. Les restes du petit déjeuner refroidissaient dans des assiettes sur la table. Qu'ils n'aient pas été nettoyés témoignait d'une négligence qu'elle n'aurait pas crue possible.

Quand elle examina le contenu des assiettes, l'état des choses lui parut encore pire. Du pain détrempé. De la marmelade. Du porridge dans des bols. Une tranche de bacon posée sur un bord.

Elle se rappela ses œufs coulants et les harengs immangeables, et combattit l'envie de ramasser ces restes et de les emporter dans sa chambre pour plus tard. Tandis qu'elle se tenait là, une porte s'ouvrit au fond de la pièce et une femme entra. Elle était petite, corpulente et avait le visage aigri. Elle fixa un regard noir sur Miranda.

— Qui êtes-vous et que faites-vous en bas ?

Miranda se redressa de toute sa taille et sourit.

— Je suis la maîtresse de maison. Et qui êtes-vous exactement ?

— Il n'y a pas de maîtresse de maison. Au moins depuis que Sa Grâce la douairière est morte.

— Il y en a une depuis hier, depuis que le duc et moi nous sommes mariés, madame… ?

— Sa Grâce ne m'en a rien dit.

— A ce que j'ai compris, vous étiez absente, et les domestiques ne savaient comment vous contacter, madame… ?

— Monsieur le duc n'a pas parlé de se marier, rétorqua la femme.

Une fille de cuisine se faufila dans la pièce et se tint tranquillement dans un coin, attirée par le ton virulent de la gouvernante.

— Cela a également été une surprise pour lui. Peut-être qu'il a négligé de vous en informer. Mais sûrement que Wilkins…

— Ce vieil ivrogne n'est pas autorisé à m'approcher à moins de dix pas, ou je le…

Manifestement, cette femme était habituée à n'en faire qu'à sa tête avec la conduite de la maison. Miranda fit un pas en avant et prit un ton plus ferme.

— Sa Grâce n'était pas obligé de vous avertir, madame… ?

Elle marqua une autre pause et la femme déclara avec réticence :

— Clopton.

— Madame Clopton. Vous saviez que j'étais ici, puisque vous m'avez fait porter du thé dans ma chambre tout à l'heure.

Miranda décida de ne pas mentionner tout de suite la qualité de la nourriture. Cela pouvait attendre qu'elle ait amadoué la gouvernante.

— Je ne prête pas attention aux dames qu'ils entretiennent à l'étage. Cela ne me concerne pas.

— Pourtant, vous devriez, madame Clopton. Après tout, vous êtes la gouvernante, n'est-ce pas ?

— C'est moi qui suis responsable ici, l'informa la domestique.

Miranda agita une main dans la direction de la maison et jeta un coup d'œil autour d'elle, notant le groupe accru de domestiques qui s'attroupait pour assister à la querelle. Quoi qu'il en sorte, cela se répandrait dans toute la maison avant la fin de la matinée et elle ne pouvait se permettre de perdre.

— Si vous êtes responsable de ce que j'ai vu dans cette maison, vous feriez mieux de ne point vous en vanter. Ce n'est pas un motif de fierté.

Elle désigna la table où les serviteurs avaient pris leur repas.

— Il m'apparaît clairement que certaines personnes ici veillent à leur confort, mais ce n'est pas le cas en haut.

— Et je suppose que vous comptez que les domestiques travaillent comme des chiens l'estomac vide.

— Je ne vois nulle preuve qu'ils travaillent comme des chiens. Peut-être dans les écuries, où le duc a pu prendre le temps de jeter un œil.

— Les domestiques font le travail pour lequel ils sont payés, et ils sont fichtrement peu payés.

Miranda haussa les sourcils devant cette remarque acerbe.

— J'en serai juge, madame Clopton. Si vous voulez me remettre les livres de dépenses du ménage, nous verrons ce qui peut être fait.

A la mention des registres, la gouvernante recula d'un pas.

— Sa Grâce n'a jamais estimé utile de vérifier les livres de comptes.

— Sa Grâce n'est pas là, coupa Miranda, les dents serrées, en laissant transparaître une partie de sa frustration. Mais moi si. Et que vous vouliez le reconnaître ou non, je suis la duchesse et, à partir de maintenant, c'est à moi que vous aurez affaire. Madame Clopton, apportez-moi ces livres.

Un murmure parcourut le groupe des domestiques et la gouvernante se redressa de toute sa taille, le regard noir.

— Je ne pense pas que ce soit nécessaire.

Miranda garda un ton posé, mais ferme.

— Moi si. A moins qu'il y ait une raison pour laquelle vous ne voulez pas me les montrer.

Elle attendit.

— Quand l'ancienne duchesse était en vie…

— Elle ne vérifiait jamais les livres non plus, je suppose. Depuis combien d'années, madame Clopton, avez-vous grappillé sur les comptes de la maison ? En rognant sur la nourriture et sur la paye des domestiques pour vous remplir les poches ?

C'était une accusation lancée au hasard.

— Pour qui vous prenez-vous, de me traiter de voleuse ? se récria la gouvernante. Vous qui vous insinuez dans cette maison en essayant de vous faire passer pour une duchesse ?

Elle avait tiré au hasard elle aussi, et Miranda s'efforça de ne pas montrer combien cette attaque était tombée près de son but.

— Je ne sais pas ce que vous êtes, reprit Mme Clopton, mais vous n'êtes pas une personne de qualité.

— Parce que je ne vous laisserai pas voler le duc ?

La gouvernante rétorqua en crachant ses mots :

— Se servir sur ceux qui n'en ont pas besoin n'est pas un grand crime. Mais voler un titre…

— Vous êtes congédiée !

Ces paroles surgirent de Miranda en un grondement qui eût été digne du duc.

— J'espère que vous avez pris assez, madame Clopton, pour que cela vous dure un bon moment. Je veux que vous fassiez vos bagages et quittiez cette maison avant midi.

Elle ignora les exclamations étouffées qui montaient des domestiques à l'arrière-plan.

— Wilkins ?

Le majordome, qui s'était joint au groupe à un moment donné, s'avança pour répondre.

— Assurez-vous que *cette femme* quitte la maison en temps voulu. Et rassemblez les domestiques dans le vestibule. Je veux leur parler.

— Oui, Votre Grâce.

Wilkins avait l'air dubitatif, mais c'étaient les mots qui comptaient, pas les apparences. Et il se montrait prêt à obéir à l'ordre qui venait de lui être donné. Il faudrait que Miranda s'en contente.

Messieurs Binley et Binley avaient été des amis de la famille et ses avoués depuis le premier duc, quand les deux noms apposés sur la plaque appartenaient aux ancêtres de l'homme qui occupait actuellement le bureau. Binley aîné s'était maintenant retiré des affaires, mais son fils Claude, légèrement plus âgé que Marcus, gardait son nom par respect et souci de simplicité. Après plusieurs années passées à Oxford, il y aurait bientôt un nouveau Binley dans le cabinet et l'avoué jugeait inutile de changer la plaque en attendant ce moment-là.

Il fit entrer son visiteur dans la pièce lambrissée de chêne et l'installa dans un lourd fauteuil en cuir avant de prendre place lui-même derrière son énorme bureau.

— Et à quoi dois-je cet honneur, Votre Grâce ?

— J'ai un problème, Claude.

— Nous avons un problème, donc. Comme je me dois de vous le rappeler, ne vous sentez pas tenu d'affronter seul vos difficultés.

— Il se pourrait que j'y sois obligé dans ce cas. La plus grande discrétion est de mise.

— La discrétion est mon maître mot.

Marcus sourit. Il y avait eu une époque à Oxford où la discrétion était la dernière chose qu'il recherchait quand il fréquentait Claude.

— Une dame est en cause.

— Et St. John ?

Claude Binley tendit la main vers le chéquier posé sur le coin de son bureau.

— Je ne pense pas.

L'avoué se détendit.

— Cette fois, c'est moi qui suis intimement concerné, reprit le duc.

Claude se redressa, alerté.

— Vous, Marcus ? Ceci est très surprenant. Vous m'avez habitué à beaucoup de circonspection dans ces affaires, à mon vif soulagement.

— A la différence des précédents ducs d'Haughleigh ? releva Marcus en souriant largement.

— Votre famille a été confrontée à quelques situations fichtrement déplaisantes dans les dernières générations.

— Et la vôtre nous en a sortis.

— Mais vous ? J'aurais pensé qu'après…

L'homme de loi s'arrêta au milieu de sa phrase, avant de franchir les bornes de l'amitié et de ses fonctions.

— Bon, vous n'avez guère posé de problème ces dix dernières années.

— Et j'aurais espéré en passer dix de plus sans me trouver dans cette position. Cette situation particulière s'est présentée à moi il y a près d'une semaine. Il semble que je me sois laissé mettre la corde au cou.

— Marié ?

— Mais pas légalement.

Claude s'étrangla avec son thé.

— A une complète étrangère.

Marcus se leva, contourna le bureau et tapa dans le dos de l'avoué, puis voulut remplir sa tasse.

— Pas de thé, déclara ce dernier dans un souffle. Il y a du whisky dans la carafe, sur la bibliothèque.

— De si bonne heure ?

— Quand la situation le requiert. Servez-vous-en un et expliquez-vous.

Marcus alla chercher la carafe et versa un bon pouce d'alcool dans chacune des tasses vides. Derrière lui, Claude marmonna :

— Je savais que vous étiez trop bien pour que ce soit vrai. Mon père m'a averti au sujet des Haughleigh. Et moi qui pensais que nous pourrions peut-être sauter une génération ! Ou que les frais se limiteraient à votre dévoyé de frère.

Marcus sourit et lui tendit sa tasse.

— On ne peut jamais se défaire complètement de son hérédité, Claude.

Et il commença au début, relatant la demande de sa mère et la façon dont il avait trouvé Miranda dans son salon.

Claude resta assis, les doigts joints, une expression d'intense concentration sur le visage. Quand le récit fut terminé, il tendit de nouveau la main vers le chéquier.

— La solution à ce problème est simple. Un coquet dédommagement. Assez pour installer la jeune fille dans un métier respectable, de préférence loin de chez vous.

— Mais si elle est noble, comme le prétendent les lettres ?

— Alors assez pour la rendre à sa famille où elle pourra se retirer.

— Le mariage ?

— N'est pas légal. Ni consommé. Une rupture de promesse, peut-être. Mais je doute que cela tiendrait devant un tribunal, puisque vous avez été poussé à faire cette offre. Un autre millier de livres devrait faire taire toute plainte.

— Et le chantage ?

— Il aurait déjà fait surface si ses raisons étaient sérieuses. L'allégation, quelle qu'elle soit, remonte à quarante ans et a été faite à l'encontre d'une personne décédée.

— Mais je veux savoir quel a été ce scandale. Et si cette jeune fille en a été touchée…

— Alors ce n'a pas été votre faute. Si vous voulez vraiment mon avis, Marcus, vous allez la payer pour vous débarrasser d'elle. Si vous étiez venu me trouver plus tôt, je vous aurais dit de la renvoyer. Une famille se souciant de sa réputation ne vous l'aurait jamais envoyée, et quand elle est arrivée…

— Elle a rencontré St. John. Si je ne m'étais pas occupé

d'elle, on ne peut dire ce qui lui serait arrivé avec mon frère dans les parages, prêt à lui offrir son assistance. Et cela sous mon propre toit. Devais-je rester sans rien faire ?

— Si vous aviez suivi mon conseil à propos de St. John, vous lui auriez coupé les vivres il y a longtemps. Il continue à être un problème parce que vous continuez à payer ses factures. Et maintenant, votre cœur tendre et votre tête trop légère s'accordent pour vous placer dans cette situation.

Marcus se redressa dans son fauteuil, mais, avant qu'il pût parler, l'avoué prit les devants.

— Je vous prie de m'excuser, Votre Grâce, de m'exprimer si librement.

Son ton n'avait rien d'un ton d'excuse.

— Mais si vous ne voulez pas suivre ma suggestion, alors donnez-moi vos instructions. Qu'attendez-vous au juste de moi dans cette situation ? Des félicitations pour votre mariage ?

Son regard était froid et acéré, et il tambourinait des doigts sur son bureau en attendant que Marcus se détermine.

— Je veux...

Que voulait-il ? Il souhaitait prendre une sage décision qui bénéficierait à toutes les personnes concernées, et pas seulement sauver sa propre peau. Il voulait être un meilleur homme que son frère. Ou que son père. Ou que les autres Haughleigh des générations précédentes. Des gens qui avaient invariablement choisi leur folie et leur propre intérêt avant les besoins d'autrui.

— Je veux connaître la vérité dans cette affaire. Je veux savoir d'où vient cette jeune fille. Et quel rôle ma mère a joué dans sa vie. S'il y a vraiment eu des torts, si elle a besoin de mon aide de quelque manière que ce soit, je veux la secourir.

Il inspira et conclut :

— Et je veux que vous me procuriez une licence spéciale.

Claude explosa.

— Vous n'avez pas sérieusement l'intention de rendre ce mariage légal ? Votre Grâce, je ne puis approuver cette façon de faire. C'est de la folie.

— Ai-je mieux fait quand je me suis marié par amour ? Pour le meilleur ou pour le pire, je me suis installé chez moi pour y rester et il y a beaucoup de choses à régler. De toute manière, j'aurais dû régler la question d'un mariage et de ma succession au plus tôt, pas au plus tard. St. John furète à travers la maison, boit mon cognac et espère que je vais m'étouffer en mangeant ma soupe. La maisonnée est en piètre état et je n'ai aucune idée de la façon de la redresser. Cette Miranda Grey est peut-être une chasseuse de fortune, mais, par le ciel, elle gagnera sa pitance si elle a l'intention de rester. Quand je rentrerai dans deux semaines, si elle ne s'est pas déjà enfuie par désespoir ou enfermée dans sa chambre, et si je n'ai pas trouvé la preuve qu'elle est déshonorée au-delà de ce qui est acceptable, je pourrais faire pire que de rendre la situation permanente et de la garder.

— Marcus, vous parlez comme si vous engagiez une gouvernante.

— Au moins, je ne suis pas écervelé au point d'aspirer à l'amour éternel et à un bonheur divin. Je ne suis plus le vert benêt que j'ai été, Claude, me lamentant sur mon cœur brisé et mes rêves perdus. Une femme ressemble à n'importe quelle autre, quand les lumières sont éteintes. Je n'aurais jamais pensé que je dirais cela un jour, mais ma mère avait raison. Si cette jeune fille est chaste et consentante, je pourrais réussir plus mal. Au moins, pendant le peu de temps que nous avons passé ensemble, elle ne m'a pas laissé penser qu'elle pouvait être une petite drôlesse de la haute société, à la tête vide. Elle n'est pas encline non plus aux larmes inconsidérées ou aux crises de rire.

« Mais, occasionnellement, à une séance de cris. » Il sourit à l'image qui lui vint à l'esprit de sa nouvelle épouse fulminant contre lui, et il se rappela son poids dans ses bras quand il l'avait portée dans sa chambre. La prochaine fois qu'il l'y porterait, ce serait différent.

— Non, Claude. Si je ne puis trouver de faute capitale, j'ai l'intention de la garder.

Il posa les lettres de chantage sur la table devant lui.

— Et je souhaite que vous m'aidiez dans ma recherche de sa famille.

8.

Marcus entra dans la troisième papeterie de la journée, avec un sentiment croissant de désespoir. Peut-être Claude avait-il eu raison quand il lui avait offert de mener l'enquête lui-même. Mais, comme il ne pouvait dire ce qu'il trouverait à la fin de ses recherches, il avait tenu à faire le travail de base.

Et il avait découvert qu'il existait bien une lady Miranda Grey, âgée de vingt-trois ans, fille de sir Anthony, mais que ni l'un ni l'autre n'avaient été vus depuis des années. Sir Anthony avait gaspillé la fortune de la famille après la mort de sa femme, et l'on murmurait qu'il avait fui sur le continent comme un lâche, à défaut de se tirer une balle dans la tête. Ce qui restait des biens de la famille avait été vendu aux enchères des années plus tôt, mais la jeune fille n'avait pas été présente. Il n'y avait pas de parenté connue, même si l'on aurait pu s'attendre à entendre mentionner une tante ou une parente éloignée qui se serait occupée de Miranda. Le nom de lady Dawson n'apparaissait nulle part, et n'était pas familier aux personnes qu'il avait interrogées.

Il considéra d'un air impérieux le papetier qui se tenait devant lui et essaya de cacher les espoirs qu'il pouvait nourrir de cette visite. Son titre avait été suffisant pour envoyer l'employé chercher servilement le propriétaire de la boutique, lequel se mit en quatre dans un effort de gagner la commande lucrative qu'il escomptait.

— Comment pouvons-nous vous aider, Votre Grâce ?

— Je viens de me marier et je vais avoir besoin d'une quantité de choses. Des faire-part. Des cartes gravées pour ma femme. Du papier de correspondance pour elle, également. Avec un monogramme et les armoiries de la famille en filigrane. Pouvez-vous me fournir cela ?

— Bien sûr, Votre Grâce.

Le commerçant en bavait d'envie.

— J'ai vu du beau travail, récemment, des lettres envoyées à ma défunte mère, et je cherche les fournisseurs du papier en question. Seriez-vous capable d'identifier des produits que vous avez vendus, pour que je sois sûr d'avoir trouvé la bonne source ? J'ai essayé plusieurs autres papetiers, en vain.

— N'aurait-il pas été plus simple de demander aux expéditeurs des lettres de vous renseigner ?

Marcus répondit par un regard si froid que l'homme regretta immédiatement sa question.

— Mais naturellement, s'il s'agit de mon travail, je le reconnaîtrai. Peut-être… pourriez-vous me montrer ces lettres ?

Marcus déploya le paquet de missives sur le comptoir.

Le papetier haussa les sourcils.

— Toujours la même signature et la même encre, mais tous les papiers sont différents.

— Le contenu de ces lettres ne doit pas vous concerner. C'est le papier qui m'intéresse.

L'homme se racla la gorge.

— Les mots, bien sûr, ne me regardent pas. Mais je trouve l'encre intéressante. Elle n'est pas d'une très bonne qualité pour le papier. Et la personne qui a écrit ceci aurait eu besoin d'une plume neuve. Puis-je ?

Il tendit la main vers les lettres. Marcus hocha la tête.

Le papetier examina les feuillets à la lumière.

— Trois filigranes différents. Je connais ces deux-là. Ce sont des clients à moi. Le troisième vient d'une boutique de Bond Street, mais je reconnais les armoiries du client. Quant au quatrième…

Il haussa les épaules.

— Il ne va pas avec les autres. C'est de la bonne qualité, mais un papier commun, que l'on trouve dans la plupart des boutiques de Londres. Toutefois, je reconnais le monogramme gravé, qui a été effacé ici au sommet de la page. Le scripteur semble avoir voulu cacher l'origine du papier. Il a été vendu par notre boutique à un certain citoyen. Un propriétaire de fabrique, je crois.

Il reposa les lettres sur le comptoir.

— Ces informations vous suffisent-elles, Votre Grâce ? Je ne voudrais pas commettre d'indiscrétion sur des clients à moi.

Marcus eut un lent sourire qui laissait présager une récompense.

— Bien sûr. Je ne voudrais pas que l'on en commette à mon sujet. Si je choisissais de me fournir chez vous, je tiendrais à ce que ma commande reste discrète.

Il écarta les lettres, puis les remit en paquet, les plia et les rangea dans la poche de son manteau.

— Mais je suis curieux d'une chose. Ces clients vivent-ils à proximité de votre boutique ?

L'homme secoua la tête.

— En fait, non. Ce ne sont pas des clients habituels. Si

vous voulez m'accorder un moment, je pourrais peut-être vous trouver leur adresse. Si vous voulez avoir des références…

Marcus sourit plus chaleureusement. Le papetier lui avait fourni le prétexte qu'il cherchait.

— Des références. Cela me serait très utile. Et pendant que vous vous absenterez, je pourrais peut-être voir votre recueil d'échantillons. Je commencerai à faire mon choix.

Quand il quitta la boutique, il avait commandé plus de papier que lui-même et sa nouvelle duchesse ne pourraient en utiliser pendant plusieurs années de correspondance assidue.

Et il avait une carte de l'est de Londres et de villages environnants, où les résidences de trois petits lords et d'un roturier se trouvaient dans un rayon de cinq kilomètres.

Ce n'était pas beaucoup. Il n'y avait pas de garantie. Mais cela lui indiquait un endroit où chercher la mystérieuse Cecily Dawson.

9.

Les domestiques se tenaient devant Miranda, terrifiés. Ils avaient clairement entendu l'algarade qui s'était produite en bas, et espéraient tous que le prochain renvoi concernerait quelqu'un d'autre qu'eux-mêmes.

La nouvelle duchesse essaya de leur décocher un regard distant et indifférent.

— A l'heure qu'il est, vous connaissez tous le sort de Mme Clopton. Ceci va bien sûr causer un certain désordre au sous-sol, mais…

Elle passa une main sur la rampe et essuya la saleté sur son mouchoir.

— … je me soucie plus de l'état des choses dans les étages, et je doute que ce que j'ai fait puisse créer plus de dommages que ce qu'il y en a déjà à réparer.

Elle sourit.

— Mes différends avec la gouvernante ne portaient que sur les erreurs dans les comptes et l'entretien de la maison. Je suppose que ces problèmes sont maintenant réglés. Si je me trompe, je souhaite que vous veniez me trouver et que nous cherchions une solution ensemble. Je remplacerai Mme Clopton dans un bref délai, et nous nous arrangerons au mieux en attendant. D'ici là… — elle présenta une liste de tâches — je voudrais que vous commenciez par l'entrée et que vous nettoyiez toute la maison à fond. J'ai inscrit sur cette feuille le processus que j'aimerais que vous suiviez et quelques formules de nettoyage que je voudrais vous voir employer.

L'expression fatiguée des servantes laissa la place à un respect grandissant.

— Et comme il y a très longtemps que les choses n'ont pas été faites convenablement, je pense qu'il vous faudra de l'aide supplémentaire. Jenny ?

Elle s'adressa à la femme de chambre en charge des salles de réception.

— Connaissez-vous des personnes au village qui ont besoin de travailler ? Des sœurs aînées ? Des tantes ?

Jenny admit qu'elle connaissait quelques jeunes filles dans ce cas et fut envoyée au village pour aller les chercher. Le reste des femmes fut divisé en équipes et commença à exécuter les tâches indiquées sur la liste dans chacune des pièces de réception. Une fois que les choses furent lancées, Miranda se sentit libre de se retirer dans le cabinet de travail et espéra qu'elle trouverait le moyen de payer les dépenses qu'elle allait engager.

Elle s'assit au bureau. Le bureau de son mari, pensa-t-elle nerveusement, en s'obligeant à se détendre. Le fauteuil était imposant mais confortable. Adapté à un duc. Elle laissa un sentiment de pouvoir imaginaire l'envelopper et pressa ses mains à plat sur la surface en acajou, examinant la pièce. Elle était plus propre que le reste de la maison. Peut-être Mme Clopton n'avait-elle pas osé défier le duc de façon trop ouverte. Le bureau était débarrassé de tous papiers, l'encrier rempli, les plumes propres et de bonne qualité. C'était un lieu de travail ordonné et agréable. Son mari devait y passer beaucoup de temps, quand il était dans le domaine.

Sur une impulsion, elle tenta d'ouvrir un tiroir, s'attendant à le trouver fermé à clé. Il glissa aisément et elle jeta un coup d'œil à l'intérieur. Posée sur une pile de papiers, comme si elle avait été hâtivement rangée là, il y avait une feuille couverte de notes.

L'écriture était claire et ferme, pas précipitée. Miranda avait entendu dire qu'il était possible de déchiffrer le caractère de quelqu'un à la façon dont il formait ses lettres. Si c'était le cas — elle examina la feuille —, son nouveau mari était fort et déterminé. Il n'y avait pas trace dans son écriture de la colère qu'elle avait vue en lui.

Elle lut les mots. Il y avait une courte liste de provisions — pour la maison ou pour les fermiers, elle ne savait pas. De nettes colonnes de chiffres, additionnés sans erreur et sans hésitation. Et, vers le bas de la page, un rappel de passer voir le pasteur à la première heure le lendemain matin.

Elle sourit et passa un doigt sur cette ligne. Il l'avait écrite le soir où elle était arrivée. Et, dessous, il y avait un seul mot : « MIRANDA ? »

Elle pouvait presque l'entendre, comme s'il était là, en train de lui parler. Et c'était étrange, car le ton qu'elle imaginait était un ton qu'elle ne lui avait jamais entendu. C'était une voix douce et invitante, pleine de promesses.

Une toux discrète en provenance de la porte lui indiqua la présence de Wilkins.

— Votre Grâce ?

Elle ferma le tiroir et regarda le majordome dans les yeux.

— Oui, Wilkins ?

— J'ai quelque chose…

Il laissa tomber ses mains sur ses côtés en un geste de défaite.

— Je crains de devoir vous donner mon congé, madame.

Juste ciel ! Elle avait redouté que cela se produise, mais pourrait-elle se passer des deux domestiques principaux ?

— Je suis sûre que Sa Grâce serait fort déçu de vous perdre, Wilkins. Quelle est la raison de cette soudaine décision ?

— J'ai pensé, Votre Grâce, qu'une fois que vous auriez étudié le terrain, pour ainsi dire, vous me demanderiez de partir. Je veux seulement vous épargner cet embarras.

— J'apprécie votre honnêteté. Et le fait que vous soyez venu me trouver. En dépit de ce que j'ai dit aux domestiques tout à l'heure, le problème avec Mme Clopton n'était pas seulement ses fautes — qui étaient certainement assez graves —, mais surtout son manque de repentir.

Elle poussa un soupir exaspéré.

— Comment puis-je mener une maison quand la gouvernante me prend pour une sotte bonne à gober de vagues excuses ?

Elle posa un regard ferme sur le majordome.

— Y a-t-il quelque chose dont vous souhaitez discuter, Wilkins ?

— Madame, quand vous ferez l'inventaire des celliers, vous découvrirez que j'ai à répondre de beaucoup de choses.

— Et n'y a-t-il aucun moyen de réparer cela ?

— Pas que je puisse imaginer, madame. Puis-je vous parler franchement ?

— Jc vous en prie.

— Les gages de cette maison sont depuis longtemps l'objet de moqueries dans la région. Vous aurez du mal à remplacer la gouvernante, quand on saura ce qui est offert et ce qui est attendu. Et mes propres gages, même compensés par une bouteille de cognac volée par-ci par-là, sont insuffisants pour couvrir mes besoins et rembourser Sa Grâce.

Miranda tendit la main vers lui.

— Ne parlons plus de votre départ en cet instant, Wilkins. Ce n'est sûrement pas un problème qui exige d'être réglé avant le retour de mon mari.

On frappa poliment à la porte et une servante passa la tête dans l'embrasure.

— Votre Grâce ? Quelque chose d'horrible est arrivé à la salle à manger. Venez vite.

Est-ce que son premier jour aux commandes de la maison avait été entaché par un accident ? Est-ce que quelqu'un était tombé d'une échelle ? Elle avait oublié d'en vérifier la stabilité avant de demander au valet de descendre les candélabres.

Quand elle entra dans la salle à manger, elle vit que le problème était bien pire, au moins aux yeux des servantes.

— Nous avons essayé la formule que vous avez suggérée pour nettoyer les murs, mais regardez ce qui est arrivé.

Elles étaient alignées docilement au fond de la pièce, attendant d'être congédiées.

Miranda jeta un coup d'œil à la soie qui recouvrait les murs et se figea sous le choc. Les moutons qui paissaient sur les vertes collines étaient soit complètement effacés, soit coulants vers les lambris. Le berger qui contemplait sa bergère avec adoration était toujours là, mais son sourire avait été remplacé par un rictus délavé avant que les servantes ne s'arrêtent et appellent à l'aide.

— De la soie peinte à la main, murmura Miranda dans un souffle. Cette formule aurait convenu pour un papier classique, ou même pour de la soie imprimée…

— Nous n'avons fait que ce que vous avez demandé, Votre Grâce.

Il n'y avait nulle trace de sarcasme dans ce commentaire, seulement de la frayeur. La pauvre fille attendait que Miranda explose.

— Oui, bien sûr, déclara celle-ci. C'est ma faute, de ne pas avoir pensé à la surface à nettoyer avant de faire cette suggestion. Il n'y a plus rien à faire, maintenant. Nous devrons remplacer ces tentures. Veuillez continuer à nettoyer les fenêtres, le sol et la cheminée. Mais ne vous inquiétez pas des murs tant que je n'aurai pas trouvé une solution.

Elle retourna d'un pas pesant dans sa chambre. La solution était d'avoir une migraine, seule chez elle. Cela lui serait sûrement permis. Elle devrait commander de la soie neuve dans les échoppes du village, mais elle doutait qu'ils auraient ce qu'il fallait. Il faudrait faire venir le tissu de Londres. Et elle n'avait pas un sou en poche, ni la moindre idée de la façon de s'en procurer.

Elle sourit. Si elle était duchesse, peut-être n'avait-elle plus besoin d'argent. Elle ne se souvenait pas d'avoir jamais vu une pièce changer de main quand elle sortait avec sa mère. Et même quand il n'y avait plus eu d'argent, les commerçants leur avait fait crédit par égard pour le titre de son père, si bas soit-il. Tout ce qu'elle aurait à faire serait de se rendre en ville entourée de domestiques en livrée, de trouver un échantillon adéquat et de passer commande. La soie serait livrée en toute hâte et pourrait être tendue sur les murs avant que son mari revienne et s'aperçoive de son erreur.

Bien sûr, il serait courroucé. Mais dans les deux jours où elle l'avait connu, il avait été en colère pour tant de choses qu'elle doutait qu'une de plus fasse une différence.

*
* *

Le dîner, ce soir-là, fut très différent du petit déjeuner. Après une courte sieste, Miranda s'était composé une attitude déterminée et était retournée dans la cuisine pour affronter la cuisinière. Celle-ci s'était montrée méfiante au début, mais quand elle avait appris qu'elle pouvait choisir ses propres ingrédients et commander ce qui était nécessaire pour venir à bout de la famine artificielle créée par Mme Clopton, elle avait paru ravie du changement.

Miranda, sur l'insistance de Polly, accepta que ses cheveux soient relevés et passa sa seule robe convenable. C'était une robe en satin bourgogne qui avait été beaucoup plus fraîche quinze ans plus tôt, quand elle servait de toilette de bal à Cici. Elles avaient coupé les manches ballons, ôté de larges pans de la jupe pour cacher les endroits usés et réussi, en mordant sur la traîne et en ajoutant la dentelle d'une autre robe, à créer quelque chose de presque présentable.

St. John l'accueillit à la table et lui baisa la main.

— Enchanté comme toujours, ma chère. Vous êtes charmante, ce soir.

Il regarda par-dessus son épaule et constata la destruction des murs.

— Juste ciel ! Que s'est-il passé ici ?

Miranda s'assit et prit une bonne gorgée de vin avant de répondre.

— Ma première intervention en tant que duchesse a été de congédier la gouvernante. La seconde a été de détruire la salle à manger en voulant la nettoyer.

— Ces tentures murales avaient été importées de France par le deuxième duc, dit le jeune homme.

— Elles étaient chères ? demanda-t-elle.

— Irremplaçables.

— Oh. Et que risque de dire le duc actuel, quand il verra qu'elles n'y sont plus ?

Elle retint son souffle.

— Je suppose que vous m'aurez rendu un grand service. Sa crise d'apoplexie vous laissera veuve et moi le cinquième duc. Et je vous absoudrai de toute culpabilité. Elles étaient fort laides, en dépit de leur valeur.

Il se pencha en avant et souffla plusieurs bougies posées sur la table, assombrissant les coins de la pièce.

— Et maintenant on les voit à peine. N'est-ce pas plus intime ?

Miranda rit malgré elle. Il semblait satisfait, et continua à la divertir pendant le dîner.

Après le repas, il se leva et lui offrit son bras.

— Voulez-vous vous retirer dans le salon, Votre Grâce ? Ou préférerez-vous un passe-temps plus intéressant ? Je pourrais vous faire visiter la maison, si vous le souhaitez.

— Il fera sombre dans les pièces qui ne sont pas utilisées, protesta-t-elle.

— Alors les serviteurs peuvent nous précéder et éclairer notre chemin. Après tout, Miranda, c'est leur travail de suivre vos instructions. Mais supposons que nous nous limitions à une seule pièce. Cela complétera votre éducation et ne dérangera pas trop les domestiques si nous passons la soirée dans la galerie aux portraits.

— C'est une excellente idée, St. John.

Il sonna le majordome, expliqua de quoi ils avaient besoin puis escorta Miranda jusqu'à une longue pièce située au premier étage. Une fois là, il la divertit par des histoires sur ses ancêtres. Le premier duc, qui avait reçu son titre après une bataille. Son fils, le deuxième duc, qui était fou. Leur père, qui avait été tué dans un accident de cheval alors qu'ils étaient petits. Il s'arrêta devant un portrait de sa mère et marqua une pause dans un silence respectueux.

Miranda leva les yeux vers le tableau. C'était nettement la mère de St. John, avec les mêmes yeux bleus étincelants et des cheveux si blonds qu'ils étaient presque blancs. Elle était aussi jolie que Cici l'avait dit et la jeune fille chercha une indication qu'elle pouvait représenter une menace, mais n'en trouva pas. Rien dans son visage ne montrait qu'elle était autre chose que douceur et lumière.

Elle compara la douairière au portrait de son propre mari. Même pour le peintre, il n'avait pas daigné sourire. La toile devait avoir plusieurs années. Il n'y avait pas de gris dans ses cheveux et son visage était plus lisse. Mais l'expression de ses yeux était ce même regard intense qu'elle avait vu. Un regard qui ne perdait pas grand-chose, pensa-t-elle. Il la jugeait alors qu'elle se tenait devant lui, la retenant prisonnière et plongeant dans son âme.

Elle frissonna. Si seulement il lui souriait, peut-être que l'effet serait moins troublant. Il y avait eu de l'amabilité sur son visage pendant le mariage. Et quand il l'avait mise au lit la veille. Il ne lui avait pas paru du tout terrifiant, alors, quand elle avait senti une chaleur protectrice émaner de lui, une chaleur qui l'avait attirée vers lui. Peut-être, lorsqu'il rentrerait de Londres, les choses seraient-elles différentes.

S'il rentrait.

Elle détacha son regard de son mari et s'avança de quelques pas dans la galerie, jusqu'à l'endroit où St. John se tenait devant le portrait d'une autre très belle femme. Quand il se détourna de la toile pour regarder Miranda, il avait la larme à l'œil.

— Je suis désolée, murmura-t-elle. Je n'avais pas l'intention de vous déranger.

— Tout va bien, chère Miranda. C'est moi qui vous ai amenée ici, et ensuite j'ai été assez grossier pour l'oublier.

Elle leva les yeux vers le portrait qu'il admirait. C'était celui d'une magnifique femme blonde dans une robe rose. Mais magnifique était encore un terme trop plat. Elle était rayonnante. Ses cheveux étaient dorés et ses joues d'un rose délicat qui faisait ressortir son teint crémeux. Sa poitrine, haute et ronde, était soulignée par son bustier. Elle devait être plus petite que Miranda, d'une tête. Mais le portrait était plus grand que la réalité, et la jeune fille se sentait dominée par lui.

— C'est Bethany. La plus jolie femme qui ait jamais vécu dans cette maison.

— Est-ce une de vos ancêtres ?

A peine eut-elle prononcé ces mots qu'elle révisa son jugement. La robe était à peine démodée. Cette femme devait être sa contemporaine.

— Non. Mais vous avez beaucoup en commun avec elle. Vous partagez un époux. Bethany était la première femme de mon frère.

Miranda fixa la toile dans un silence stupéfait. Il n'était pas étonnant que Marcus soit en colère de se retrouver lié à une femme sans charme après avoir perdu cet ange.

— Et elle est morte en couches ?

Elle pouvait voir comment c'était possible. La jeune femme du portrait, aux hanches si étroites, semblait trop mince pour porter un enfant.

— C'est ce que l'on dit, déclara St. John d'un ton étrangement plat.

Miranda le dévisagea avec curiosité.

— Avez-vous des raisons de mettre cette histoire en doute ?

— Oh, elle est morte en couches, c'est sûr, mais j'ai toujours pensé…

Il soupira.

— … que si elle avait heureusement mariée, sa fin aurait pu être différente.

— Elle n'était pas heureuse ?

Il semblait si étrange qu'une femme comme celle-ci ait pu être malheureuse.

St. John eut un sourire crispé.

— Vous avez rencontré mon frère, Miranda. Et vu ses humeurs. Marier ces deux-là était comme jeter un papillon dans une tourmente. Ils étaient mariés depuis moins d'un an quand elle est morte, mais son entrain l'avait fuie longtemps avant que son corps ne lui manque.

— Mais pourquoi… ?

— Pourquoi l'a-t-elle épousé ?

Il soupira de nouveau.

— Pourquoi une femme choisirait-elle mon frère ? Soyez honnête, ma chère. Pour les mêmes raisons que celles qui vont ont conduite à lui.

Le désespoir, pensa amèrement Miranda.

St. John poursuivit comme s'il n'attendait pas de réponse.

— Le titre. Quoi que j'aie à dire de lui, mon frère est un homme puissant et riche. Cela représente une grande tentation. Et Bethany avait beaucoup à offrir, elle aussi.

Il s'arrêta et contempla le portrait.

— Ce portrait ne lui rend pas justice. Ses yeux étaient plus bleus que cela, ses cheveux plus dorés, et doux comme de la soie au toucher. Elle chantait comme un ange, et son rire lui-même était de la musique. Et elle était délicate. La regarder faisait penser à un verre en cristal.

Ses yeux se durcirent.

— Mon frère l'a vue une fois et a su qu'il devait l'avoir. Elle était éblouie par sa fortune et s'est jetée de son plein gré dans ses bras.

Il se contracta.

— Et quand je l'ai vue quelque mois après le mariage, elle était désespérée de s'enfuir. Il la terrifiait. Quand je pense à elle, douce comme un pétale de rose, entre les mains de ce…

Il retint son dernier mot, ne voulant ou ne pouvant pas le prononcer.

— Mais je ne pouvais rien faire. Je n'avais que dix-huit ans, je n'avais aucun pouvoir et pas d'argent à lui offrir.

Il saisit Miranda par les épaules et la tourna vers lui.

— Je ne recommencerai pas cette erreur, Miranda. Mes moyens sont limités, mais, si vous en avez besoin, tout ce que j'ai est à votre disposition.

Elle lutta pour trouver une réponse. Les mots qui lui venaient à l'esprit étaient « trop tard ».

— Si vous aviez à me prévenir de quelque chose, hier aurait été préférable à aujourd'hui.

— Hier, mon frère était encore ici et il a l'habitude d'être obéi. Mais il est parti, maintenant, et je peux parler librement. Dites un mot et je vous aiderai à vous enfuir, et vous pourrez être partie depuis longtemps avant qu'il revienne.

S'enfuir où ? pensa Miranda. Elle n'avait aucun foyer où revenir, pas d'amis pour la recueillir.

— Je n'ai pas peur du duc, mentit-elle.

Au moins, avec les conseils de Cici et l'avertissement de St. John, elle n'entrerait pas dans ce mariage la tête aussi vide que la défunte Bethany. Les mots durs ne laissaient pas de marque et les meurtrissures guérissaient. Et si Marcus la menaçait de pire, elle aviserait quand le moment serait venu.

— Je vous remercie de l'amabilité de votre offre, dit-elle, et m'en souviendrai si j'ai besoin de vous, mais je suis sûre que les choses n'iront pas jusque-là.

10.

Marcus leva les yeux vers la peinture effacée de l'enseigne de l'auberge : Le bras droit du duc.

Cela semblait prometteur. Une chance, s'il croyait à la chance. Mais l'illustration, qui représentait un bras coupé gisant sur de l'herbe, gâcha l'image qu'il se faisait d'un endroit offrant réconfort et hospitalité. Cela aurait été son dernier choix s'il avait eu besoin d'un lit pour la nuit ou même, simplement, de quelque chose à boire. Les fenêtres étaient sales et la porte moins qu'accueillante. Mais il n'avait justement pas d'autre choix, puisqu'il avait visité toutes les autres auberges des environs.

Un interrogatoire discret des aubergistes avait révélé une connaissance approfondie des grandes maisons de la région et de leurs occupants. Tout le monde connaissait les lords locaux et leurs familles. S'il additionnait les informations collectées en ces différents endroits, il obtenait une bonne idée des allées et venues de ces gens aux alentours. De petites sommes d'argent réparties entre les palefreniers et les valets d'écurie lui avaient indiqué tout ce qu'il y avait à savoir sur qui avait rendu visite à qui et pourquoi.

Mais personne, nulle part, n'avait entendu parler de Miranda Grey ou de Cecily Dawson. Ni reconnu la vague description qu'il pouvait donner d'une femme d'une cinquantaine d'années et de sa grande pupille.

Elles n'étaient pas membres des familles environnantes. Elles n'avaient pas séjourné dans une de ces auberges à des périodes correspondant aux dates des lettres. On ne les avait pas vu voyager. Elles n'étaient pas connues pour résider dans aucun des endroits qu'il avait visités.

A part frapper rudement aux portes en question et exiger de savoir comment Cecily s'était procuré son papier à écrire, il y avait peu d'espoir dans cette direction.

C'était sa dernière chance. Une auberge sordide dans un village misérable qui n'était guère plus qu'un amas de cottages pour les ouvriers de la fabrique de textile voisine, une fabrique possédée par le citoyen dont il gardait le papier à lettre plié dans sa poche. Ce n'était pas le lieu où il souhaitait trouver des informations sur sa nouvelle épouse, mais cela avait un certain sens, même si c'était irritant. Le papier du propriétaire de la fabrique avait été utilisé pour écrire la dernière des lettres adressées à sa mère. Si l'expéditrice s'était efforcée de donner une bonne impression pour la première lettre, peut-être avait-elle simplement pris ce qu'elle avait sous la main pour écrire la dernière.

Il ouvrit la porte crasseuse et pénétra dans la salle commune de l'auberge, où tous les visages se tournèrent vers lui. La vague de dédain qui émanait des autres clients était palpable.

Marcus s'avança et prit un siège, rendant fixement les regards qui lui étaient adressés et mettant ces gens au défi de trouver sa présence étrange. L'idée lui traversa l'esprit que personne ne savait où il était et que sa bourse était dangereusement lourde. S'il ne surveillait pas son dos en sortant, il pourrait bien finir ses recherches en recevant un coup sur la tête et en étant jeté dans le fossé le plus proche.

La serveuse le considéra d'un air maussade, ne se souciant pas de lui faire du charme ou de montrer de la mauvaise humeur. Apparemment, elle jugeait que ses chances de gagner quelques pièces de cuivre par courtoisie ne valaient pas la peine de faire un effort.

Sans lui demander ce qu'il voulait, elle planta une pinte de bière devant lui.

— Si vous voulez autre chose, allez ailleurs. C'est tout ce que nous avons.

Comme elle se détournait de lui, il lui prit le poignet.

— Peut-être pouvez-vous m'aider. Je cherche deux femmes.

Elle se dégagea.

— Je vous ai dit que c'est tout ce que nous servons. Vous n'obtiendrez rien d'autre de moi.

Marcus s'efforça de paraître aussi inoffensif que possible.

— Je m'excuse pour ma familiarité. Je n'ai besoin que de quelques informations.

— Vous n'en trouverez pas ici, rétorqua-t-elle sans ciller. Mais je peux vous donner un conseil. Nous servons de la bière. Elle est posée devant vous. Buvez-la et retournez d'où vous venez.

Il tira une pièce d'or de sa bourse, la posa sur la table et la servante la considéra avec avidité.

— Cecily Dawson. Ou Miranda Grey. Avez-vous entendu ces deux noms ?

Pendant un instant, les yeux de la fille brillèrent avec quelque chose de plus que de l'envie pour la pièce d'or posée devant elle. Puis elle retourna au comptoir et marmonna quelques mots à l'homme qui se trouvait derrière. Il jeta un coup d'œil à Marcus, et ils s'entretinrent un moment. La serveuse semblait vouloir le persuader de quelque chose et il secouait la tête. Elle insista. Enfin, il haussa les épaules et se dirigea vers la table de Marcus.

Il s'assit en face de lui sans demander la permission et prit la pièce qu'il jeta à la fille.

— Vous êtes un homme courageux, milord, de venir seul ici pour poser des questions que vous n'avez pas à poser.

Marcus laissa passer le titre sans réagir.

— Comment savez-vous que je n'ai pas à les poser ?

— Les gens comme vous ont rarement affaire avec des gens comme nous. Et quand vous vous y décidez, ce n'est jamais une bonne chose.

« Nous », avait-il dit ? Alors il les connaissait. Marcus garda un visage impassible.

— Je ne leur veux pas de mal. J'ai déjà rencontré Miranda. Je voulais simplement satisfaire ma curiosité à propos de certains événements de son passé, avant…

Avant quoi ? Que pouvait-il dire qui n'en révèlerait pas trop ?

— … avant d'assurer sa position.

L'homme haussa les épaules.

— Si ce sont des références que vous voulez, je peux en donner autant que n'importe qui. Elle travaille dur et elle est honnête.

Une servante d'auberge ?

— Demandez dans toutes les maisons du coin et les gouvernantes vous l'assureront. C'est une bonne fille.

Il jeta un regard noir à Marcus.

— Et vous avez intérêt à ne pas lui offrir une place qui soit moins honorable que du travail dans les cuisines. Parce que si c'est le cas, les garçons s'en prendront à vous et vous guériront de cette idée.

— Rien de déshonorant, monsieur, je vous l'affirme. Et lady Dawson ? Où puis-je la trouver ?

— Je croyais que vos affaires concernaient Miranda.

— Mais je veux remercier lady Dawson de me l'avoir envoyée, mentit Marcus. Elle était autrefois une amie de ma mère.

L'aubergiste le contempla fixement, un bon moment, comme s'il cherchait une faille dans son attitude.

— Et si je lui voulais du mal, ajouta-t-il, elle pourrait toujours faire appel aux garçons. Je suis seul ici, comme vous l'avez fait remarquer, et je compte sur votre bonne réputation pour m'aider à atteindre mon but.

L'homme soupira.

— Si vous mentez, vous vous lancez dans une entreprise stupide. Il n'y a pas d'argent à trouver là. Vous repartirez les mains vides. Mais si vous venez pour la petite Miranda, ils seront contents de la nouvelle.

Il indiqua la rue et donna une adresse dans la partie ouest du village.

— Merci.

Marcus glissa une autre pièce sur la table et l'aubergiste la regarda un bon moment avant de la mettre dans sa poche.

11.

Miranda leva les yeux vers l'ouvrier debout sur l'échelle et résista à l'envie de lui donner des conseils. L'enlèvement des tentures murales n'était pas son travail. Ni le nettoyage des candélabres, de fait. Mais il y avait si longtemps que la maison n'avait pas été entretenue que l'ouvrage était difficile, et après le désastre de la salle à manger, elle avait éprouvé le besoin de prendre part aux travaux les plus importants.

Il n'était que onze heures et elle était déjà épuisée. Et sa peau la démangeait, comme si une fine couche de crasse recouvrait son corps. Les domestiques nettoyaient depuis une semaine et elle notait avec satisfaction que les progrès commençaient à se voir. Quand son mari errant rentrerait chez lui — s'il rentrait —, il serait satisfait.

— Vous ne continuez pas à travailler ici, n'est-ce pas ?

St. John était arrivé derrière elle et la fit pivoter pour lui faire face.

— Cela a besoin d'être fait, répondit-elle en se dégageant. La maison était terriblement négligée.

— Cela a besoin d'être fait, certainement, mais pas par vous. Je doute sérieusement que mon frère tout puissant serait content de voir sa nouvelle épouse agir comme une servante.

Miranda laissa passer cette remarque en silence, car elle ignorait si le duc serait content de la voir entreprendre quoi que ce soit. Que se passerait-il si elle n'avait fait tout ceci que pour le mettre davantage en colère ? Elle écarta cette pensée de son esprit. Elle faisait de son mieux pour lui. Il serait satisfait. Il devrait l'être.

— Et, ajouta St. John en portant une main au visage de Miranda et en lui soulevant le menton pour qu'elle le regarde dans les yeux, vous avez de la poussière sur le nez. C'est charmant, mais très inusité chez une duchesse.

Il lui offrit son mouchoir et elle effaça la tache en question.

— Miranda, très chère, vous ne devriez pas passer autant de temps à l'intérieur, à travailler. Cela ne peut être bon pour vous. J'ai un remède.

— Et quel est-il ?

— Une promenade avec votre beau-frère. Je peux vous montrer les terres. Je gage que vous n'avez aucune idée de la taille de la propriété.

Elle en avait une assez bonne idée, pensa-t-elle, après en avoir traversé une bonne partie à pied pour atteindre la maison lors de son arrivée. Mais une promenade ? Peut-être qu'il voulait parler d'une sortie en voiture.

— Ce qu'il vous faut, c'est quelques heures sur le dos d'une des belles juments de mon frère, à galoper à travers la campagne. Cela remettrait de la couleur sur vos joucs.

Elle devait avoir mauvaises mine, se dit-elle. Une promenade à cheval ? Et au galop, par-dessus le marché ? Il y avait au moins douze ans qu'elle n'avait pas monté, et c'était un poney inoffensif.

Mais St. John était emballé par son idée.

— J'avais l'intention d'essayer le nouveau cheval de chasse

de mon frère, et c'est justement le prétexte qu'il me faut. Quant à vous, vous aurez le choix ; il est certain que vous trouverez la monture qui vous conviendra.

— St. John, commença Miranda, je ne sais pas si une chevauchée sera possible. Je n'ai pas apporté de tenue d'amazone.

Le jeune homme fronça les sourcils, mais seulement un instant.

— Votre femme de chambre trouvera sûrement quelque chose dans les affaires de ma mère, et cela ira jusqu'à ce que vos propres toilettes arrivent. Appelez-la sur-le-champ et nous verrons.

— Mais, St. John…

Miranda prit une inspiration.

— … j'ai peur des chevaux.

C'était assez près de la vérité.

— Peur ?

Il la fixa, stupéfait.

— Et vous avez épousé mon frère. Oh, ciel. Cela ne va pas aller, Miranda. Vous devez dominer ce malheureux problème avant que Marcus reparaisse, si vous voulez que vous vous entendiez. Marcus est un homme très sportif. Il a la chasse dans le sang. Il n'est jamais plus heureux que lorsqu'il poursuit un pauvre animal, monté sur le dos d'un autre.

Il plissa de nouveau le front.

— Quand il découvrira qu'il a épousé quelqu'un qui ne partage pas ses intérêts…

Il secoua la tête.

— Il sera fort déçu.

Puis il sourit à Miranda.

— Mais ne craignez rien, petite sœur. Je suis là. Et je peux vous apprendre. Quelques promenades tranquilles dans la campagne sur le dos d'une gentille jument feront l'affaire. Et quand viendra le moment de sauter des barrières…

Il vit son air alarmé.

— Bon. Ce ne sera pas nécessaire, aussi il n'est pas utile de s'en soucier.

Polly réussit à rassembler la tenue d'amazone de la douairière et à habiller convenablement Miranda, même si ce n'était pas à la dernière mode. La jeune fille descendit l'escalier en boitillant dans des bottes trop serrées, maudissant la nécessité de contraindre sa haute silhouette à revêtir les habits d'une autre femme menue. L'ancienne duchesse était plus petite qu'elle de plusieurs centimètres, avec des pieds délicats et une fine stature. Une fois de plus, elle laissait voir trop de poignet et de cheville, engoncée dans une jaquette étriquée pour ses épaules, mais trop large devant pour la poitrine qu'elle ne possédait pas.

Elle retrouva St. John dans le vestibule. S'il constata quelque chose d'étrange dans son apparence, il était trop poli pour le dire. Il la conduisit aux écuries, où il lui choisit une jument docile et l'aida à se mettre en selle, avant d'enfourcher un magnifique étalon noir.

Les chevaux étaient plus hauts que Miranda s'en souvenait. En tout cas plus hauts qu'ils en avaient l'air depuis le sol, où elle aurait souhaité rester. Elle sentit la jument s'agiter sous elle et se força à ne pas y penser. Si sa monture devinait qu'elle voulait retrouver la terre ferme, elle pourrait décider de la jeter à bas de sa selle et d'exaucer son vœu sans prévenir. Or elle ne voulait pas tomber. Elle voulait rester où elle était.

St. John se mit à avancer au pas et la jument suivit son cheval sans que Miranda ait à intervenir. Elle se détendit un peu. Il avait raison, ce n'était pas si terrible. Elle se remémora le peu qu'elle se souvenait de ses sorties à dos de poney et guida sa monture près de celle du jeune homme, pour qu'ils puissent parler.

— Vous voyez ? l'encouragea-t-il. Ce n'est pas si méchant, après tout ?

— Non. Pas si méchant, mentit-elle.

— Nous allons suivre la route, aller jusqu'aux fermes vers ce petit bosquet, là-bas — il désigna l'horizon —, et revenir à la maison. Vous vous rendrez compte que l'air frais et l'exercice vous feront du bien.

Il la guida et continua à faire des commentaires sur le paysage qu'ils traversaient. Dans cette ferme se trouvait le plus ancien fermier. Là, il y avait les buissons de mûres que Marcus et lui pillaient quand ils étaient enfants. A cet arbre, disait-on, avait été pendu un célèbre bandit de grand chemin.

Tandis qu'il parlait, il mit son cheval au trot et Miranda l'imita. Mais son assiette n'était pas très bonne et elle tressautait sur sa jument, souhaitant qu'ils reviennent au pas.

— Vous vous débrouillez très bien, dit St. John. J'étais sûr qu'il ne vous faudrait qu'un moment pour vous remettre en selle.

Sa voix était pleine d'encouragement.

— St. John, je ne suis pas certaine…

— Plus qu'un petit bout de chemin. Nous nous arrêterons dans les bois pour nous reposer, puis nous reviendrons au pas.

Miranda serra les dents. S'ils n'allaient pas trop loin, elle pourrait s'en sortir. Peut-être l'imaginait-elle, mais il lui semblait que le jeune homme avait accéléré son allure, et sa jument prit de la vitesse pour suivre l'étalon. Elle jeta un coup d'œil sur le côté, puis s'empressa de regarder devant pour combattre la nausée qui lui montait dans l'estomac. Il valait mieux qu'elle se concentre sur les bois qui se rapprochaient. Quand ils y arriveraient, elle pourrait s'arrêter et se reposer.

Elle observa avec inquiétude le sentier qui s'ouvrait devant elle. Il semblait se rétrécir. Et sa jument était toujours à la hauteur du cheval de St. John, et trop près du bord du chemin. Elle tira sur sa bride, mais sa monture ignora son geste et continua. Elle tira plus fort, et cela ne servit à rien.

Ils étaient presque aux arbres et elle n'avait plus de place. St. John comprit son problème et fit avancer son cheval, puis s'arrêta sur le côté.

Miranda tira trop fort sur sa bride. La jument enregistra enfin ce que l'on attendait d'elle et s'immobilisa d'un seul coup, baissant la tête pour paître.

Alors, à la façon de n'importe quel objet en mouvement, la jeune fille poursuivit sa trajectoire en avant et passa par-dessus la tête de sa monture. Une seconde plus tôt, elle avait une excellente vue sur les arbres qui s'approchaient. La suivante, tout se mit à tourner autour d'elle et elle atterrit en tas sur le sol, juste sous les naseaux de sa jument qui essayait de l'écarter pour avoir accès à l'herbe tendre qui avait amorti sa chute.

Le visage de St. John apparut dans son champ de vision. Il avait l'air terrifié.

— Oh, ciel ! Oh, Miranda, je n'aurais jamais pensé…

— Peut-être qu'une promenade à cheval n'était pas la meilleure idée, St. John, parvint-elle à dire.

— Peut-être pas, admit-il d'un ton léger qui contrastait avec l'inquiétude dans ses yeux. Etes-vous blessée ?

— Je ne crois pas.

Elle essaya de se redresser, mais retomba par terre quand sa cheville faiblit sous elle.

— C'est possible, concéda-t-elle.

— Restez où vous êtes, ordonna St. John. Ne bougez pas. Si l'os est cassé, remuer ne pourra qu'aggraver les choses.

Miranda s'allongea dans l'herbe, sur le dos, et contempla les arbres au-dessus d'elle. Pour quelle sotte son mari la prendrait s'il la trouvait clouée au lit à son retour, incapable de surmonter une simple promenade à cheval.

— Il n'est pas cassé, affirma-t-elle.

Cela ne pouvait pas être. Elle ne le permettrait pas.

Elle sentit que St. John soulevait ses jupes et s'avisa avec un choc qu'il lui ôtait ses bottes. Elle se redressa sur son séant, puis retomba en arrière tandis que le sang lui montait à la tête.

— Que faites-vous ?

— Ce qui doit être fait si nous voulons établir la gravité de vos blessures. Restez allongée sans bouger et je vais essayer de ne pas vous faire mal.

Il tira fermement et elle réprima un cri quand la botte céda. Puis il prit son autre pied et elle l'écarta.

— Je suis sûre que celui-ci n'est pas blessé.

— Il vaut mieux s'en assurer que d'avoir à le regretter par la suite.

Il lui ôta son autre botte.

Elle perçut le contact de ses doigts sur ses bas, tandis qu'il tâtait une cheville puis l'autre. Maintenant qu'elle n'avait plus ses bottes trop serrées, la douleur était moindre. Peut-être était-ce seulement un problème de circulation qui l'avait fait choir. Les picotements s'estompaient et elle sentait les mains de St. John sur ses pieds.

Il était bon qu'il n'y ait pas de palefrenier avec eux pour voir cela, car cette scène était hautement inconvenante. St. John prenait son temps, touchant chaque os pour s'assurer qu'il était en place. A travers l'épaisseur de ses bas, elle éprouva un chatouillis et elle remua involontairement les orteils.

La main du jeune homme se resserra sur son pied.

— Vous sentez quelque chose, là ?

Elle hocha la tête et se mordit la lèvre.

— Alors la chute n'a pas dû être trop sévère.

— Je suis heureuse de l'apprendre. Maintenant, si cela ne vous ennuie pas, je vais remettre mes bottes moi-même.

— Il faut mieux les laisser là, pour le cas où il y aurait une enflure.

Miranda tendit la main vers ses bottes.

— Je ne peux rentrer à la maison en bas !

— Et vous ne pourrez chevaucher non plus si vos bottes sont si serrées que vous ne puissiez sentir vos pieds dans les étriers.

Il jeta les bottes dans les buissons.

— St. John ! Elles étaient à votre mère !

— Elle n'a pas l'intention de s'en resservir. Et vous non plus, si elles ne vous vont pas. Quand nous remonterons à cheval, nous trouverons une autre solution.

« Quand l'enfer gèlera et que votre mère aura de nouveau besoin de ses bottes », pensa Miranda. Mais elle garda un visage placide et coopératif.

— Fort bien. Maintenant, si vous voulez m'aider à remonter, nous pouvons rentrer.

Il avait toujours la main sur sa cheville. Elle réprima un frisson de plaisir et essaya de se dégager.

Il eut un sourire malicieux et posa son pied sur ses genoux.

— Pas si vite. Je crois que j'ai découvert votre faiblesse.

Il lui caressa le pied, en massant la plante.

— Il y a un instant, je vous ai presque vue sourire. Je refuse de vous lâcher avant que vous m'ayez fait l'honneur de rire, car je jure que je ne peux vivre un moment de plus dans cette maison sans vous entendre rire.

— St. John, je vous en prie. C'est très inconvenant.

Elle s'assit, fronçant les sourcils, et tira sur les jupes trop courtes de la douairière pour couvrir ses pieds, mais l'étoffe recouvrit également les mains du jeune homme et ce fut encore pire, parce qu'elle ne pouvait plus voir ce qu'il faisait.

— Vous avez raison. C'est pourquoi nous devons vite en terminer avant que quelqu'un nous voie. Riez pour moi et je vous laisserai partir.

— St. John, cessez cela tout de suite.

Elle essaya de paraître sévère, mais l'effet fut gâché par le son altéré de sa voix.

Il promena les doigts sous la plante de son pied.

— Quand vous me connaîtrez mieux, Miranda, vous découvrirez qu'il est impossible de me résister. Epargnez-vous cette peine et donnez-moi ce que je veux. Alors je vous aiderai à vous remettre en selle et nous rentrerons à la maison.

Il la massait, alternant des gestes fermes et plus doux, et la sensibilité de Miranda s'accroissait à chacune de ses caresses.

— St. John…

Elle voulait le sermonner, mais le contact de ses mains sur elle était délicieux. Il était si diablement dénué de repentir. Et la situation si absurde. Elle laissa échapper une bouffée d'air, puis elle retint une exclamation étouffée, tandis que la sensation qu'il lui faisait éprouver devenait trop pressante pour l'ignorer. Finalement, une dernière caresse sur ses orteils la fit pouffer de rire. Elle se renversa en arrière et rit aux éclats, pendant qu'il retirait ses mains et rabattait ses jupes sur ses pieds.

— Là, vous voyez ? Ce n'était pas si terrible, n'est-ce pas, de céder et de prendre un peu de plaisir ?

Elle secoua la tête et détourna les yeux des siens, puis sentit une rougeur envahir ses joues tandis qu'elle souriait de nouveau.

— Bien. Car je veux que vous soyez heureuse ici, Miranda. Il y a de nombreuses raisons d'être heureuse dans cette maison. Mon frère…

Elle releva les yeux vers lui alors qu'il fronçait les sourcils, cherchant un moyen de terminer sa phrase.

— Mon frère n'a pas toujours été ce qu'il est maintenant. Quand nous étions jeunes, il n'était pas si froid. Pas si distant. Si vous ne pouvez retrouver l'homme qu'il était autrefois, alors sachez que vous aurez toujours un ami en moi et que vous n'aurez jamais à vous sentir seule ou effrayée.

Il se releva.

— Maintenant, prenez ma main et je vais vous aider à remonter. Si vous êtes assez forte pour cela, tout au moins. Vous pourriez toujours chevaucher devant moi et je pourrais conduire votre cheval.

C'était une offre si innocente. Trop innocente, pensa-t-elle. Ses yeux étaient du bleu le plus clair et il n'y avait pas la moindre trace de culpabilité sur son visage.

Et, cependant, elle sentit la chaleur de sa main tandis qu'il l'aidait à se relever, et son esprit s'égara vers la pensée d'eux deux partageant une selle, bercés par le mouvement du cheval, St. John pressé derrière elle…

— Non. Je vais tout à fait bien, assura-t-elle. Je suis sûre que je peux monter seule.

Elle vacilla en rejoignant sa jument.

— En êtes-vous certaine ? Vous ne paraissez pas stable. Laissez-moi vous aider.

Et sa main brûla de nouveau Miranda à travers ses habits tandis qu'il la mettait adroitement en selle. Elle détourna son visage pour qu'il ne puisse voir la couleur écarlate de ses joues.

Il y avait quelque chose qui n'allait pas chez elle. C'était certain. Une malignité provoquée par tout ce qu'elle savait. Elle souhaita être aussi naïve et innocente qu'elle prétendait l'être. Mais Cici lui avait tout dit et s'était montrée si crue en lui parlant des plaisirs de la chair. Peut-être était-ce pour cela qu'elle répondait si vivement au contact d'un homme. Et d'un homme qui n'était pas son mari. Le fait que cet homme soit le frère de son époux rendait les choses encore pires, car elle devrait rester à proximité de lui, probablement pour le restant de leurs jours. Elle devait dominer ses émotions. Reprendre le contrôle d'elle-même pour que personne n'en sache jamais rien. Pas le duc. Et certainement pas St. John.

12.

Marcus contempla la maison avec surprise. Ce n'était pas ce qu'il attendait. Pas du tout. Il avait imaginé un cottage tranquille où deux dames pouvaient passer leurs jours modestement, espérant une amélioration de leur situation.

Une pauvreté de bon aloi.

Mais il n'y avait rien de bon aloi dans l'ancienne habitation de sa nouvelle épouse. C'était de la pauvreté pure et simple. La maison était plus petite que celles de ses fermiers et comprimée entre des maisons semblables.

Il alla jusqu'à la porte et frappa.

La femme qui lui répondit fit une révérence, mais le considéra avec une suspicion non déguisée.

— Vous avez perdu votre chemin, milord ?

— Lady Cecily Dawson ?

Elle lui jeta un regard noir.

— La « lady » s'est retirée depuis longtemps dc son métier, et vous feriez mieux d'aller vous amuser ailleurs.

— Si je pouvais la voir, je vous prie.

— Vous êtes venu pour la lorgner après toutes ces années ? Qu'êtes-vous donc ? Le fils d'un dc ses clients, voulant être initié ? Vous êtes un peu vieux pour cela, me semble-t-il.

— Je vous demande pardon…

— Vous comprenez fort bien ce que je vous dis. Décampez. La lady ne vous sera d'aucune aide.

Marcus plaça son pied dans l'entrebâillement de la porte juste à temps pour l'empêcher de claquer et passa rudement devant la femme, afin de pénétrer dans la pièce minuscule.

— Fermez la porte. Les questions que j'ai à poser ne supportent pas d'indiscrétion.

Il jeta sa bourse sur la table et observa les yeux de son hôtesse qui s'allumaient quand elle tinta avec un son alléchant.

— J'ai besoin d'informations. Cet argent est à vous si vous pouvez me les fournir.

Elle fit une autre révérence, cette fois sans ironie.

— A votre service, milord.

— Je veux connaître la situation de lady Cecily Dawson, et tous les renseignements que vous pourrez me donner sur sa pupille, lady Miranda Grey.

La couleur se retira du visage de la femme, et elle se raccrocha à la table.

— Pourquoi voudriez-vous savoir cela ?

— Pour apaiser mon esprit concernant certains détails de la vie de miss Grey avant son récent mariage.

— Elle a donc réussi ?

L'avarice qui brillait dans les yeux de la vieille femme se changea en une lueur d'espoir.

— Elle est bel et bien mariée ?

— Oui.

— Et son mari ? A quoi ressemble-t-il ?

— C'est un homme très puissant, et impatient d'être informé. Fournissez-moi ces informations et gardez cet or, ou faites-moi attendre et les choses se passeront mal pour vous.

Une voix d'homme monta de derrière un rideau qui cachait un coin de la pièce.

— Cela suffit, Cici. Je vais parler à ce gentleman.

Ce dernier mot fut prononcé avec une pointe de mépris. L'homme qui apparut était dans le milieu de la cinquantaine, mais il paraissait beaucoup plus âgé. Il marchait avec une canne et ses mains étaient déformées. Il fixa le duc d'un regard dur, comme s'il était dans la pièce de réception d'une grande maison et non dans un taudis, et demanda d'un ton ferme :

— Et à qui ai-je l'honneur de m'adresser, monsieur ?

— A quelqu'un qui souhaite rester anonyme.

— Comme nous. Mais vous êtes celui qui s'est introduit de force chez moi et vous pouvez reprendre votre or et partir, ou vous présenter correctement. Vous avez ma parole que votre identité ne franchira pas ces murs.

— Votre parole ? Quelle valeur a-t-elle pour moi ?

— C'est tout ce que j'ai à offrir, aussi il faudra que cela fasse l'affaire.

— Fort bien. Je suis Marcus Radwell, duc d'Haughleigh.

Il entendit qu'une exclamation échappait à la femme qui se trouvait derrière lui.

— Et vous, monsieur ?

— Moi, Votre Grâce, je suis sir Anthony Grey, père de la jeune dame sur laquelle vous vous renseignez.

Marcus résista à la tentation d'empoigner le coin de la table pour se soutenir. Dans quelle situation s'était-il mis, cette fois ?

— Son père ? J'avais cru comprendre…

— Qu'elle était orpheline ? Cela aurait fort bien pu être le cas. De fait, il aurait mieux valu qu'il en soit ainsi.

Le vieil homme considéra Marcus avec curiosité.

— Dites-moi, Votre Grâce, avant que nous allions plus loin, êtes-vous le mari de ma fille ?

— Oui.

Le mot sortit des lèvres du duc d'un ton rauque, et il s'éclaircit la gorge pour maîtriser sa voix.

— Et vous êtes venu à Londres en quête de la vérité.

— Je suis parti lors de notre nuit de noces.

Il toussa de nouveau. Face au père de sa femme, même dans ces circonstances, c'était un sujet on ne peut plus difficile à aborder.

— Avant qu'une annulation soit impossible, précisa-t-il.

— Et où est ma fille, à présent ?

— En sécurité dans le Devon. Chez moi.

— Et votre décision la concernant dépend des résultats de vos recherches ici ?

— Ainsi que de ses souhaits. Je n'ai nul désir de lui imposer le mariage si elle n'est pas consentante.

Sir Anthony prit un air déterminé.

— Ne vous souciez pas de ses souhaits, Votre Grâce. Une sensibilité délicate est réservée aux femmes qui peuvent se la permettre. Ma santé est déficiente et je ne peux plus prétendre assurer la subsistance de nous trois. Les choix que Miranda a ici sont une place de servante dans une grande maison, ou la rue. Si vous êtes toujours d'accord pour l'avoir, après aujourd'hui, elle vous choisira et en sera reconnaissante.

— Dites-moi donc ce que j'attends, sir Anthony.

Le vieil homme eut un rire sec en s'entendant appeler par son titre.

— Comme c'est étrange d'être appelé ainsi, après tout ce temps. Bien, alors. Mon histoire. Jadis, il y a environ treize ans, j'étais un homme heureux, avec une belle femme, une fille qui était une joie pour moi et l'espoir d'un fils pour perpétuer mon nom. Malheureusement, ma femme est morte en donnant naissance à notre second enfant, et l'enfant est mort aussi. Le chagrin m'a chaviré. Votre Grâce, êtes-vous, comme Cici s'en est souvenue, veuf pour les mêmes raisons ?

Marcus hocha légèrement la tête.

— Alors vous pouvez comprendre ma douleur et ma déception, et peut-être compatir aux profondeurs dans lesquelles je suis tombé. Je me suis détourné de la fille que j'aimais et, en l'espace de quelques années, j'ai détruit son héritage et le mien, perdant mes terres au jeu, buvant jusque tard dans la nuit. Quand j'ai été à court d'argent, j'ai emprunté à des amis. J'ai gaspillé toutes les ressources dont je disposais, et j'ai voulu me tuer pour échapper aux conséquences de mes actions. Alors que je chargeais le pistolet pour mettre fin à mes jours, ma fille est entrée dans la pièce, toujours si innocente, et m'a supplié de rester avec elle. Un regard à ses yeux m'a fait changer d'avis et a fortifié ma résolution de trouver une solution pour sortir de mes difficultés. Hélas, il n'y avait pas de solution honorable. Les créanciers étaient à ma porte. Alors j'ai pris la fuite — il fit un geste circulaire de la main — pour me réfugier dans un endroit si sordide que mes amis et mes créanciers ne songeraient jamais à m'y chercher. Il valait mieux, ai-je pensé, trouver un travail honnête et garder le peu que je gagnerais plutôt que d'affronter la prison pour dettes à Londres. Si j'allais en prison, qu'adviendrait-il de ma Miranda ?

Il marqua une pause, le front contracté.

— Il y avait une fabrique, ici, avec une place d'employé de bureau. C'était moins que ce à quoi nous étions habitués, mais en vivant simplement, nous pouvions nous débrouiller. J'ai passé mes jours au bureau, additionnant des chiffres et faisant de la copie, et les choses sont allées assez bien pendant un certain temps.

Il porta une main à son visage.

— Mais bientôt mes yeux n'ont plus pu déchiffrer les documents, d'abord ceux qui étaient écrits petit et ensuite même les plus gros caractères. Et ma main avait des crampes sur la plume. Le propriétaire avait une place dans la fabrique elle-même, sur un métier à tisser. Je gagnais moins d'argent, bien sûr. Mais ce n'était pas un travail difficile et quand le reste de nos économies s'est épuisé et qu'il n'y a plus rien eu à vendre, je n'ai pas été trop fier pour prendre ma place avec les autres ouvriers. Si les gens d'ici avaient des soupçons à l'égard des étrangers, le temps les a tranquillisés. Cici et Miranda faisaient ce qu'il fallait pour nous tenir à flot, prenant du linge à laver et à raccommoder, et s'engageant dans les grandes maisons des environs quand on avait besoin de domestiques supplémentaires. C'est ainsi que, lentement, ma fille a oublié le monde dans lequel elle était née.

— Et maintenant qu'elle ne fait partie ni de l'un ni de l'autre, vous avez pensé qu'elle devait épouser un *duc* ?

Marcus dévisagea, incrédule, l'homme qui lui faisait face. La bouche de sir Anthony se pinça.

— Oui, je l'ai pensé. Je ne peux plus travailler, dit-il en montrant ses mains déformées. Je suis inutile, trop maladroit pour utiliser même la machine la plus simple. A moins que nous puissions trouver un autre moyen de subsistance, c'est l'hospice des pauvres pour nous tous. Comprenez-vous ce que cela signifie de voir sa fille obligée de travailler pour des gens qui sont ses inférieurs, en sachant que cela ne serait pas arrivé si j'avais gardé la tête froide quelques années plus tôt ? De rester assis là, à rien faire, pendant que ma fille unique est forcée de servir pour expier mes péchés ?

Et les choses avaient encore empiré. Marcus écouta sir Anthony, horrifié, alors qu'il continuait son récit.

— Récemment, Miranda est devenue populaire dans une certaine maison — sa place occasionnelle de servante devait devenir permanente. C'était humiliant, peut-être, s'il m'était resté de la fierté. Mais alors il m'est apparu clairement que le lord voulait lui offrir une position dans les étages qui n'avait rien à voir avec le service. Miranda est une fille intelligente, et elle nous aime trop. Il ne lui a fallu qu'un moment, Votre Grâce, pour se rendre compte qu'elle était la solution à tous nos problèmes et qu'elle accepte. Mais moi, il fallait que je la sorte de là et que je la marie convenablement avant qu'un petit lord ne prenne ce qu'il voulait et que j'achève de ruiner ma fille en sacrifiant son honneur pour mettre du pain sur la table. C'est Cici qui a eu l'idée d'essayer de lui trouver un époux qui corresponde à sa position dans la vie. Quelqu'un qui vienne rarement à Londres et qui ne soit pas au courant du scandale attaché à notre nom.

— Mais pourquoi moi ?

Il devait y avoir quelque chose, se dit Marcus, qui le désignait pour être aisément floué.

La femme prit la parole.

— Votre mère m'était redevable pour un tort qu'elle

m'avait causé longtemps avant votre naissance. Je lui ai rappelé sa dette.

— J'ai lu vos lettres. Vous la menaciez d'exposer les faits. Quels faits ?

— Il n'y avait que peu de menaces, vraiment, seulement le poids de sa propre culpabilité. Et peut-être l'embarras de m'avoir connue. Mais elle a répondu à mes lettres et j'en ai profité.

— Elle était mourante.

Lady Cecily le regarda froidement dans les yeux.

— Je sais. Et je ne puis dire que je m'en sois souciée, hormis pour le fait que cela me laissait peu de temps pour former mon plan. Je suis navrée d'être aussi directe. Mais votre mère, telle que je l'ai connue, était une femme dure et jalouse. Si elle voulait se repentir avant sa mort, elle avait beaucoup à regretter.

Marcus hocha la tête.

— Expliquez-vous, je vous prie.

— Nous nous sommes connues quand nous étions enfants. Nous allions à l'école ensemble et partagions une chambre. Nous étions les meilleures amies du monde et toutes les deux aussi gentilles et belles que l'on pouvait l'espérer. Quand j'ai eu quatorze ans, mon père est mort. Il a laissé assez d'argent pour que je termine l'école et pour m'offrir une modeste saison quand j'en ai eu l'âge. En outre, il m'a confiée à la tutelle d'une tante âgée qui savait fort peu de choses sur ce qui m'arrivait.

Sa bouche prit un pli amer.

— Il y avait un fondé de pouvoir qui s'est mis, dironsnous, à prendre un intérêt personnel pour mon cas. Il saisissait chaque occasion pour me rappeler que ma fortune était limitée et ma place à l'école en péril. Finalement, il m'a persuadée de venir le trouver un soir dans son bureau. Pour passer en revue les détails du testament de mon père. Comment aurais-je pu me douter de ses intentions ? Je n'étais qu'une adolescente.

Il y avait de l'angoisse dans sa voix et Marcus sentit l'homme près de lui se crisper pour la protéger.

— Après, je suis retournée dans ma chambre en pleurant et en tremblant et votre mère m'a aidée à nettoyer le sang. Puis elle m'a juré qu'elle ne dirait à personne ce qui s'était passé. Et elle a gardé ce secret parce que je l'en suppliais, même si l'homme a continué à m'utiliser pendant le reste du trimestre. Ensuite, je me suis réfugiée chez ma tante et je n'ai plus revu votre mère jusqu'à l'année où nous avons eu notre saison.

Cecily s'arrêta un instant.

— Elle était d'une grande beauté, comme moi, reprit-elle en souriant à ce souvenir. J'avais placé mes difficultés derrière moi et espérais conclure une union avec un homme compréhensif qui ne poserait pas de questions sur l'absence de sang sur les draps. J'avais plusieurs beaux partis en vue, y compris mon cher Anthony et… — elle jeta un coup d'œil appuyé à Marcus —… votre propre père. Beaucoup d'hommes qui s'intéressaient aussi à votre mère, en fait. Nous avions été amies à l'école, mais à présent nous étions rivales. Quand il est apparu que votre père pouvait être prêt à me faire une proposition, et qu'elle était sur le point de perdre, votre mère a révélé mon secret et l'a répandu avec enthousiasme dans la haute société. Soudain, je n'étais plus une malheureuse jeune fille abusée, mais une jeune séductrice. Et les offres que j'ai reçues alors ?

Elle rit.

— Bien, ce n'étaient plus des offres de mariage. Finalement, j'en ai accepté une. Et quand il s'est lassé de moi, j'ai trouvé quelqu'un d'autre. C'est ainsi que je suis devenue « lady Cecily », et la raison pour laquelle je vous ai répondu ainsi quand je vous ai ouvert la porte. Anthony a été le dernier homme à m'entretenir, et je l'ai aimé depuis l'époque où j'ai perdu mon honneur, et même avant. Quand il est devenu trop pauvre pour m'entretenir…

Elle haussa les épaules.

— … je l'ai entretenu. Et il a mangé toutes mes économies avant que je puisse le persuader de prendre sa fille, d'abandonner son honneur et de s'enfuir.

— Et vous avez cherché à me détruire, comme ma mère vous a détruite ?

— Non, Votre Grâce. Je vous jure que nous ne vous voulions pas de mal. Je cherchais simplement à trouver le meilleur foyer possible pour Miranda. Et je ne vous ai pas rendu un mauvais service en vous envoyant une épouse. Elle n'est pas une aussi grande dame que celles que vous auriez pu choisir, mais elle n'a plus eu l'occasion d'être une dame depuis ses dix ans, et n'a pas eu de mère pour la guider. Si le passé avait été différent, elle serait en tout point aussi convenable que la femme sur qui vous auriez pu jeter votre dévolu.

Les mots résonnaient de loin aux oreilles de Marcus, noyés sous les souvenirs qui lui venaient à l'esprit.

« La pauvre fille… »

« L'honneur de votre famille… »

« Regardez-la et pensez à ce qui va lui arriver si vous la renvoyez maintenant… »

« L'enfant a besoin d'un nom… »

— Votre Grâce ?

Cecily Dawson le regardait avec étonnement et il revint brusquement au présent.

— Je vous demande pardon, madame. Je vous en prie, continuez.

— Nous n'avons jamais eu l'intention de vous piéger dans un mariage avec Miranda. C'était notre espoir, assez naïf peut-être, mais notre espoir tout de même, que si elle pouvait rencontrer quelques hommes de bien de sa classe, elle réussirait par sa modestie et son bon sens à attirer l'attention de l'un d'eux. Je pensais que si votre mère ne parvenait pas à persuader l'un de ses fils de prendre femme, nous pourrions, en continuant nos menaces, la convaincre de prendre Miranda sous son aile et de la présenter à d'autres gentilshommes de la région. Et en dernier ressort, une place de dame de compagnie auprès de votre mère…

— Vous étiez prêts à livrer cette jeune fille aux mains de vos ennemis ?

Marcus haussa un sourcil et eut un sourire ironique.

— Au point où nous en étions, répondit sir Anthony, c'était pour elle la poêle à frire ou le feu. Je vous prie d'excuser ma candeur, Votre Grâce. Votre mère avait peut-être une langue de vipère, mais les mots ne sont pas capables de blesser ma fille. Le fait qu'elle ait accepté Miranda était une reconnaissance de sa culpabilité et trahissait sa crainte de certaines révélations.

— Mais ma mère est morte, déclara Marcus d'un ton suave. Et je ne suis pas sous le coup des mêmes menaces qu'elle.

L'expression de sir Anthony et de lady Cecily passa de la détermination à l'alarme.

— Je vous demande pardon pour ce que j'ai dit, lâcha le vieil homme. Je suis navré pour votre deuil, Votre Grâce.

— Non, vous ne l'êtes pas et moi non plus. Ce que vous avez dit de ma mère est exact. Elle se souciait d'elle-même et de son statut et de peu d'autres choses. Le fait que vous ayez réussi à la pousser par votre chantage à une action qui n'était pas seulement à son bénéfice prouve la lourdeur de son âme à la fin de sa vie. J'ai épousé votre fille parce que je me sentais tenu par l'honneur de protéger sa réputation quand elle est arrivée chez moi sans prévenir et y a passé la nuit sans chaperon. Par sa mort prématurée, ma mère m'a conduit une fois de plus à choisir l'honneur plutôt que le bon sens et a assuré la réussite de votre plan.

Il regarda autour de lui.

— Bien sûr, maintenant que j'ai appris les origines de ma femme…

Des larmes commencèrent à couler des paupières closes de Cecily et il détourna les yeux. Mieux valait ne pas regarder et se laisser émouvoir par les larmes d'une catin.

La voix de sir Anthony trembla quand il reprit la parole.

— Oui, Votre Grâce, votre nouvelle femme a été élevée par un ivrogne et un joueur, et a eu pour mère de remplacement une courtisane. Elle a travaillé comme servante, nettoyant des pots de chambre, frottant des cheminées et exécutant toutes les tâches que les autres domestiques jugeaient au-dessous d'eux. Et maintenant, si vous la renvoyez, elle n'a nulle part où aller et tombera plus bas encore pour ne pas mourir de faim. Je suis las à mourir, moi-même, de la voir payer pour mes péchés. Je regrette devant Dieu que le jour où j'ai tenu ce pistolet je ne nous aie pas tués tous les deux, plutôt que de la condamner à une vie de servitude. Car elle n'a rien fait pour le mériter, sauf suivre le chemin que je lui ai tracé. Et quand je l'ai envoyée à vous, elle a résisté, disant qu'elle préférait rester avec nous et faire ce qu'il fallait plutôt que nous quitter alors que nous avions besoin d'elle. Je lui ai fait jurer, Votre Grâce, sur la Bible de sa mère, qu'elle ferait ce que je lui commandais et qu'elle n'en soufflerait mot. Je lui ai fait jurer que, si elle parvenait à épouser un homme honorable, elle le servirait de tout son cœur et ne reviendrait jamais, jamais, à l'endroit d'où elle venait. C'est une perle, et une perle enfouie dans un tas de fumier n'en a pas moins de valeur.

Marcus garda un visage impassible.

— Une perle, dites-vous ? En quel sens ? Que peut-elle apporter à notre mariage ? Il n'y a certainement pas de dot. Et, pour l'heure, elle ne m'a pas séduit par sa douce nature et son apparence suave.

— Elle peut vous apporter sa force, Votre Grâce. Et son honneur.

— Qu'elle m'a prouvé en mentant pour avoir accès à ma maison et en dissimulant les circonstances de sa vie.

— Une chose qu'elle n'aurait jamais faite si je ne lui avais pas demandé. Elle a supplié, Votre Grâce, de ne pas être forcée à agir ainsi. Et je suis sûr que vous cacher ce secret la fait souffrir presque autant que le fait d'être séparée de nous. Si vous pouvez l'en délivrer, vous verrez sa vraie nature et elle vous en sera éternellement reconnaissante. Regardez dans votre cœur, Votre Grâce, et demandez-vous ce que vous feriez dans les mêmes circonstances. N'avez-vous jamais menti pour protéger quelqu'un ? Car c'est tout ce dont elle est coupable.

Marcus ferma les yeux sous cette question, frappé au cœur. Peut-être sa nouvelle femme et lui-même avaient-ils plus de choses en commun qu'il ne l'avait cru tout d'abord.

Il repensa à elle, à la façon dont l'épuisement l'avait brisée la nuit où il était parti, quand sa courtoisie distante s'était fendillée et qu'une parcelle de la vérité s'était fait jour. Il revit l'horreur qui s'était peinte sur son visage, quand elle s'était rendu compte de ce qu'elle avait dit et fait.

Il fixa les deux personnes qui se tenaient devant lui.

— Et qu'êtes-vous prêt à faire pour l'honneur de votre fille, sir Anthony ?

— Tout ce que vous me demanderez, Votre Grâce. Si vous voulez que nous travaillions comme domestiques dans votre maison, vous n'avez qu'à le dire. Aussi longtemps que Miranda est en sécurité, je suis à vos ordres.

— Et vous, lady Cecily ? Qu'avez-vous à dire dans cette affaire ?

— J'ai élevé Miranda comme ma propre fille pendant douze ans, Votre Grâce. C'est comme sir Anthony le dit. Je ferai ce que vous demandez.

— Alors je vous demande de rassembler vos effets et de vous préparer à vous retirer dans ma maison du Northumberland. Ce n'est certainement pas la plus confortable des résidences. Je l'utilise comme relais de chasse. Mais il y a quelques domestiques et elle est très discrète. Vous pourrez attendre là que des décisions soient prises. Et, sir Anthony, je suppose que vos dettes figurent toujours sur les livres de quelqu'un ?

— Ces choses-là ne s'oublient jamais, Votre Grâce.

— Il faudra donc les régler.

— Je n'ai pas les moyens…

— Vous, bien sûr que non. Mais moi oui.

— Je n'ai jamais eu l'intention…

— Il en sera comme il se doit, coupa Marcus, qui entendit quatre générations d'Haughleigh résonner dans sa voix.

C'était un timbre auquel les gens ne pouvaient s'empêcher d'obéir.

Sir Anthony resta silencieux.

— Vous n'avez peut-être pas eu l'intention de me charger de vos dettes, reprit Marcus, mais je compte les voir réglées. Je n'accepterai aucune discussion. Mettez par écrit celles dont vous vous souvenez et n'y pensez plus. Vous vous retirerez dans mon relais de chasse pendant que je laverai votre nom et que je discuterai avec Miranda de ses souhaits pour l'avenir.

Il marqua une pause, avant de poursuivre :

— Quand nous nous serons mis d'accord, vous serez contactés par elle ou par moi, et réunis. Qu'elle vous revienne avec son honneur et sa liberté ou que vous nous rejoigniez à Haughleigh est encore à décider, mais je ne vous la rendrai pas si vous devez simplement la vendre à un autre homme haut placé. Quel que soit son avenir, ses devoirs envers son passé cesseront avec moi.

13.

Miranda criait. Il était étrange, pensa-t-il, qu'il reconnaisse sa voix. Ils avaient été ensemble si peu de temps. Mais c'était elle, il en était sûr. Elle hurlait de terreur. Il essaya de courir vers elle, mais le sol se changeait en boue sous ses pieds, aspirait ses bottes et l'entraînait vers le bas.

— Marcus ! Aidez-moi ! Marcus ! Je vous en prie !

Sa voix s'éteignit comme si elle n'avait plus la force de l'appeler.

Il lutta. Combattit la sensation de s'enfoncer et la crainte qu'à tout moment le sol meuble se referme sur lui et l'engloutisse. Il y avait une branche sous sa main et il s'y raccrocha, s'extirpant de la boue pour aller vers l'endroit où il savait qu'elle l'attendait.

Il se réveilla en sursaut, haletant, et regarda autour de lui. Il était au lit, dans sa résidence londonienne. Il n'y avait pas de boue, bien sûr. Il ne portait même pas de bottes. Et il ne pouvait entendre sa nouvelle femme parce qu'elle se trouvait à des kilomètres de là, dans le Devon.

C'était de la folie d'accorder trop de crédit à des rêves. Ils ne prédisaient pas l'avenir, après tout. Ils étaient simplement les fantaisies créées par un esprit surchauffé qui cherchait le repos.

Et c'était la raison pour laquelle il était resté éloigné de chez lui pendant toutes ces années. Parce que les rêves ne signifiaient rien. Il eut un rictus devant sa propre folie. Il aurait pu supporter la présence de sa mère et occuper sa position à Haughleigh si ce n'avait été ces maudits rêves de suffocation. Il avait laissé des rêves influencer le cours de sa vie.

Mais qu'en était-il de l'avenir ? Dans ses rêves, Miranda voulait qu'il vienne à elle. Si la vraie Miranda le savait, elle en serait offusquée. Quelle raison lui avait-il donné de lui faire confiance ? Elle pensait probablement qu'elle avait besoin d'être protégée de lui.

La pâle lumière du matin s'infiltrait à travers les tentures du lit et il sonna son valet. Un rasage et sa toilette dissiperaient les dernières nuées qui encombraient son cerveau. Cela avait été ridicule. Un rêve de sauvetage. Mais, au moins, cela n'avait pas été aussi terrifiant qu'un enterrement prématuré. Il avait été capable de bouger, cette fois. Et il avait éprouvé le besoin de rejoindre Miranda.

Elle était dans le besoin, qu'elle s'en rendît compte ou non. Son père était un homme assez agréable, même s'il était plus qu'un peu privé de bon sens. Il avait ruiné la vie de sa fille, ne pensant jamais à l'avenir. Marcus se rappela Miranda debout dans la cuisine. Tremblante, la peau sur les os. Des mains aux longs doigts fins couvrant son visage avec honte et horreur. Ces mains, qui auraient pu être couvertes de bagues et jouer avec un éventail en ivoire, étaient rugueuses à la suite d'années de dur labeur et marquées par des brûlures et des cicatrices.

Il pinça les lèvres. Son regard avait été réservé, comme si elle craignait de laisser échapper une lueur de passion ou de douleur, et que quelque faiblesse qu'elle présentât soit utilisée contre elle. Et son père l'avait détruite, la tirant vers le bas au nom de l'amour et de l'union familiale. En outre, qui savait quelles idées elle avait après avoir entendu pendant douze ans celle qui lui avait servi de mère ?

Il tressaillit en se rappelant l'histoire et son valet écarta le rasoir pour ne pas lui couper la gorge.

C'était une situation bien embrouillée, et le bout de la ficelle allait jusqu'à lui. Cette femme Dawson n'aurait pas eu à être une courtisane sans les machinations de sa chienne de mère. Elle aurait pu cacher sa honte et faire un beau mariage. Avec Anthony Grey, peut-être. Ou son propre père. Ce qui aurait fait d'elle… sa mère, pensa-t-il en haussant les épaules. Ou celle de Miranda. Et, dans les deux cas, cela aurait sans doute mieux valu pour tout le monde.

Il ne pouvait ramener les pendules en arrière pour Cecily, mais il n'était pas trop tard pour Miranda. Son rêve le lui disait.

Le soleil de fin d'été brillait sur les devantures tandis qu'il pénétrait dans le quartier des boutiques, et réchauffait le drap fin de sa redingote. La journée était trop belle pour qu'il prenne sa voiture, la plus belle qu'il avait vue depuis quelque temps, et il avait envie de marcher.

Tra la la… Quelle était la suite ? Il essaya de se rappeler la chansonnette qui lui trottait dans la tête. Quelque chose à propos d'une laitière. D'yeux bruns. De serments. Les chansons populaires se ressemblaient toutes. Il y avait toujours un berger ou un rétameur et une laitière. Et le résultat était le même.

Il sifflota.

Que lui arrivait-il ? Il se promenait dans Bond Street comme s'il n'avait pas un souci au monde.

Il se comportait comme St. John.

Il s'arrêta si soudainement que l'homme chargé de paquets qui le suivait le heurta avec un juron. Il s'excusa d'un sourire, aida l'individu à ramasser ses emplettes et le remit sur son chemin avec plus de bonne grâce qu'il en avait éprouvé depuis des années.

C'était diablement étrange, vu l'humeur dans laquelle il avait été en venant à Londres, qu'il se sente si léger. Surtout s'il considérait le fardeau de responsabilités qu'il avait sur le dos. Se retrouver nanti d'une épouse lui avait causé un assez grand choc. Et une épouse qui pouvait nettoyer des pots de chambre et servir de la bière ! Sans parler de ses beaux-parents. Et de leurs dettes. Et d'une belle-mère de remplacement qui ferait blanchir les cheveux du pasteur, s'il découvrait quelle avait été sa profession.

Cela pouvait probablement être tu, décida-t-il. Mais il devait trouver un moyen de persuader Anthony de légitimer leur union avant de les accepter chez lui. La vision de Cecily Dawson au dîner de Noël flotta dans son esprit. Peut-être demanderait-il aux domestiques de l'installer dans la chambre de sa mère. Cette idée lui procura un instant d'un malin plaisir.

C'était insensé.

Il courba la tête pour franchir une porte et pénétra dans le salon d'une modiste renommée. Il y avait des années qu'il n'avait pas franchi ce seuil, suivant Bethany dans l'une de ses fréquentes tournées d'emplettes, mais Mme Souette le reconnut immédiatement.

— Quc puis-je faire pour vous, Votre Grâce ?

Elle fit signe à une vendeuse d'apporter du thé et offrit à Marcus de s'asseoir sur un divan.

— J'ai besoin… de tout. De tout ce qu'il faut à une femme.

Il présenta la robe usée et les pantoufles que Cecily lui avait remises.

— Dans cette taille, ou en un peu plus grand.

La couturière baissa les yeux sur le vêtement et réussit presque à dissimuler sa moue de mécontentement devant son état.

— Et la dame en question ? Quels sont ses goûts ?

Elle procédait avec prudence, craignant de se montrer offensante.

— Passerez-vous votre temps avec elle à l'opéra ? Au théâtre ? Ou resterez-vous chez vous ?

Elle étudiait le duc avec attention, essayant probablement de deviner l'identité de sa nouvelle maîtresse.

Il sourit largement.

— Oh, tout cela à la fois, je pense. Quand j'amènerai ma jeune femme à Londres, elle assistera à ce genre de choses. Mais, pour l'instant, une garde-robe convenant à une vie tranquille à la campagne suffira.

— Une garde-robe digne d'une duchesse ?

Marcus hocha la tête.

— Et elle a besoin de tout.

Les yeux de la couturière pétillèrent tandis qu'elle calculait le montant de la facture.

— De tout, répéta-t-il. Il y a eu un incident concernant ses malles quand elle s'est rendue dans le Devon.

Il agita la main d'un geste détaché.

— Tout a été perdu.

— Comme c'est malheureux.

Mme Souette ne parvint pas à prendre un air apitoyé.

— Je compte sur vous pour être à la fois discrète et rapide, car j'ai besoin de ces toilettes dans trois jours.

La couturière haussa les sourcils, mais elle ne refusa pas.

— Cela demandera un miracle, reprit le duc, mais vous en serez généreusement dédommagée. Son teint est pâle, ses cheveux et ses yeux sombres. Faites ce que vous pourrez pour la flatter. Dans ce domaine, je me fie plus à votre jugement qu'au mien.

Il donna sa carte et son adresse et quitta la boutique.

C'était étrange d'avoir vu les petites pièces où sa femme avait passé tant d'années, pauvres au-delà de ce qu'il avait pu imaginer, mais plus chaleureuses et accueillantes que sa propre maison. Et maintenant elle résidait dans le grand mausolée qu'était Haughleigh Grange.

Elle méritait mieux.

Sa prochaine étape fut une joaillerie, où il tira de sa poche un écrin plat recouvert de velours. Le joaillier se montra aussi doucereux que la couturière, prêt à se couper en deux pour satisfaire le duc.

Marcus étala le collier qu'il haïssait sur le comptoir.

— Je viens de me remarier et veux offrir les émeraudes de la famille à ma femme.

Le boutiquier observa qu'elles étaient très belles, ce que Marcus savait.

— Un nouveau sertissage serait bien, je pense. Une nouvelle épouse ne devrait pas avoir à porter les restes de la précédente. J'aimerais prendre un nouveau départ.

Non pas que cela soit toujours possible, avec le poids de la tradition qui pesait sur ses épaules. Mais peut-être une modification du collier lui rappellerait-elle autre chose que sa mère ou Bethany quand il le regarderait.

Le joaillier prit des notes empressées, ne tressaillant qu'un peu devant le délai annoncé.

— Y aura-t-il autre chose, Votre Grâce ?

— Non. Ou plutôt… attendez.

L'image de Miranda se tenant dans le vestibule tandis que sa chevalière roulait sur le sol lui vint subitement à l'esprit.

— Oui, il y a autre chose. Il me faut une bague. Une bague de mariage. Nous nous sommes mariés précipitamment et elle mérite mieux que ma solution temporaire.

Le joaillier présenta sur un plateau un prodigieux assortiment de diamants, de rubis, d'émeraudes et de simples anneaux d'or. Marcus examina la sélection, mais aucune des bagues ne lui rappela l'étrange jeune fille au teint pâle qu'il avait laissée chez lui. Puis, soudain, il sourit au vendeur.

— Avez-vous de la cire à cacheter ?

L'homme disparut dans l'arrière-boutique et revint avec une boule de cire et une chandelle.

Marcus fit fondre la cire sur le comptoir et y appliqua sa chevalière, obtenant l'empreinte très nette de ses armoiries.

— C'est ce que je voudrais pour elle. Sur un simple anneau en or, adapté au doigt d'une femme.

— Voilà qui est peu courant, Votre Grâce.

— Mais cela lui ira mieux que ces autres bijoux.

Sa dernière visite fut pour l'avoué de la famille. Claude Binley le regarda par-dessus les piles de papiers qui couvraient son bureau et abaissa ses lunettes sur son nez.

Marcus lui sourit largement.

— Comment progressent les choses ?

— Cela dépend du point de vue, Votre Grâce. Du mien, elles vont beaucoup trop vite.

— Trop vite ? Mais avec succès, j'espère ?

L'homme de loi hocha la tête.

— J'ai fait les démarches pour la licence. J'ai modifié votre testament pour tenir compte du mariage. J'ai payé ce qui était dû chez Boodle's et chez Whites's pour sir Anthony Grey.

— Et vous pouvez vous attendre à voir quelques factures supplémentaires d'une couturière et d'un joaillier, annonça Marcus.

Claude souffla avec réprobation.

— Y a-t-il un problème avec mes fonds ?

— Non, Votre Grâce.

— Il ne serait pas convenable de laisser ma duchesse en haillons, Claude. De l'argent doit être dépensé.

— Puis-je vous parler franchement, Votre Grâce ?

— Pas si vous persistez à m'appeler « Votre Grâce ». Nous nous connaissons depuis l'enfance, Claude.

— Fort bien, Marcus. Je me rappelle votre première femme et la hâte avec laquelle vous l'avez courtisée et épousée. Et je me souviens des détails de l'union et de son résultat. Il me déplairait fort de voir répéter une telle erreur.

Marcus sentit son échine se raidir.

— Je ne pense pas qu'il soit possible de répéter une erreur aussi importante.

— Je vois des similarités.

— Lesquelles, à votre avis ?

— Une femme que vous connaissez à peine. Qui vous a été recommandée par votre mère. Un mariage subit. Et des signes distincts que vous avez la tête dans les nuages. Des présents faramineux. Le refus d'écouter les conseils de ceux qui vous entourent. Des mesures héroïques de votre part pour vous porter à l'aide d'une damoiselle en détresse.

— Mais Miranda n'a rien de commun avec Bethany. Et ma mère, si elle avait vécu pour la voir, aurait été offusquée.

— Vous marier en dépit de votre mère revient au même que vous marier avec son consentement. Vous avez toujours la corde au cou.

— Ce qui est votre cas depuis près de quinze ans, Claude. N'est-il pas temps que je rejoigne le clan des hommes mariés et installés ?

— Certainement. Mais pas de cette façon, Marcus. Peut-être avec cette jeune fille, si vous êtes aussi fixé sur elle, mais pas avant que les affaires de sa famille et de la vôtre soient réglées. Vous ne savez rien d'elle à part ce qui vous a été dit, et néanmoins vous êtes prêt à croire une histoire extraordinaire. Et vous ne mettez pas son honneur en doute. Seul le temps prouvera cela. Quelques semaines seulement peuvent confirmer…

— Que le prochain duc ne sera pas le bâtard d'un autre homme ?

La voix de Marcus s'était glacée.

— Merci de l'avertissement, Claude. Mais prenez garde. Vous parlez de ma femme.

— Qui a été élevée par un vaurien et une courtisane.

Marcus se leva de son fauteuil, prêt à relever le défi et à combattre.

Claude tint bon face à cette menace, impassible.

— Je dis la vérité, même si vous ne voulez pas l'entendre, Votre Grâce.

Marcus soupira.

— Et moi, Claude, je suis le fils d'un ivrogne et d'une mégère. Peut-être que nous sommes bien assortis, après tout.

Car, si l'ascendance compte tellement, alors je ne suis pas une si bonne affaire, à l'exception de mon titre. Ma première femme a été élevée par des parents exemplaires. L'histoire de sa famille était sans tache. Et, à la fin, cela n'a fait aucune différence.

Claude soupira à son tour.

— Oui, Votre Grâce. Et cela vous a endurci contre les bons conseils. Maintenant vous allez agir à votre guise, quoi que je puisse dire à l'encontre de vos décisions, car vous avez la tête plus dure qu'un pavé. Je prie pour que vous ayez raison et vous accompagne de mes vœux.

14.

— Votre Grâce, avez-vous acheté quelque chose de neuf dans les boutiques du village ?

— Non, Polly. Mes affaires conviendront parfaitement.

A chaque excursion au village pour aller chercher de l'aide ou des provisions, ou pour vérifier le bon acheminement de la soie que Miranda avait commandée pour la salle à manger, Polly insistait davantage pour qu'elle s'achète des choses pour elle.

Miranda soupira.

Il y aurait une fortune à payer quand les factures arriveraient, si elle ne pouvait trouver un mari pour rédiger les chèques. Pourquoi ajouter des dépenses supplémentaires pour elle à la liste croissante des nécessités ?

Polly releva l'ourlet de la robe du soir. Elle avait trouvé l'endroit où la dentelle disparaissait tout simplement, pour reparaître dans une couture un pied plus loin.

— L'étoffe a été assez belle autrefois, Votre Grâce…

« Quand elle était neuve », acheva Miranda en elle-même.

— … mais je ne sais pas combien de temps encore ces manches vont tenir. Peut-être que si vous achetiez de la dentelle pour les rafraîchir ?

— Ce n'est pas la peine, Polly.

— Un nouveau bonnet, alors ?

Il y avait une pointe de désespoir dans la voix de la femme de chambre.

Avec son mari parti et sa méconnaissance totale des comptes de la maison, Miranda n'osait pas se risquer à une dépense aussi frivole. Elle préférait attendre qu'il revienne et lui alloue une certaine somme mensuelle.

— Je ne pense pas, répondit-elle.

— Oh, bien, madame. Je me rends compte que vous pouvez trouver les affaires disponibles par ici un peu trop simples pour une belle dame de Londres. Et quand monsieur le duc reviendra, il vous rapportera à coup sûr des présents.

« Peut-être que lorsqu'il reviendra, il aura oublié qu'il est marié », pensa Miranda. Elle n'avait guère d'espoir qu'il lui rapporte des chapeaux.

— Maintenant, à propos de vos cheveux.

— Mes cheveux ?

Miranda toucha son chignon, inquiète un instant que Polly lui suggère d'acheter une perruque.

— Ce n'est pas le style que portent les dames de nos jours. C'est une coiffure peu courante.

Et facile à entretenir, se dit la jeune fille. Elle n'avait pas besoin de fers à friser ou d'une femme de chambre pour lui arranger l'arrière de la tête.

Polly sortit de derrière son dos un croquis qui avait été amplement manipulé.

— Je pensais que, peut-être, vous pourriez me laisser essayer quelque chose de ce genre.

C'était une page du *Beau Monde* ou d'une autre revue de mode, et elle était probablement passée entre les mains de la plupart des femmes de chambre des environs.

Polly pointa un doigt sur un dessin à l'arrière-plan.

— Peut-être un peu plus long derrière, mais pas beaucoup plus. Avec une raie sur le côté, comme cela. Les boucles attireraient l'attention sur vos yeux, Votre Grâce, et vous avez de très beaux yeux.

Cela pourrait être un désastre, songea Miranda. Des ciseaux et un fer à friser dans des mains non entraînées.

— Vous y connaissez-vous en coiffure, Polly ?

— Oh, oui, Votre Grâce. Je coiffe toute ma famille. Mes sœurs sont très élégantes.

— Est-ce qu'elles travaillent ici ?

Miranda croisa les doigts à l'idée qu'il puisse s'agir de la servante qui louchait terriblement et dont les cheveux laissaient penser qu'ils avaient été coupés avec un sécateur.

— Non, Votre Grâce. Mais j'en ai trois, toutes plus jeunes que moi. J'ai l'habitude de les coiffer.

— Fort bien.

Il fallait qu'elle jette un os à la malheureuse servante, pour compenser le triste état de sa garde-robe et le manque de l'excitation qu'elle devait offrir en tant que nouvelle maîtresse de maison.

— Oh, merci, Votre Grâce. Restez là, je vais chercher les ciseaux.

Tout de suite ? Juste ciel ! Elle s'était imaginé subir cette épreuve dans un avenir lointain, mais elle acquiesça, espérant que cela satisferait sa femme de chambre. Elle s'assit sur la chaise devant la coiffeuse. Elle n'avait pas le temps de se préparer.

Polly revint, brandissant une paire de ciseaux. Elle les fit claquer dans l'air, puis elle se mordilla la lèvre.

« Faites au pire », pensa Miranda, les yeux fermés, en écoutant le bruit des ciseaux qui montait dans son dos. Elle sentit la première mèche qui tombait et eut la sensation d'être étrangement plus légère, comme si la migraine qui la tenaillait depuis des jours venait de ses cheveux tirant sur son crâne.

Le cliquetis continua et elle se laissa aller aux soins de Polly. Il était de fait très agréable d'être prise en mains, au lieu de servir les autres. Et Polly était de bonne humeur, l'une des rares personnes de ce genre dans la maison. Elle ne cessait de parler de ses sœurs, de leurs cheveux, de leurs petits amis… Puis, soudain, elle s'arrêta.

— Vous pouvez ouvrir les yeux, Votre Grâce. Vous voyez, cela n'a pas été si terrible, n'est-ce pas ? Je vais vous chercher une tasse de thé et faire chauffer les fers à friser. Vous verrez que ce sera très joli quand nous aurons fini.

Miranda contempla son reflet avec un choc. Polly avait raison. Cette coiffure changeait son visage, en en faisant ressortir l'ossature. Et elle avait de beaux yeux, moins durs et ternes que ce qu'elle pensait. Auréolée de boucles, elle paraissait presque joueuse. Elle n'était pas aussi superbe que Bethany l'avait été, mais, après tout, personne ne l'était. Peut-être qu'une touche de rouge… Elle se demanda ce que Marcus penserait quand il la verrait.

Et elle s'avisa que le rouge n'était pas nécessaire, car la couleur montait naturellement à ses joues. Juste ciel ! Elle les frotta, comme si la pensée qui l'avait fait rosir pouvait être trop aisément interprétée.

Polly revint avec son thé et elle le but avec plaisir, ignorant le léger cliquetis de sa tasse sur la soucoupe.

Elle descendit dîner ce soir-là en tenant la tête haute, pour accentuer la courbe gracieuse de son cou qu'elle avait ignoré posséder jusque-là. Quand elle pénétra dans la salle à manger, St. John était là et bondit sur ses pieds en la voyant.

— Miranda.

Il prononça son nom dans une sorte de soupir, différent du ton enjoué qu'il prenait d'ordinaire avec elle.

— Je jure que je n'avais aucune idée…

Il traversa la pièce et Miranda fixa le sol pendant qu'il tournait lentement autour d'elle.

— De qui vient ce changement ? demanda-t-il. Etes-vous allée à Londres et revenue dans l'après-midi, pour être aussi charmante ?

— Non, répondit-elle. C'est l'œuvre de Polly. Elle a insisté.

— Alors vous devez suivre ses conseils en toutes choses, car elle est fort sage pour quelqu'un d'aussi jeune. Est-ce une nouvelle robe, également ?

— Vous gâchez vos compliments par de basses flatteries, St. John. C'est la même robe que j'ai portée au dîner ces deux dernières semaines.

— Je ne voulais pas vous flatter. C'est juste que… votre transformation est si stupéfiante ! Franchement, Miranda, je peux à peine regarder votre robe, tant la femme qui la porte est rayonnante.

Elle essaya de ne pas retirer du plaisir de cette remarque, en se rappelant que ce n'était pas à St. John qu'elle devait plaire.

Elle demanda d'un ton hésitant :

— Pensez-vous que le duc va apprécier ?

St. John détourna les yeux, se rassit et se préoccupa de son potage. Il finit par marmonner :

— Je ne suis peut-être pas la meilleure personne à interroger sur les goûts de mon frère en matière de femmes.

Après tout, nous avons passé plusieurs années séparés. Les goûts changent.

Il s'arrêta et prit une cuillerée de soupe.

— Mais comment cela pourrait-il ne pas lui plaire ? Cela vous va vraiment à ravir.

Magnifique. Marcus devait aimer les longs cheveux naturels. Avait-elle changé ce qui était à ses yeux sa seule qualité ? Elle prit une bonne gorgée de vin et permit au valet de remplir son verre. Elle ne laisserait pas ses inquiétudes à propos du duc gâcher sa soirée. Elle secoua la tête et sentit les boucles tressauter sur sa nuque. Cela la fit sourire.

— Si cela ne lui plaît pas, je ne me soucierai pas de ce qu'il pense, car le résultat est joli.

St. John rit devant cette petite rébellion.

— Voilà une femme selon mon cœur. Gardez le menton haut et montrez-moi plus de ce cou magnifique. Votre bref séjour ici vous a réussi.

Miranda se sentit rougir de nouveau. Il n'y avait pas moyen de le cacher. Il pouvait sans doute voir l'effet que ses compliments avaient sur elle, mais il était trop poli pour le faire remarquer. Bientôt, il changerait habilement le tour de la conversation pour aborder des sujets plus généraux, afin qu'elle puisse répondre sans rosir ou glousser.

Elle prit une autre gorgée de vin. Elle profiterait de ces instants pendant qu'elle le pouvait, car son mari allait bientôt revenir et il renverrait St. John. Le jeune homme décrivait déjà une belle jument qu'il avait vue à l'auberge ce jour-là et projetait, comme cela lui arrivait de temps en temps, de créer un haras dans la région. Miranda hocha la tête en feignant l'intérêt tandis qu'ils achevaient leur plat et que le dessert était servi. Les projets de St. John étaient toujours coûteux et il en parlait bien, mais elle soupçonnait qu'ils étaient une source de conflit entre son frère et lui. Le fils cadet de la famille n'avait pas reçu un gros héritage, et ce qu'il avait eu semblait avoir disparu dans les deux mois qui avaient suivi la mort de sa mère. Les dettes du jeune homme étaient plus grandes encore que ses rêves, et il comptait sur le duc pour tenir ses créanciers à distance.

Il contempla Miranda par-dessus son dessert et il y eut un silence qui fut d'abord confortable, puis empreint d'expectation. Elle avait bu trop de vin, se dit-elle. Elle ferait mieux de se retirer de bonne heure et de mettre un terme à cette folie.

— Et qu'allons-nous faire ce soir ? demanda St. John comme s'il avait lu dans ses pensées et voulait la tenter. Un porto dans la bibliothèque ? Je pourrais vous faire la lecture. La salle de musique, peut-être ? Il y a un pianoforte. Je ne pense pas que vous en jouiez ? Je peux jouer quelques morceaux simples qui n'offenseront pas une dame, bien que ma voix soit médiocre.

Il était si plein d'entrain. Si désireux de plaire. Et ce serait agréable, comme les soirées passées en sa compagnie l'étaient souvent. Trop agréable. Miranda sentait le danger qu'il y avait à trop s'y habituer. La séparation serait assez amère.

— Pas ce soir, St. John. Je suis fatiguée. Je pense que je vais me retirer dans ma chambre et lire.

— Alors venez… Je vais vous accompagner.

Il lui prit le bras.

— Ce ne sera pas nécessaire.

— Ah, mais j'insiste !

Il se tint près d'elle, lui pressant innocemment le bras, et elle sentit son corps se contracter de manière inhabituelle.

— Vous ne devez pas vous promener toute seule dans cette grande maison.

— Mais, vraiment, je préfère…

— Etre seule ? Bah. Il n'est pas sain de rester trop seul. Vous découvrirez qu'il y a de nombreuses activités agréables qui le sont encore plus en compagnie d'autres personnes.

Il l'escorta hors de la pièce, puis ils longèrent le vestibule et gravirent l'escalier qui menait aux chambres. Elle voulut se séparer de lui, alors, le remerciant de nouveau pour son inutile courtoisie.

— Mais nous ne sommes qu'à mi-chemin, Miranda !

— Je sais me diriger. Honnêtement, St. John, je ne vais pas me perdre dans ma propre maison.

L'expression du jeune homme vacilla à la lueur des bougies.

— C'était aussi ma maison, autrefois. Tout le monde oublie que je suis un membre de la famille.

— Bien sûr que vous en faites partie, St. John. Au moins pour moi. Vous êtes comme un frère.

Ces mots sonnèrent faux aux oreilles de Miranda et elle s'empressa d'ajouter :

— Je n'ai jamais eu de frère.

— Vous n'avez certainement pas eu le mien. Mais je vais rectifier ce manque de famille et faire que vous vous sentiez la bienvenue.

Avant qu'elle ait pu s'écarter, il l'embrassa sur la joue.

Ce n'était qu'un petit baiser, mais il brûla la peau de Miranda et elle resta figée près de St. John, sentant le poids de sa main sur son épaule.

Il lui caressa la joue, puis suivit du doigt la ligne de son nez, et à sa propre surprise, elle soupira.

— Ma parole, vous n'avez réellement pas eu mon frère. Il est parti en vous laissant intouchée.

Elle s'empourpra.

— Il n'est pas convenable de parler de ces choses.

— Pas convenable mais vrai, n'est-ce pas ?

Il n'attendit pas sa réponse, mais la lut dans ses yeux.

— Mon frère est un plus grand benêt que je le pensais d'abandonner une pierre précieuse pour aller chasser les rebuts qu'il trouvera à Londres.

— Il ne m'a pas abandonnée, protesta Miranda.

Mais sa voix ne fut pas aussi assurée qu'elle l'aurait voulu.

— Peut-être pas. Il reviendra sans doute lorsqu'il se lassera de ses poursuites, et comptera trouver son innocente jeune femme l'attendant à la maison. Cela lui irait bien si quelqu'un venait et vous enlevait.

— J'ai plus d'honneur que cela.

— Bien sûr, ma très chère Miranda. Mais vous découvrirez un jour qu'il y a des hommes qui n'ont pas de scrupules et se permettent de tenter une épouse solitaire pour lui faire oublier sa vertu.

— Et je suppose que vous avez l'intention de me protéger d'eux, rétorqua-t-elle vivement.

— Peut-être que ce n'est pas de protection que vous avez besoin.

— St. John, vous allez trop loin !

Elle se détourna de lui, mais il la prit par les épaules et la fit doucement pivoter vers lui.

— Miranda.

Sa voix était l'innocence blessée en elle-même.

— Je ne faisais que plaisanter. Votre secret est en sécurité avec moi.

— Merci, murmura-t-elle.

— Là. C'est beaucoup mieux. Suis-je pardonné ? Je ne pourrais supporter de vous voir en colère contre moi. A qui pourrais-je parler et avec qui pourrais-je me promener ?

— J'ai été ridicule.

Il avait raison, pensa-t-elle. Il valait mieux qu'ils soient seuls ensemble que seuls séparément.

Il l'attira à lui et lui donna un autre baiser sur l'autre joue, et elle sentit le sang lui monter au visage.

Il ne la lâcha pas.

— Vous me manqueriez, vous savez, si vous me retiriez votre affection, déclara-t-il d'un ton légèrement rauque.

Elle le regarda dans les yeux, et vit la tristesse de son sourire.

— Sans vous, je serais désespérément malheureux. Cette maison est si froide, sans la chaleur d'un autre être humain. Vous devez le sentir vous-même, la nuit, quand vous êtes seule dans ce grand lit des appartements du duc.

Miranda n'avait pas envie de penser à sa solitude. Pas maintenant, alors qu'elle se tenait trop près de quelqu'un d'autre.

— Et vous, ma chère Miranda, ne devriez pas être abandonnée aux ténèbres de notre maison de famille. Vous méritez mieux.

Elle ferma les yeux contre ces mots-là. Tout le monde ne cessait d'insister sur le fait qu'elle méritait davantage que ce qu'elle souhaitait. Elle pouvait être heureuse, sans le désir de ceux qui l'entouraient d'améliorer sa situation alors qu'elle en était satisfaite.

— Une fleur comme vous ne doit pas être gardée dans le froid et l'obscurité, reprit St. John, mais recevoir de la lumière et de la chaleur pour pouvoir s'épanouir.

Il fit lentement remonter ses mains le long des bras de Miranda, comme pour dissiper le froid dont il parlait, mais elle frissonna à son contact, s'avisa de leur proximité et chercha à s'écarter.

Mais les bras du jeune homme étaient forts, ils la tenaient fermement et semblaient aspirer la résistance qu'elle avait en elle. Il plongeait son regard dans le sien. Puis il l'attira à lui, courba la tête et posa ses lèvres sur les siennes.

Ce baiser était suave, et d'autant plus charmeur que Miranda savait qu'il n'était pas convenable. Cici lui avait dit que les bonnes gens qui allaient à l'église et s'inquiétaient tellement de la tentation ne connaissaient pas le vrai danger : ils ne comprenaient pas la joie qu'il y avait à céder.

Une étrange sensation liquide lui parcourait le corps, comme si son sang avait été remplacé par du miel. Et elle sentait à la façon dont il frottait sa langue contre sa bouche fermée qu'il voulait qu'elle ouvre les lèvres, et la bonne Miranda l'avertissait que ce serait un désastre, mais la fille dévoyée qu'elle avait en elle lui disait que le mal était fait et que le seul danger à présent était la découverte. Alors elle lui livra sa bouche et le laissa la prendre, et ce fut délicieux.

La coulée de miel avait atteint son ventre, entre-temps, et son corps criait qu'il désirait être plus près encore.

St. John perçut ce changement. Soudain, ses mains parcoururent librement le corps de Miranda et sa bouche devint dure et exigeante. Elle n'était plus douce et charmeuse, et la jeune fille se débattit contre lui.

Elle lança son bras en arrière, aussi loin qu'elle le put, puis elle le ramena vivement en avant et le frappa à la tête.

Des années à porter des seaux d'eau et à briquer des planchers lui avaient donné des muscles qu'elle n'aurait jamais pu avoir en brodant ou en jouant de la harpe. Elle nota avec satisfaction que le coup avait été assez fort pour l'étourdir. Il la lâcha et s'appuya contre le mur.

Quand il leva les yeux pour la regarder, ils étaient sombres et calculateurs, pas pleins d'amour.

Alors elle se mit à courir. Elle traversa le corridor qui menait à sa chambre comme une folle, claqua la porte derrière elle et la ferma à clé.

Puis elle entendit un bruit de pas qui s'arrêta devant chez elle. La poignée tourna dans un sens et dans l'autre.

« Laissez-moi tranquille », pria-t-elle en silence.

— Miranda. Laissez-moi entrer.

St. John murmurait dans le trou de la serrure, mais sa voix calme semblait résonner comme un cri dans la chambre.

— Ma douce, ouvrez-moi la porte.

Miranda articula sans bruit le mot « Non », s'enveloppa de ses bras et alla s'asseoir sur son lit.

— Vous savez que vous le voulez.

Non, elle ne savait pas ce qu'elle voulait. Elle ne le savait plus. Elle voulait être chez elle. Elle voulait qu'il y ait un endroit où elle puisse être chez elle.

— Miranda.

Il prononça son nom d'un ton chantant.

— Mon frère sait-il combien vos lèvres sont douces ?

Elle s'essuya la bouche d'un revers de main.

— Je gage que non, car c'était une bouche qui n'avait jamais connu les baisers. Pensez-vous que je devrais le lui dire ?

— Non ! lança-t-elle à haute voix, cette fois, en se maudissant d'avoir répondu.

— C'est une bonne chose qu'il vous ait abandonnée à moi, car ce qu'il ne sait pas ne le tourmentera pas. Ouvrez la porte, Miranda, et finissons ce que nous avons commencé.

— Allez-vous-en !

— Il est trop tard pour me renvoyer. Il est injuste de votre part de me tenter autant et de me refuser ce que vous m'avez offert librement auparavant.

— Je ne vous ai pas tenté, serpent que vous êtes.

— Je ne suis pas un serpent, chérie, et ce n'est certainement pas l'Eden. Peut-il être si mal pour deux personnes de se tenir chaud quand il gèle dans cette tombe ?

— Oui. Et si vous ne savez pas pourquoi, vous devriez quitter cette maison sur-le-champ.

— Je m'en irai quand je le déciderai, Votre Grâce, comme je l'ai toujours fait. A moins que vous ne vouliez expliquer à mon frère pourquoi vous souhaitez que je parte. Il ne le prendra pas bien.

— Alors vous devez vous tenir éloigné de moi, et j'ai l'intention de rester aussi loin de vous que possible.

St. John reprit la parole d'une voix doucereuse, et les cheveux de Miranda se dressèrent sur sa nuque.

— Au début, peut-être. Mais vous constaterez bientôt, ma chérie, qu'il ne vous convoite pas comme je vous convoite. Et quand vous serez allongée dans votre lit, la nuit, insatisfaite, aspirant au contact d'une main chaude, vous découvrirez que ma porte sera toujours ouverte pour vous.

Là-dessus, il rit. Et elle entendit son pas léger s'éloigner dans le corridor.

Elle courut à sa porte et vérifia qu'elle était bien fermée. Puis elle se laissa choir sur le sol.

C'était donc vrai. Comme elle l'avait toujours craint. Il y avait quelque chose qui n'allait pas en elle, pour qu'elle puisse si aisément céder à la tentation quand elle se présentait. Elle aimait son père et elle aimait Cici. Mais vivre avec eux ne lui avait pas appris l'adresse dont elle avait besoin pour survivre en qualité de dame. Ils ne lui avaient pas enseigné la circonspection ou la réserve. Ils ne lui avaient certainement pas enseigné la chasteté. Au lieu de cela, Cici lui avait révélé la vérité de ce qui se passait entre un homme et une femme, et elle avait écouté avidement. Et s'en était souvenue. Et elle avait voulu en entendre davantage. En savoir plus.

Ce soir-là, elle avait été prête, et une partie d'elle-même l'était toujours, à ouvrir sa porte à un homme qui devrait être son frère. A le laisser la prendre et l'utiliser comme il le voudrait. Elle lui avait ouvert ses lèvres, alors qu'elle n'aurait jamais dû lui permettre autre chose qu'un baiser sur la main.

Et quand le gentilhomme l'avait embrassée… Elle se rappelait comment elle avait léché les fraises qu'il tenait entre ses doigts, et comment elle avait éprouvé en elle-même cette espèce de flottement qu'elle éprouvait toujours quand elle pensait à ces choses-là. Elle n'aurait jamais dû le laisser l'arrêter. Elle n'aurait pas dû lui répondre quand il lui avait parlé. Elle aurait dû s'enfuir plus vite. Mais peut-être qu'elle souhaitait sentir cette main sur sa poitrine. Cela et davantage.

Elle désirait sentir un homme en elle, même si cet homme n'était pas son mari. Elle savait que ce n'était pas bien, mais elle le désirait quand même. Et St. John avait dû percevoir sa faiblesse, sinon il n'aurait jamais essayé ce qu'il avait fait.

Elle s'agenouilla devant la porte et fit une prière silencieuse, demandant le pardon et la force. Et suppliant que son mari ne découvre jamais la malignité qu'il y avait en elle, parmi tous les autres mensonges de son cœur déloyal.

15.

Il y avait du vacarme dans la cour. Miranda pouvait l'entendre par la fenêtre ouverte. Elle se leva de l'endroit où elle avait dormi, recroquevillée devant la porte, et s'étira pour chasser les crampes de son dos. A travers le panneau de bois, elle pouvait discerner d'autres sons, plus faibles, de domestiques qui s'empressaient.

Y avait-il le feu ?

Non, quelqu'un l'aurait prévenue, même si l'on n'appréciait pas son autorité.

Des coups brefs furent frappés tout près de son oreille et elle recula en sursautant.

— Votre Grâce, êtes-vous réveillée ? J'aurais voulu entrer, mais la porte est fermée à clé. Il faut que vous vous habilliez. Vite. Monsieur le duc est de retour.

Oh, Dieu. Il était rentré. Tout comme s'il avait deviné ce qui s'était passé le soir précédent et était venu lui demander des comptes.

Elle déverrouilla la porte et Polly entra en coup de vent.

Sa femme de chambre lui enfila sa robe du matin et la coiffa, et elle examina le résultat dans le miroir. Si c'était possible, elle avait encore pire allure que lorsque son mari l'avait quittée. La robe, qui avait été en piètre état lorsqu'elle était arrivée, paraissait encore plus fatiguée. Il y avait des endroits où les garnitures usées avaient cédé. Polly avait fait de son mieux en ôtant tous les ruchés, mais les marques blanches faisaient encore plus mauvais effet. Et le corselet la serrait inconfortablement sur la poitrine.

Ses cheveux. Elle passa la main dans ses boucles, se rappelant ce que St. John lui avait laissé entendre de l'amour de son frère pour les longs cheveux libres, et elle se souvint du portrait de la galerie, avec la superbe jeune femme blonde auréolée de vagues dorées.

Et son visage était le pire de tout. Elle était fatiguée, elle le savait, mais pas plus pâle pour autant. Elle avait la rougeur coupable d'une femme qui venait d'être embrassée, et elle ne pouvait rien faire pour chasser la couleur de ses joues.

Elle quitta sa chambre et descendit l'escalier, essayant de garder la tête haute.

Son mari, s'il était toujours, se trouvait dans le vestibule où il criait des ordres à des domestiques et dirigeait divers sacs, boîtes et caisses vers leur destination. D'un mouvement d'épaule, il ôta son manteau à plusieurs rabats et le donna à un valet. Ses bottes portaient encore la poussière de la route, mais son costume noir était immaculé, sa chemise amidonnée, et son écharpe était arrangée en un nœud compliqué et maintenue par une épingle de jais. Il était en tout point l'élégant gentilhomme de la ville, riche et bien élevé. Miranda éprouva une pointe de fierté et d'admiration à l'idée qu'elle était sa femme.

Il leva les yeux vers l'escalier alors qu'elle arrivait à mi-hauteur et interrompit ses instructions au majordome, la suivant du regard tandis qu'elle descendait. Elle fut de nouveau consciente de sa piètre apparence. Elle avait l'air de ce qu'elle était : à peine assez présentable pour prétendre à une place de servante dans la maison dont elle était la maîtresse.

Elle atteignit le bas des marches et s'arrêta à quelques pas de lui, plongeant dans sa plus belle révérence.

— Bienvenue chez vous, Votre Grâce.

« Et où êtes-vous allé ? Elle se contraignit à ne pas prononcer ces mots, mais ils se bousculaient dans sa tête.

— Et c'est un retour agréable, de vous trouver ici pour m'accueillir.

Le duc la jaugeait, mais il y avait un léger sourire sur ses lèvres, comme s'il appréciait quelque chose. Il désigna les boîtes qui l'entouraient.

— Il semble que je sois arrivé en même temps que certaines de vos emplettes. Ces colis attendaient à l'auberge et je les ai fait apporter. Avez-vous profité des deux dernières semaines pour dépenser mon argent ?

Miranda rougit. Ce n'était pas la première impression qu'elle avait voulu donner à son nouveau mari, de dépenser à tort et à travers pendant qu'il avait le dos tourné. Elle avait espéré que les tentures neuves seraient posées et que leur montant disparaîtrait dans les comptes de la maison. Les hommes remarquaient rarement les changements, lorsqu'ils étaient faits, et ceux-ci n'avaient rien de faramineux. Toutefois, une énorme pile de boîtes faisait apparaître la chose pire que ce qu'elle était.

— Je peux expliquer, assura-t-elle.

— Alors retirons-nous dans mon cabinet de travail, où vous pourrez m'éclairer.

Il passa devant, laissant les boîtes derrière eux. Une fois dans la pièce, il s'assit à son bureau et se mit à consulter la pile de courrier qui s'était accumulé en son absence.

Miranda se tenait debout devant lui, silencieuse, attendant une bonne occasion pour parler.

— Eh bien ? fit-il sans lever les yeux vers elle.

— Les boîtes dans le vestibule…

— Sont sans aucun doute pleines de fanfreluches que vous n'avez pas besoin de m'expliquer.

— Elles contiennent des tentures pour la salle à manger, rectifia-t-elle en lui jetant un regard noir. Quand nous avons essayé de nettoyer la pièce, la soie s'est délavée. Je mesure la valeur de cette soie peinte, mais elle était si tachée sous la couche de crasse qu'elle était impossible à sauver. Je n'ai pas fait de grand changement dans la couleur ou le style de la pièce, mais une fois que les nouvelles tentures seront installées, je suis sûre que vous apprécierez la différence.

— Vous avez essayé de nettoyer la salle à manger, répéta Marcus.

— Bien sûr. Elle en avait besoin. Je n'ai touché aucune de vos pièces privées — « pour l'instant », ajouta-t-elle en elle-même, en apercevant une toile d'araignée dans un coin —, mais j'ai jugé que les pièces communes nécessitaient un nettoyage en profondeur.

— Venez ici, commanda-t-il, et elle s'approcha de lui.

Il tendit le bras et lui prit les mains, les tournant la paume vers le haut et passant un doigt sur les cals qui commençaient à disparaître.

— J'espère que vous n'avez pas accompli ce travail par vous-même.

— Vous avez des domestiques, Votre Grâce, mais j'ai estimé nécessaire d'engager des aides supplémentaires au village. Je suis certaine qu'il ne s'agit que d'une dépense temporaire.

— Et qu'est-ce que la gouvernante a pensé de vos projes ?

C'était maintenant qu'il allait donner son avis, pensa sombrement Miranda.

— Elle a eu fort peu de choses à dire après que je l'ai congédiée. La nouvelle gouvernante est beaucoup plus encline aux changements.

— Vous l'avez congédiée ? releva Marcus.

— Hum, oui. Elle ne mettait pas de bonne volonté, et j'ai jugé que nous ne pourrions avancer si je devais rester ici.

Elle crut lui voir l'ombre d'un sourire avant qu'il reprenne :

— Ainsi, vous avez dépensé plusieurs centaines de livres pour de nouvelles tentures et congédié la gouvernante. Y a-t-il autre chose ?

Une toux discrète annonça la présence du majordome.

— Pas maintenant, Wilkins. Je parle à ma femme.

— Non, je pense que le moment serait bien choisi pour parler à Wilkins, déclara Miranda en se sentant plus décidée, puisqu'elle avait survécu jusque-là sans incident. Je suis sûre qu'il aimerait s'entretenir avec vous. Je ne l'ai pas encore congédié, ajouta-t-elle, parce qu'il est un ancien domestique de la famille, et que j'ai pensé qu'il vaudrait mieux que vous preniez les choses en main.

Marcus haussa un sourcil. Il n'était pas habitué à se voir dire par quiconque ce qu'il avait à faire.

— Wilkins ne s'est pas senti bien ces derniers temps, et son mal-être l'a conduit à une malheureuse dépendance envers votre cave à vin et votre carafe de cognac. Je n'ai pas calculé combien vous perdez de ce fait, mais la somme est importante et cette habitude affecte ses capacités à remplir ses tâches.

— Est-ce vrai, Wilkins ?

Le majordome avait dû espérer pouvoir plaider son cas avant que le duc ne parle à sa terrible nouvelle femme, et ne sut que dire.

— Les choses se sont un peu améliorées cette dernière semaine et je pense que j'ai trouvé une solution, s'empressa de poursuivre Miranda.

— Oh, vraiment ?

— J'ai regardé les livres de comptes de la maison. Votre mère n'était pas… n'avait pas…

Elle chercha ses mots pour exprimer la vérité sans médire de la défunte.

— Bien que les domestiques soient dévoués à sa mémoire, elle n'avait pas ajusté leurs gages depuis plusieurs années. Les paiements effectués depuis le majordome jusqu'aux filles de cuisine, sont beaucoup plus bas que ce que j'ai l'habitude de voir.

Elle était bien placée pour le savoir, se dit-elle, puisqu'elle avait une connaissance personnelle des gages d'une servante.

— Recommandez-vous sérieusement que nous récompensions l'ivresse et le vol par une augmentation de gages ?

Wilkins donnait l'air de vouloir mourir sur place plutôt que de suggérer une telle chose.

— Oui, je le recommande, confirma Miranda. Quand des personnes sont forcées d'accomplir de basses besognes pour un maître ingrat, elles trouvent le moyen de se dédommager. Elles volent ; elles esquivent leurs devoirs ; elles rognent sur le budget, font des profits sur l'épicier et mettent de l'eau dans le vin. Je sais que votre domaine est prospère et peut supporter une augmentation significative des dépenses domestiques.

Pour l'heure, vos serviteurs vous volent sans scrupules et la maison est en déconfiture.

Marcus la regarda fixement.

— Voilà qui est parler directement, madame.

— Je dis la vérité. La gouvernante est partie parce qu'elle achetait de la viande de qualité inférieure, falsifiait les livres et gardait la différence. Les domestiques sont bousculés, mais au moins le dîner sera mangeable. Une augmentation des gages ramènera la paix dans les sous-sols, prouvera que j'ai l'oreille de mon mari dans ce genre d'affaires et me permettra de remettre la maison en ordre.

— Et qu'en est-il de Wilkins ?

La lèvre inférieure du majordome trembla ; il paraissait terrifié.

— S'il peut surmonter son besoin de piller les celliers, il pourra conserver son poste.

— Wilkins, ceci vous satisfait-il ?

— Oui, Votre Grâce.

— Fort bien, alors. Et, avant que vous partiez, veillez à l'augmentation que madame la duchesse a proposée. Cinq pour cent.

Miranda fit un geste de la main, suggérant une hausse supplémentaire. Marcus lui jeta un coup d'œil.

— Dix pour cent pour tout le monde, concéda-t-il. Et faites savoir que la duchesse est à remercier de ce changement.

— Oui, Votre Grâce.

Le majordome s'esquiva, les laissant seuls.

— Bien, si c'est tout, Votre Grâce…

Miranda s'apprêta à suivre Wilkins.

— Non, ce n'est pas tout.

Elle se détourna, sentant l'appréhension lui refroidir le dos.

Le duc avait une expression impassible.

— Vous semblez avoir été très occupée, ces deux dernières semaines.

— En effet. J'ai vu qu'il y avait beaucoup de choses à faire.

— Et est-ce que votre situation ici vous donne satisfaction ?

Ses yeux gris et froids étaient fixés sur sa femme.

— Ma situation ?

— Quand nous avons parlé avant mon départ pour Londres, vous ne paraissiez pas être très heureuse de notre mariage. Vous avez exprimé le désir de rentrer chez vous. Je présume que ce n'est plus le cas.

Miranda fit une révérence et contempla le sol.

— C'était une crise de nerfs puérile et hystérique, Votre Grâce. Cela ne se reproduira pas. Vous m'avez honorée en m'épousant, je vous en suis reconnaissante et j'ai l'intention de vous rendre cet honneur en étant une épouse loyale et docile.

Elle crut entendre une marque de dérision à ces derniers mots, mais quand elle leva les yeux, il avait toujours l'air aussi sévère.

— Fort bien. Cela dit, j'ai pu voir que pendant mon absence, vous vous êtes sentie libre de dépenser largement mon argent.

Etait-il aussi pingre que sa mère ? Miranda abaissa de nouveau les yeux sur le parquet.

— Vous n'avez pas laissé d'instructions m'indiquant comment procéder. J'ai cru bon de reprendre la maison en mains le plus vite possible. Je suis navrée si mes dépenses ont dépassé ce que vous escomptiez.

— A l'avenir, veuillez me présenter toute facture dépassant cent livres. Mais, si vous continuez comme vous avez commencé, je ne vois aucune raison de ne pas m'en remettre à votre jugement en ce qui concerne la tenue de la maison.

— Merci, Votre Grâce. Et maintenant, voulez-vous m'excuser ?

— Certes.

Elle tourna les talons et s'en alla vivement, mais alors qu'elle atteignait la porte, il dit doucement :

— Miranda.

— Oui ?

— Vos cheveux.

Elle porta une main aux boucles qu'elle avait oubliées.

— Cela vous va très bien.

Malgré elle, elle sourit.

— Merci, Votre Grâce.

Et elle s'enfuit vers le refuge de sa chambre.

C'était très curieux, pensa-t-elle. Vraiment très curieux. Pas un mot d'explication sur l'endroit où il était allé ou sur ce qu'il avait fait. Il avait parlé de Londres, mais c'était tout. Et elle n'avait pas osé l'interroger. Quand elle était arrivée, il avait prétendu être un débauché. Peut-être qu'il y avait quelque part une demi-mondaine qui attendait dans une maison de location, couverte de soie et de bijoux, et qui souriait de satisfaction après ces deux semaines passées en compagnie de son austère époux.

Pendant qu'elle avait travaillé à s'en rompre le dos, ou presque, il avait sans nul doute profité des plaisirs de la ville en se sentant fort loin de cette maison qu'il détestait et du nouvel embarras qu'une épouse de fraîche date représentait.

Elle poussa la porte de sa chambre, mais elle résista.

— Oh, Votre Grâce, un moment ! s'écria Polly. Laissez-moi ôter vos affaires de devant la porte.

Ses affaires ? Miranda passa la tête dans l'embrasure et sursauta de surprise.

— N'est-ce pas magnifique ? Sa Grâce a retrouvé vos malles. Elles n'étaient pas perdues, finalement. Et que de belles choses vous avez, madame ! Vous voudrez sans doute changer la robe que vous portez et passer quelque chose de plus approprié pour le déjeuner.

— Non.

Miranda s'enveloppa de ses bras, comme si elle craignait que sa femme de chambre lui ôte de force sa vilaine robe.

Polly la regarda comme si elle avait perdu l'esprit.

— Je veux dire, je ne souhaite pas me changer avant que nous déballions tout cela.

« Et avant d'avoir compris à qui ces toilettes appartiennent », ajouta-t-elle misérablement en elle-même.

Les étiquettes des malles étaient clairement marquées à son nom. L'adresse était correcte. Mais ce qui figurait là, c'étaient son titre et son nom de femme mariée. Peut-être Marcus avait-il trouvé les bagages perdus d'une dame quelconque et supposé que c'étaient les siens.

Non, c'était peu probable, se dit-elle ensuite en examinant le contenu des malles. Ces toilettes étaient neuves. Certaines robes présentaient encore des fils non coupés au niveau de l'ourlet. C'était un travail précipité que la couturière avait à peine eu le temps de terminer.

Elle prit une ballerine de soie dorée, agrémentée d'un clip en brillants, et la passa à son pied. Elle était très bien dedans. Elle tint la robe assortie devant elle et constata que la longueur lui convenait.

— Cela vous plaît-il ?

Son mari s'appuyait au chambranle de la porte de communication entre leurs chambres et elle nota, pour la première fois, la ressemblance entre les deux frères. Ses yeux la suivaient avec une expression avide et son sourire était diabolique. Comme s'il était entré chez elle sans franchir le seuil et avait posé une main sur sa peau.

Elle le fixa sans répondre et ce fut Polly qui s'exclama :

— Oh, vraiment, Votre Grâce, ces toilettes sont splendides. La duchesse aura tous les regards du comté rivés sur elle quand elle sortira habillée ainsi.

Elle tenait devant elle une robe de jour vert pomme et écoutait les froufrous des ruchés.

— Je suis content qu'elles aient votre approbation, Polly. Maintenant, éclipsez-vous et laissez-moi m'entretenir avec ma femme.

La femme de chambre fit une révérence et disparut en riant.

Le duc franchit le seuil, s'approcha de Miranda et s'assit sur son lit, paraissant encore plus viril au milieu de toutes ces fantaisies.

— Je pense que vous serez plus à l'aise, dit-il d'un ton énigmatique, maintenant que vos affaires sont arrivées.

Elle virevolta pour lui faire face.

— Ce ne sont pas mes affaires, et vous le savez fort bien.

— Bien sûr qu'elles sont à vous. Les malles et les robes portent des étiquettes à votre nom. Tout ceci vient de chez Mme Souette, dans Bond Street. Une couturière et une modiste remarquable.

Il toucha la soie d'un corselet.

— Ceci vous ira très bien.

— Est-ce ce que vous avez fait ces deux dernières semaines ? Jouer à la poupée chez une couturière ?

— Bien sûr que non. Je lui ai laissé des instructions générales et elle a exécuté la commande. Ce n'était pas la peine pour moi de superviser tous les détails de votre garde-robe.

— Je ne vous ai pas demandé de vous en occuper.

— Mais il fallait clairement que quelqu'un le fasse. Je remarque que, bien que vous ayez engagé des dépenses pour la maison et insisté pour que j'augmente tous les domestiques, vous portez la même robe fatiguée que pour notre mariage.

Il se leva et tourna autour d'elle pour l'examiner avec attention.

— Cela dit, votre coiffure est un net progrès et vous ne paraissez plus aussi défaite. Je pourrais presque dire qu'il y a du rose sur vos joues, ce matin. L'air de la campagne doit vous faire du bien.

Miranda sentit s'accroître la rougeur embarrassée de son visage.

— Alors vous avez emporté votre bourse à Londres et m'avez ramené une garde-robe. Et maintenant, qu'attendez-vous de moi ?

Il se pencha vers elle et effleura de la main une collection de délicate lingerie. Et elle sut ce qu'il attendait, ce qu'il exigerait, ce qu'il aurait le droit de prendre quand il le choisirait.

Il se pencha plus près encore et lui murmura à l'oreille :

— J'attends que vous me disiez : « Merci pour ces beaux habits. »

— Merci, Votre Grâce, répéta-t-elle.

Il soupira.

— Votre gratitude me confond. Essayez encore. Et cette fois et à l'avenir, quand vous vous adresserez à moi, je veux entendre mon prénom. Je ne veux plus de révérences, ni de courbettes comme si vous étiez une servante. Il me plaît de pouvoir vous regarder dans les yeux quand vous me parlez.

Il prit une boucle entre ses doigts et Miranda s'écarta de lui, le fixant durement.

— Merci, Marcus, pour les jolies robes. Et maintenant, si vous voulez m'excuser.

Elle lui désigna la porte.

— Ainsi, je suis congédié. Madame, je suis habitué à ce que mes cadeaux soient acceptés avec plus d'enthousiasme. Recevoir de si maigres remerciements et un congé pour une pièce pleine de présents ? J'ai vu des femmes se pâmer devant moi, pousser des cris de joie pour de simples babioles…

— Vos maîtresses, peut-être, sont aisément transportées par les attentions que vous leur prodiguez. Et si vous êtes assez stupide pour attendre des démonstrations voyantes et intéressées, vous devriez retourner à elles. Mais je suis votre femme et ne devrais pas avoir à m'extasier chaque fois que vous daignez me faire l'honneur de votre compagnie.

Il lâcha un juron et jeta par terre la chaussure qu'il tenait.

— Non, bien sûr que non. Pourquoi m'attendrais-je à ce que ma femme soit contente de me voir ? Pourquoi espérerais-je un accueil sincère dans ma propre maison ? Etre traité avec flagornerie en raison de mon titre, c'est ce que je suis en droit d'attendre. Mais je ne dois pas escompter de chaleur ou d'amitié. Fort bien, alors continuons comme vous le choisissez. En tant que votre mari et duc d'Haughleigh, je vous ordonne de brûler tous les vêtements que vous avez apportés et de mettre ceux que je vous ai achetés. Sinon, je vous enfermerai dans votre chambre. Bonne journée, madame.

Il passa devant elle pour regagner la porte de communication et la fit claquer si fort que les toiles accrochées aux murs en tremblèrent. Quelques secondes plus tard, elle l'entendit claquer de la même façon la porte d'entrée de sa chambre et s'éloigner d'un pas brusque dans le corridor.

Elle s'assit sur son lit, entourée par des robes de soie et des rubans, et étourdie par le choc. L'entretien qu'ils avaient eu dans le cabinet de travail de son mari s'était si bien passé qu'elle s'était bercée de l'illusion que leur relation pourrait ressembler à cela. Dénuée de passion, peut-être, mais elle avait pensé qu'ils pourraient bien s'entendre. Et s'il éprouvait le besoin de partir pour Londres la nuit de leurs noces sans un mot d'explication, la laissant affronter seule les avances lubriques de son frère, puis de reparaître sans prévenir, ce n'était pas son problème. Elle se consacrerait à la tenue de la maison, et lui s'occuperait de ses terres. Ils se verraient à peine. Sauf la nuit, quand…

Elle se leva du lit et s'assit dans un fauteuil.

Et si tout cela ne comptait pas pour elle, pourquoi venait-elle de le bannir de sa chambre alors qu'il lui avait fait des cadeaux ?

Parce qu'il lui avait donné des ordres. Il lui avait d'abord commandé de ne pas être servile ; puis il lui avait ordonné de brûler ses habits.

Qui étaient de vilaines défroques. Qu'elle haïssait.

— Votre Grâce ?

Polly passa la tête dans l'entrebâillement de la porte. Elle avait sans doute entendu la fin de leur échange, assez sonore pour parvenir aux habitants des villages voisins. Et la porte claquée avait dû effrayer tous les animaux des environs.

— Oui, Polly ?

Elle parvint à empêcher sa voix de trembler.

— Puis-je continuer à déballer, maintenant ?

Miranda sourit avec plus d'assurance qu'elle n'en ressentait.

— Oui. Cela me rendra un grand service.

— Et puis-je choisir une robe pour Votre Grâce, pour le déjeuner ? La verte, peut-être ?

La femme de chambre aimait cette robe, Miranda s'en rendait compte. Mais après la tempête qu'elle venait d'essuyer, cela irait fort bien à son mari si elle paraissait au déjeuner vêtue de la robe qu'elle portait. Elle prendrait plaisir à le voir s'emporter et quitter la table, courroucé. Il pourrait fort bien se passer de déjeuner, en ce qui la concernait, et elle verrait si cela améliorait son humeur. Elle porta une main à ses boucles et souhaita qu'elles repoussent, par dépit.

Elle entendit un craquement.

La manche de sa robe, déjà affaiblie d'avoir été retournée et usée pendant des années, avait fini par céder, et elle sentit un courant d'air là où son coude sortait par un trou irréparable.

— C'est entendu, Polly. La verte. Et brûlez celle-ci.

Marcus fixait le plafond de son cabinet de travail, vers la chambre de sa femme, submergé par la frustration. Comment devait-il s'y prendre avec elle, quand elle le provoquait à chaque occasion ? Il avait pensé qu'elle aurait au moins quelque chose en commun avec Bethany et les autres femmes de sa connaissance, qu'elle exploserait d'une joie féminine devant toutes ces toilettes. Alors il aurait déposé à ses pieds le présent du sauvetage de son père, et aurait été récompensé d'un ronronnement satisfait pour le reste de ses jours.

Il ne s'était pas attendu à voir la première partie de ses cadeaux reçue avec une telle suspicion, et le don de sa maison, de ses terres, de son titre et de « tous ses biens matériels » traité comme un sacrifice qu'elle devait endurer.

Il frissonna en songeant à ce que ce serait quand ils en arriveraient à la partie de la promesse qui exigeait qu'il l'honore de son corps. Si elle conservait son attitude actuelle, ce serait une expérience inconfortable.

Lui dire maintenant qu'il savait tout et que son père leur rendrait visite à Noël serait peut-être le moyen le plus efficace de lui rabaisser le caquet, mais pas le plus satisfaisant. C'était une femme fière, la plus fière qu'il avait jamais rencontrée, en dépit du fait qu'elle n'avait pas un brin d'honneur auquel elle pouvait se raccrocher. Elle ne lui serait pas reconnaissante de la libérer de son secret ; elle aurait honte. Et quand elle découvrirait qu'il l'avait aidée, elle viendrait docilement dans son lit, comme une otage de la sécurité de son père.

Et pourquoi fallait-il qu'il en soit ainsi ? Etait-il devenu si repoussant, durant ses années à l'étranger, que plus personne ne pouvait vouloir de lui ? Est-ce que la débauche se lisait sur son visage ? Les péchés d'orgueil et de faiblesse étaient-ils si évidents dans son caractère qu'aucune honnête femme, même désespérée, ne pouvait supporter de coucher avec lui ?

Et il avait trouvé une honnête femme, non ? Prête à se sacrifier aveuglément pour exaucer le rêve de son père. Il était bien placé pour apprécier le poids des obligations familiales. Ils n'étaient pas si différents et, une fois qu'elle s'en rendrait compte, ils s'entendraient bien.

Mais, comme d'habitude, il s'était montré un mari maladroit, pensant qu'avec un déploiement de richesses les choses pourraient être réglées rapidement. Elle était habituée à la simplicité et au dur travail, et il lui avait offert de la splendeur. Bien sûr qu'elle se sentait mal à l'aise. Elle semblait être au mieux de sa forme quand elle était active. Ce n'était pas une duchesse poupée de porcelaine. Pas cette fois. Il devait lui trouver des occupations convenant à sa position et à ses capacités.

Il sourit. Et, une fois qu'elle serait satisfaite, d'autres tâches plus agréables pourraient être glissées dans son emploi du temps à la fin de la journée, et exécutées avec un minimum de tracas. S'il pouvait obtenir qu'elle vienne dans son lit le cœur léger, alors il pourrait l'informer au sujet de son père et cimenter leur relation sans faire d'elle l'esclave de ses désirs.

16.

Elle était assise seule à la table du déjeuner, avec du saumon froid et pas mal de nervosité. Elle était punie, soupçonnait-elle, pour la scène qui avait eu lieu dans sa chambre.

Puis elle entendit le bruit distant de portes qui s'ouvraient, et de l'animation dans le vestibule. Elle commençait à s'aviser que partout où il allait, le duc était entouré de bruit et d'agitation.

Il entra à grands pas dans la salle à manger et prit place à la tête de la table, la remarquant à peine, tandis que les valets s'empressaient de remplir son assiette et ses verres. Il se mit à manger sans un mot, mais s'arrêta au bout de quelques bouchées pour la regarder.

— Ce saumon est extraordinairement bon. Avez-vous aussi congédié la cuisinière ?

— Non. J'ai simplement supervisé l'achat des denrées. Vous remarquerez que maintenant que la nourriture qui est commandée arrive effectivement jusqu'à la table, la qualité des repas est améliorée.

— Et continuera à s'améliorer quand la cuisinière sera augmentée ?

— Je crois qu'elle en a déjà pris note, Votre Grâce. Marcus, corrigea-t-elle. Le déjeuner d'aujourd'hui est sensiblement meilleur que le souper d'hier.

Le duc haussa les épaules et prit une autre bouchée.

— Si cela continue ainsi, je devrai envisager de dîner à la maison.

— S'il y a des plats qui pourraient vous tenter pour les repas du soir, veuillez m'en informer, afin que je puisse vous les fournir.

Marcus arrêta sa fourchette à mi-chemin de sa bouche et il examina sa femme avant de répondre. Puis il prit une gorgée de vin.

— Bien sûr. S'il y a quelque chose qui peut me tenter de rester à la maison, vous serez la première à le savoir.

Il continua à la dévisager par-dessus sa fourchette jusqu'à ce qu'elle rougisse sous son attention. Puis il poursuivit :

— Cette robe vous va fort bien. Elle fait ressortir la couleur de vos joues.

— Merci. Marcus, ajouta-t-elle avec difficulté.

La conversation mourut.

Miranda mâcha en silence. Cela allait devenir terriblement monotone, pensa-t-elle, si chaque repas comportait une remarque sur la nourriture, une remarque sur sa robe et du silence. De quoi parlait-elle, quand elle était en famille ? De ce qu'ils avaient fait. De ce qu'ils projetaient de faire.

Et si elle demandait à Marcus où il avait été pendant deux semaines ? Il pourrait le lui dire, elle n'aimerait peut-être pas sa réponse et le silence pourrait devenir plus pesant encore.

— Avez-vous des projets pour cet après-midi, Marcus ?

Il la regarda de nouveau par-dessus sa fourchette.

— Pourquoi ? Avez-vous une suggestion ?

— Non, Marcus. C'est seulement pour alimenter la

conversation. Vous n'êtes pas obligé de répondre, si vous ne le souhaitez pas.

Ils mangèrent une autre bouchée en silence.

— Je pensais visiter quelques-unes des fermes environnantes, déclara-t-il enfin.

Elle hocha la tête et prit une nouvelle bouchée.

— Vous pouvez m'accompagner. Si vous le désirez, bien sûr. Je veux dire, les fermiers prendraient certainement comme un honneur de recevoir la visite de la duchesse. C'est quelque chose qu'ils ont perdu l'habitude d'attendre, pendant les années où ma mère portait ce titre.

Il s'absorba dans la contemplation de son vin.

— Naturellement, si vous n'en avez pas envie…

— Oh, non. Je veux dire, bien sûr que j'aimerais aller avec vous.

Si seulement les terres étaient assez petites pour les parcourir à pied, se dit-elle. Mais la maison elle-même était presque trop grande pour cela.

— Je suis sûre que cela sera très intéressant.

« Quand je tomberai de nouveau de mon cheval et que vous devrez me porter jusqu'à la maison. »

Il hocha la tête en signe d'approbation.

— Fort bien, donc je vous retrouverai aux écuries dans une demi-heure.

Il jeta sa serviette sur son assiette et se leva, la considérant avec un très léger sourire.

— Habillez-vous en conséquence.

Miranda se présenta devant les écuries trente-cinq minutes plus tard, maudissant les hommes qui pensaient qu'il était simple de grimper l'escalier et d'enfiler une tenue d'amazone comme s'il s'agissait d'une paire de gants, puis de se précipiter dehors en moins d'une heure. Et tout cela pour se hisser sur un damné animal qui avait de la folie dans les yeux et le diable dans le cœur…

Elle prit une profonde inspiration pour se ressaisir. Elle devait apprendre à ne pas voir ceci comme une obligation, mais comme une partie de ses devoirs de duchesse. Marcus avait raison. Si les fermiers n'avaient pas vu la dame de la maison depuis trente ans, il était important qu'elle redresse les choses. Elle n'aurait peut-être pas trop de visites à faire en attendant que ses facultés de cavalière s'améliorent.

Elle se tourna, surprise, quand elle vit que le duc ne montait pas un bel étalon, mais était installé dans une calèche des plus confortables.

— Je vous prie de m'excuser de ne pas vous avoir attendue devant la maison, dit-il, mais j'avais des choses à régler ici.

Il baissa les yeux sur sa tenue.

— J'ai fait atteler la calèche, mais si vous préférez monter…

— Oh, non, se récria Miranda. C'est beaucoup mieux ainsi.

Il hocha la tête.

— Certains hommes seraient d'avis que la plus grande joie de la vie est une monture dotée d'un vif tempérament et l'espace pour la faire courir. Mais j'ai toujours pensé que les chevaux étaient un mal nécessaire et qu'ils sont plus faciles à manier quand ils ne veulent pas sauter des barrières au galop.

Alors pourquoi avait-elle passé un après-midi assise sur un coussin, avec la cheville en l'air ? Elle nota mentalement de s'en prendre à St. John quand elle le reverrait. Puis elle laissa le palefrenier l'aider à se jucher sur le siège près de son mari, et celui-ci mit l'attelage en branle.

Il partit à vive allure sur la route et les chevaux répondirent docilement à ses ordres. Au bout d'un moment, il se mit à faire des commentaires sur les paysages qu'ils traversaient, sur les noms des cottages qu'ils dépassaient, et Miranda l'écouta avec intérêt. Quand il n'entrait pas en fureur au sujet de quelque chose ou qu'il ne la fixait pas de ses yeux d'un gris d'orage, il était d'une compagnie agréable.

— Et voici l'arbre où, dit-on, on a pendu le bandit de grand chemin Blackjack Brody, déclara-t-il en désignant un vieux chêne sur la gauche.

— Je sais, répondit Miranda. Du moins, c'est ce que m'a dit St. John quand il m'a emmenée à cheval avec lui la semaine dernière.

Marcus tira fortement sur les rênes, faisant hennir les chevaux, avant de se détendre et de reprendre le contrôle de l'attelage.

— St. John était ici, pendant mon absence ?

— Oui. Il est revenu peu après que vous soyez parti.

— Cela ne m'étonne pas.

Sa voix était plus froide qu'elle ne l'avait jamais entendue.

— Je n'avais pas idée, madame, que je vous ennuyais en vous répétant des informations que vous aviez déjà eues.

— Oh, non, vraiment. Ce que vous m'avez dit m'a beaucoup intéressée, et ce n'est pas du tout ce dont nous avons discuté avec St. John.

Elle espéra que la rougeur de ses joues n'allait pas la trahir.

— Nous avons conversé de choses accessoires. Simplement de légers bavardages pour passer le temps.

— Je peux l'imaginer, répondit Marcus du même ton glacé. A l'avenir, Miranda, il y aura sans doute d'autres occasions où je devrai quitter soudainement la maison. Quand je serai parti, je préférerais que vous ne receviez pas d'hommes en mon absence.

— Mais je pensais… Il est votre frère !

— Je n'ai peut-être pas été assez clair. Je ne souhaite pas que vous receviez des hommes quand je ne suis pas là. Et mon frère est un homme, non ?

— Oui, bien sûr.

Elle résista à l'envie de frotter le revers de sa main sur sa bouche, pour ôter toute trace coupable du baiser de St. John.

— Alors il est compris dans cette catégorie. Ma requête vous pose-t-elle un problème ?

A part le fait que ce n'était pas une requête, mais un ordre ?

— Non, Votre Grâce.

Il ne prit pas la peine de corriger la formalité de sa réponse.

— Bien. Alors nous avons un accord.

Et un silence pesant retomba entre eux.

Sur la route, devant eux, un homme leur fit des signes et Marcus ralentit et s'arrêta.

— Maître Marcus, le ciel soit loué que vous passiez par là.

— Qu'y a-t-il, Steven ?

— La jeune Maggie. C'est son temps. Et les femmes sont en visite ailleurs. Elle est en avance.

— Maggie ?

Marcus fit visiblement un effort pour rattacher un visage à ce nom.

— Elle attend un enfant ?

— Oui, maître Marcus. C'est ma petite-fille. Son mari est parti il y a six mois et ses parents ne sont pas là. Je suis seul avec elle, et cela ne va pas bien du tout.

— Maggie est sur le point d'accoucher ? Elle n'était qu'une enfant quand je suis parti. Je suis resté éloigné trop longtemps, marmonna-t-il en descendant de la calèche et en aidant Miranda à le suivre.

— Mais vous êtes de retour, à présent. Voyons ce qui peut être fait, dit-elle.

A en juger par les cris qui venaient du cottage, elle avait une bonne idée de ce qui se passait. Elle entra dans la maison.

— Vous voyez, murmura Steven. Elle est comme ça depuis un bon moment et je ne sais pas que faire.

— Laisse-moi tranquille, vieux benêt que tu es. Il n'y a rien que tu puisses faire.

La fille au visage rouge qui gisait dans le lit avait prononcé ces mots d'une traite, et les fit suivre d'un long hurlement.

— Juste une minute, Maggie, dit Miranda. Quand je me serai débarrassée des hommes, je reviendrai vous aider.

Elle attrapa le duc et Steven par le bras et les poussa hors du cottage, refermant la porte derrière eux.

— Et qui diable êtes-vous ? demanda Maggie entre deux contractions.

— Mon nom est Miranda, Maggie, et j'ai assisté à de nombreux accouchements. Maintenant, faisons ce que nous pouvons pour vous mettre plus à l'aise et je regarderai où en sont les choses.

Au bout de quelques minutes, elle quitta le lit et alla rejoindre les hommes.

— S'il y a quelque chose que je peux faire, marmonna Steven, dites-le. J'ai fait naître plus d'un poulain et d'un veau, et je sais me débrouiller avec les moutons, mais je n'ai jamais rien vu ni entendu de pareil auparavant. Maggie a toujours été une si gentille fille. Jamais un mot plus haut que l'autre.

— Si le bétail pouvait parler, répondit Miranda, je suppose qu'il réagirait de la même façon. Pourquoi ne montez-vous pas dans la calèche, Steven ? Sa Grâce vous emmènera chercher le docteur.

— Le docteur ? Nous n'en aurons sûrement pas besoin ?

— Ce serait mieux, seulement pour être sûrs que tout aille bien.

Elle poussa doucement le vieil homme vers la voiture.

Son mari la regarda et se passa une main inquiète dans les cheveux. Il était blanc autour des lèvres, remarqua-t-elle, et jetait des coups d'œil nerveux vers la maison.

— Si c'est difficile, va-t-elle… ? Peut-être que nous ferions mieux de… Mon épouse…

Il tendit la main pour toucher sa manche d'une main qui tremblait.

Son épouse. Le cœur de Miranda se gonfla de fierté à ces mots.

— Tout ira bien pour moi.

Elle croisa son regard hanté par la tristesse et comprit qu'il n'était pas avec elle mais dans le passé, au chevet d'un autre accouchement.

Elle le prit par le bras et il se concentra de nouveau sur elle.

— Vous n'avez pas à vous inquiéter. J'ai l'expérience de ces choses-là. Elle a déjà passé le pire et c'est simple à partir de là, mais c'est elle qui doit compter en premier lieu. Elle n'a pas besoin de son grand-père ou d'une visite du duc pour faciliter son travail. Ce qu'il lui faut, ce sont ses femmes autour d'elle. Si vous ne pouvez les trouver, allez chercher le docteur, mais prenez votre temps. Restez simplement à l'écart et laissez la nature faire le reste.

Elle jeta un coup d'œil à Steven.

— Des moutons, vraiment !

Là-dessus, elle rentra dans le cottage et claqua la porte comme Maggie recommençait une série de jurons.

Marcus la suivit des yeux avec un soulagement stupéfait. De toutes les situations qu'il était le moins capable de traiter… Il ne pouvait se contraindre à repasser le seuil de la maison, et encore moins à être utile une fois qu'il serait à l'intérieur. Et elle semblait si confiante dans le bon achèvement des choses. Ne savait-elle pas comment cela allait se passer ? Il secoua la tête pour chasser les points noirs qui dansaient devant ses yeux.

— Allez, venez, Steven. Voyons si nous pouvons trouver votre fille.

— Oui, maître Marcus. Mais qui est la grande dame que nous avons laissée avec Maggie ?

— Je n'en ai aucune idée, marmonna Marcus.

— Eh ?

— C'est ma nouvelle duchesse, Steven.

— Votre mère, pas vrai ?

Marcus soupira. Steven avait parfois l'esprit confus. Pas étonnant que Maggie lui ait crié après.

— Non, Steven. Je suis duc, maintenant, vous en souvenez-vous ? Et cette belle dame est ma femme.

— Ah, oui. Félicitations, Votre Grâce. Mais je pensais que lady Bethany attendait un enfant, elle aussi.

Le vieil homme n'était toujours pas dans le présent.

— Pas Bethany. C'était il y a dix ans. Lady Bethany est

morte… — l'air manqua à Marcus et sa gorge se serra — elle est morte en couches.

Il pouvait encore entendre les hurlements dans sa tête. On l'avait chassé de la chambre, mais la vue de sa femme luttant pour respirer et criant l'avait poursuivi tandis qu'il errait dans la maison. Ses cris avaient résonné à distance, alors qu'il s'asseyait dans l'escalier. Il avait prié : « Que cela finisse. Mon Dieu, mettez fin à cette torture. Je ne peux le supporter. Je ne le peux pas. Il doit y avoir une issue. »

Puis les hurlements s'étaient arrêtés. Il avait guetté le cri de l'enfant, mais il n'y avait rien eu. Et il était rentré dans la chambre. Mais il y avait tant de sang. Trop de sang.

— Votre Grâce ?

Marcus revint à la réalité. Ses mains étaient moites de sueur sur les rênes, et il pressait les chevaux. Il relâcha son emprise.

— Où allons-nous, Steven ? Chercher la mère de Maggie ?

Elle se trouvait dans une ferme voisine, et avait couru vers le chariot dans lequel elle était montée. Puis Marcus s'était rendu à l'auberge avec Steven et s'était laissé choir à une table, dans un silence bienvenu, avec de la bière devant lui. Il avait écouté Steven se vanter devant les autres clients de la grande dame qui était au chevet de sa petite-fille.

Combien de temps devaient-ils attendre ? Pour Bethany, cela avait duré de nombreuses heures. Toute la journée. Et il était tard dans la soirée quand…

Il secoua la tête pour écarter cette image. Il était stupide de tenter un autre mariage. Et un mariage qui ne laissait rien présager de meilleur que le précédent.

Toutefois, peut-être les résultats seraient-ils différents, cette fois. D'ici l'année prochaine, il pouvait tenir son fils dans les bras, avec Miranda lui souriant. Il essaya de l'imaginer crispée et effrayée, comme Bethany l'avait été, mais il ne put voir que son menton levé, plein d'assurance, en défi à la douleur. Elle jurerait comme Maggie l'avait fait et elle ne laisserait jamais la mort l'emporter ou emporter leur enfant.

— Steven, êtes-vous prêt à retourner à la maison ?

Ils arrêtèrent la calèche devant le cottage alors que le soleil se couchait, et la fille de Steven se précipita dans la cour à leur rencontre.

— Oh, Votre Grâce, merci de nous avoir amené votre femme.

Elle fit une révérence.

— C'est une chance que nous soyons passés par là, marmonna Marcus, pas certain de ce qu'il avait fait pour mériter ces remerciements, hormis d'avoir fui le problème aussi vite qu'il l'avait pu.

— Avec votre permission, Maggie aimerait appeler son fils Marcus, en votre honneur.

— Merci…

Marcus s'efforça de retrouver son nom.

— Merci, Jane. Mais sûrement que le père…

— Le père est parti, ce bâtard de fornicateur, lança la voix sonnante de la douce et gentille Maggie. Et il ne mérite aucun crédit, car il a eu le plaisir et c'est moi qui aurai tout le travail.

— Voulez-vous entrer et voir le petit, Votre Grâce ?

Il hocha prudemment la tête et fut introduit dans la pièce fraîchement nettoyée pour voir la mère et le bébé.

— Ma femme ? demanda-t-il en regardant autour de lui.

— Elle est derrière, Votre Grâce. Elle se lave.

— Je suis ici, Votre Grâce.

Miranda s'était approchée de lui sans qu'il s'en aperçoive.

— Cela s'est bien passé, murmura-t-elle. Pas de problème. Vous n'auriez pas dû vous inquiéter. Il y a des cris et du désordre, mais ces choses-là finissent par se régler au mieux, d'ordinaire.

Il baissa les yeux sur elle. Elle avait remarqué, plus tôt, qu'il ne pouvait rester. Son visage était impassible et dénué de toute accusation. Elle arborait une expression terre à terre, au sujet d'un domaine qu'elle connaissait manifestement beaucoup mieux que lui.

— Bien. Allons-y alors, et laissons ces gens entre eux.

Ils retournèrent à la calèche, suivis par de nombreux remerciements et l'offre d'un jambon fumé et de conserves pour les cuisines de la maison. Puis ils repartirent.

Marcus regarda Miranda, qui s'estompait près de lui dans le crépuscule.

— Merci de les avoir aidés.

— C'est mon devoir, non, d'aider ceux qui sont dans le besoin ?

— Mais beaucoup de femmes se seraient esquivées. Ou n'auraient pas été capables de le faire. Ou, pire encore, se seraient montrées inutiles.

Elle haussa les épaules.

— Je suis sûre qu'il y a maintes choses que la dernière duchesse savait faire et dont je suis incapable.

— Comme la broderie ou l'aquarelle ?

Elle sourit.

— Ma défunte épouse avait une voix merveilleuse et un

très beau visage. J'ai pensé, à l'époque, que c'était suffisant. Mais cela n'a rien signifié à la fin.

— Je chante comme un corbeau.

— Mais vous êtes une très belle femme.

— Pas la beauté qu'elle était, observa Miranda.

— Peu de femmes s'en approchent, répondit Marcus. Et elle a eu le bon sens de mourir jeune, de sorte que l'âge ne puisse ternir sa joliesse.

Elle sursauta et resta silencieuse.

— Ma mère était également d'une grande beauté, mais elle avait un cœur de glace et une langue aussi acérée qu'un rasoir.

— Je doute, si elle avait vécu, qu'elle m'aurait approuvée, marmonna Miranda.

— Alors nous aurions eu beaucoup de choses en commun, car elle ne m'a jamais approuvé non plus. Elle préférait St. John, qui la flattait. Je ressemblais trop à mon père.

— Vous êtes très différent de votre frère, dit-elle doucement. De nombreuses façons.

— J'ai mauvais caractère et suis porté à l'aigreur, déclara-t-il. Et l'on m'a souvent dit que St. John est d'une compagnie plus agréable.

— Il n'a pas les soucis que vous avez, ni les responsabilités.

— Des responsabilités que j'ai évitées pendant dix ans, précisa-t-il. Ces gens me sont étrangers. Je suis resté éloigné trop longtemps, et maintenant il y a beaucoup de choses à faire.

— Je pense qu'il vaut mieux ne pas s'appesantir sur les erreurs du passé, remarqua Miranda, et continuer dans la direction que vous avez choisie.

Ils étaient arrivés devant la maison. Marcus l'aida à

descendre, s'apprêtant à la saisir entre ses bras, mais elle s'esquiva.

— Attention, Votre Grâce. Je ne voudrais pas salir votre costume.

— Pardon ?

— Un accouchement n'est pas quelque chose de propre. J'ai déjà sali la belle robe que vous m'avez donnée.

Il baissa les yeux sur elle et aperçut pour la première fois les taches de sang qui maculaient sa robe et son spencer. Et, malgré lui, il s'écarta. Puis il se ressaisit et revint près d'elle, mais elle avait noté son hésitation.

Elle lui toucha le bras.

— Je suis très fatiguée, même si ce n'est pas moi qui ai fait le travail. Et je suis sûre qu'après votre voyage et cette journée…

— Oui, agréa-t-il. Nous sommes tous les deux très fatigués. Mais j'attends demain avec impatience.

— Moi aussi. Cela a été un après-midi fort intéressant et fort instructif.

— Certes, dit-il alors qu'elle se détournait et le précédait dans l'escalier qui menait à leurs chambres.

17.

Il était étrange, pensa Miranda, de voir comment les choses pouvaient changer en une journée. Polly lui passait une de ses nombreuses nouvelles robes, une robe de jour en mousseline imprimée, et elle se préparait à retrouver son mari au petit déjeuner. Un mari qui ne lui avait pas crié après depuis presque vingt-quatre heures, songea-t-elle avec un sourire.

Elle s'était renseignée sur les agissements de son beau-frère, et on lui avait dit qu'il était parti dès que le duc était arrivé.

— C'est bien de lui, reconnut Polly. Sa Grâce et lui ne s'entendent pas au mieux et il a l'habitude de surgir et de disparaître selon les apparitions de monsieur le duc. Il était grand temps qu'il s'en aille, si vous voulez mon avis.

Le soulagement submergea Miranda. Elle avait assez de sujets d'inquiétude sans avoir à repousser en plus les attentions non désirées de St. John.

Elle s'interrogea. Avaient-elles été non désirées ?

Elle ne voulait pas déshonorer son mari, se dit-elle.

Mais la conversation du jeune homme avait été agréable. Et quand il l'avait touchée, même brièvement, cela avait été excitant et elle avait aspiré à davantage après chacune de leurs rencontres.

Et il lui avait donné un peu plus chaque fois, se rappela-t-elle. Séduite petit à petit, comme une oie marchant vers le billot en suivant une traînée de grains. St. John n'était pas aussi innocent qu'il le paraissait. Et elle avait fini barricadée dans sa chambre, pendant qu'il riait et la provoquait depuis le corridor. Dieu seul savait combien de domestiques avaient vu cette scène. Polly certainement, à en juger par l'expression soucieuse qu'elle avait prise quand Miranda l'avait interrogée sur le jeune lord. Et par son soulagement évident quand sa maîtresse lui avait demandé de prendre un soin particulier à sa coiffure, afin qu'elle soit la plus élégante possible pour le petit déjeuner avec son époux.

Elle ferait bien de se tenir sur ses gardes, sous peine de faire sombrer son mariage avant qu'il sorte du port.

Marcus partageait son attention entre une assiette de harengs et le courrier du matin, quand la porte s'ouvrit et que sa nouvelle femme pénétra dans la pièce. Il retint son souffle en la voyant. Une robe neuve et une bonne nuit de sommeil ne pouvaient sûrement pas créer cette magie. Sa robe était abricot et mettait son teint en valeur. Il laissa glisser ses yeux de son visage jusqu'à la courbe de son cou et plus bas, admirant la façon dont sa rougeur disparaissait dans l'échancrure de son décolleté. Des images d'un fruit mûr lui vinrent à l'esprit. Doux et succulent. Prêt à être touché et goûté.

Il secoua la tête et lui sourit, se demandant si elle avait noté son trouble.

— Bonjour, Miranda, dit-il en l'aidant à s'asseoir.

— Bonjour, Votre… Marcus, se reprit-elle.

— Quels sont vos projets aujourd'hui ?

Elle hésita.

— Je pensais superviser l'installation de la soie dans la salle à manger et dresser une liste, pour votre approbation, des choses qui ont besoin d'être faites.

— Fort bien.

Mais ce plan l'ennuyait, et il s'avisa qu'il avait espéré la trouver oisive.

— Et dites-moi, ma chère, quelle est la prochaine pièce que vous comptez nettoyer ?

Elle détourna son regard.

— Les chambres.

— Peut-être pourrions-nous les regarder ensemble.

Là. Ce devait être assez clair.

Elle courba un peu plus la tête.

— S'il le faut.

— S'il le faut ?

Il se mordit la lèvre pour réprimer l'éclat qui lui venait à l'esprit. Il ne devait pas se laisser aller à la colère maintenant, surtout pas.

— Miranda, je ne veux pas que vous vous sentiez obligée de faire quoi que ce soit pour me plaire. Pour l'heure, vous me connaissez à peine. S'il vous est plus facile que nous repoussions…

— Juste pour quelques jours. Une semaine, peut-être ? suggéra-t-elle.

Il hocha la tête, écartant les images de pêches mûres de son esprit.

— Bien sûr, poursuivit-elle, je comprendrai que cela ne vous convienne pas. Je sais que vous devez avoir certains…

besoins, dit-elle dans un souffle. Si vous souhaitez rendre visite à votre maîtresse… je ne vous en blâmerai pas.

Marcus s'étrangla sur son thé.

— Il y a certaines choses que nous devons éclaircir, madame ma femme. Tout d'abord, je ne souhaite pas que vous discutiez de ces sujets-là, mais, si vous devez le faire, je préférerais que ce ne soit pas au petit déjeuner. Ensuite, si je décide d'aller voir ma « maîtresse », je ne vous préviendrai pas et n'aurai pas besoin de votre permission pour le faire. Enfin, vous ne devriez même pas être au courant de ces détails, et, si vous l'êtes, je vous remercierais de garder ces informations pour vous. La dernière chose que je souhaite est de parler de mes « besoins » avec ma femme.

Cette dernière remarque lui parut si ridicule qu'il en perdit un instant l'usage de la parole. Pas étonnant, avec une attitude comme celle-là, qu'il ait cherché à éviter si longtemps le mariage. Il la regarda, s'attendant à des larmes devant son explosion, ou à un rire entendu, mais il n'eut droit qu'à un regard combatif.

Il sentit l'irritation monter en lui et se lança dans une nouvelle harangue.

— Rendre visite à ma maîtresse ? Juste ciel, madame, qu'est-ce qui vous a donné cette idée farfelue ?

Probablement son propre père.

— Vous pensez que je ne puis contrôler mes bas instincts pendant quelques jours, sans chercher à les apaiser ? Aller voir ma maîtresse ? Et où est-ce que je garde cette femme, puisque vous semblez en savoir si long à son sujet ?

— Je pensais que lorsque vous êtes allé à Londres…

— Pour affaires, coupa-t-il. J'y suis allé pour affaires. C'est tout ce que vous avez besoin de savoir, et sans doute plus que vous ne pouvez comprendre.

— Une réponse bien vague, Votre Grâce.

Il leva les deux mains et se mordit la langue. Cela n'était pas le moment de lui annoncer, dans une explosion de fureur, qu'il savait tout de son passé.

— Je reviens avec une voiture pleine de présents pour vous et vous n'êtes pas satisfaite ?

— Cela me fait me demander pourquoi un homme à la conscience tranquille perdrait son temps à de telles extravagances.

Il la regarda dans les yeux et y vit quelque chose qu'il ne reconnut pas. Puis cela le frappa. De la jalousie. Ce n'était certainement pas une émotion qu'il avait vue chez sa première femme. Quand il avait fini par se tourner, au désespoir, vers une maîtresse, elle avait été soulagée, pas jalouse. Mais il identifiait la lueur qui brillait dans le regard sombre de sa nouvelle épouse d'après ce qu'il avait vu dans son propre miroir.

Il s'arrêta, savourant la nouveauté de cette situation et essayant de ne pas sourire avec triomphe. Elle n'était pas prête pour la chambre à coucher, mais elle se souciait déjà de savoir où il avait été et avec qui. Elle s'en souciait assez pour rejeter ses cadeaux la veille et pour le presser aujourd'hui de lui donner des détails.

Il se leva, se dirigea lentement vers elle et se tint près de sa chaise. Elle fit mine de se concentrer sur son petit déjeuner, qui avait refroidi dans son assiette.

— Je peux imaginer de nombreuses raisons pour lesquelles un homme peut acheter des cadeaux à sa femme. En récompense, peut-être, d'une mémorable nuit de noces.

Elle rougit.

— Elle a certainement été mémorable, mais elle ne mérite pas une récompense, à mon avis.

Elle courbait la tête, embarrassée. Mais sa lèvre inférieure esquissait une moue.

— Pour apaiser une conscience coupable. Hmm. Cette idée comporte certainement des possibilités. Après avoir passé deux semaines dans les bras d'une autre femme, quel genre de bagatelles pouvais-je rapporter pour faire taire ma nouvelle épouse ?

Il vit alors une autre expression sur son visage. De la curiosité. Et une rougeur qui n'avait rien à voir avec de la gêne.

— Il serait dommage d'acheter une série de robes coûteuses à une maîtresse, et d'être obligé d'en rapporter d'autres à la maison pour une épouse. Mais puisqu'elles ne sont pas censées se rencontrer, il serait peut-être plus simple de commander deux fois la même garde-robe, dans des tailles différentes. Toutefois, on peut se lasser au bout d'un moment de s'endormir sur des seins parfumés émergeant d'un décolleté indécent, et quand le moment est venu de rentrer chez soi, on souhaite trouver une épouse correctement vêtue. La vue d'une femme portant un corset, après tant de temps passé avec le genre de créature qui dédaigne ce style d'accessoire, peut être fort rafraîchissante.

Miranda le contemplait intensément, sa fourchette arrêtée à mi-chemin de sa bouche.

— J'achèterais certainement à mon épouse une collection de toilettes décentes, coupées dans des étoffes simples. Rien de ces absurdités consistant en jupons humides et robes transparentes. Bien sûr, ajouta-t-il d'un ton pensif, la vue de tétons rougis sous une gaze diaphane est assez captivante la première fois, mais cela devient vite ennuyeux.

Il fit mine de soupeser un sein imaginaire.

— Le rouge se met partout et tache les doigts. Ainsi que les dents, bien sûr.

Miranda laissa tomber sa fourchette et inspira vivement.

— Si j'avais passé la semaine avec une maîtresse, je vous aurais sans nul doute rapporté une garde-robe fort raisonnable, adaptée à vos goûts, j'en suis sûr. Des cols hauts. Des étoffes qui ne craignent pas l'usure. Et peut-être un bracelet.

Il la regarda dans les yeux, très sérieux.

— Mais comme, pour l'heure, je n'ai pas de maîtresse et n'envisage pas d'en prendre une, je me suis contenté d'acheter pour ma femme des robes de satin et de soie, car j'avais noté en partant qu'elle avait grand besoin de nouveaux habits.

Miranda pinça les lèvres, n'appréciant pas sa plaisanterie. Puis son expression se changea en étonnement tandis qu'elle prenait conscience de ses paroles. Et elle céda de nouveau à la colère, bien qu'il ne soit pas sûr que ce soit contre lui. Une femme étrange, sa nouvelle épouse. Il se pencha vers elle et elle détourna la tête, refusant de rencontrer son regard. Il posa une main paresseuse sur le dos de sa chaise, frôlant sa nuque dans ce geste. Puis il se courba davantage encore, de sorte que sa bouche toucha presque son oreille.

— Il semble que j'aie le désir égoïste et ridicule de savoir que ma femme est vêtue de la tête aux pieds de toilettes que je lui ai données, déclara-t-il d'un ton rauque. Et je soupçonne que cela me procurerait un vif plaisir de voir ces vêtements retirés à la fin de la journée. Que ce jour-là soit distant d'une semaine ou d'une année, je l'attendrai.

Il sentit qu'elle retenait son souffle, et se demanda quelle serait sa réaction s'il se penchait d'un pouce de plus et saisissait le lobe de son oreille entre ses dents.

Comme si elle avait lu dans ses pensées, elle lâcha une expiration tremblante.

Il s'écarta et posa une main sur son épaule.

— Cela vous surprend-il de penser que j'aimerais vous voir heureuse, Miranda ? Et que je pourrais être impatient de mieux vous connaître ?

— Je n'ai jamais songé…

— Evidemment. Que pensiez-vous que serait ce mariage ? Qu'attendiez-vous quand vous êtes venue ici ?

Elle réfléchit un instant et répondit prudemment :

— J'ai essayé très fort de ne rien attendre.

— Vous n'aviez pas d'espoirs ? Pas de rêves ? Pas de fantaisies de jeune fille ?

— Je suppose…

Elle s'arrêta avant de reprendre :

— J'ai laissé les fantaisies de jeune fille derrière moi depuis longtemps. Il était tout à fait clair que j'épouserais l'homme qui voudrait de moi et que je tirerais le meilleur de cette situation. On peut viser haut, dans l'espoir d'atteindre une étoile, et manquer complètement son but.

— Mais si l'on vise trop bas ? s'enquit Marcus.

— Au moins, on ne perd pas sa flèche. Il me semblait ridicule d'espérer un certain type d'époux, quand je devais dire oui à l'homme qui se proposerait, quels que soient ses traits, sa fortune ou sa personnalité.

Il rit et elle leva les yeux vers lui, inquiète.

— Si vous étiez prête à vous donner à n'importe qui, alors je ne peux pas être une trop grande déception.

— Une surprise, peut-être. Mais pas une déception. Et

vous, Marcus ? Aviez-vous songé au genre de femme que vous pourriez épouser ?

Son regard était direct, mais teinté d'appréhension.

— Vous dites que vous n'avez pas de maîtresse...

— Parce que je n'en ai pas, rétorqua-t-il, essayant de ne pas prendre un ton trop dur.

— Y avait-il quelqu'un d'autre ? Aviez-vous des projets avant mon arrivée ?

Elle hésita.

— Quand nous nous sommes rencontrés, vous m'avez dit vous-même que vous étiez un débauché notoire. Pourquoi ne devrais-je pas vous prendre au mot ?

Il lui jeta un regard égal.

— Un homme n'atteint pas l'âge de trente-cinq ans sans connaître des femmes. Bien sûr qu'il y en a eu, mais aucune récemment et aucune que j'avais l'intention d'épouser. Bien qu'il soit vrai que je ne souhaitais pas vous épouser quand vous êtes arrivée, et que j'aie fait de mon mieux pour éviter le stratagème de ma mère, cela ne signifie pas que votre apparition ait compromis des projets existants. Ma mère avait raison sur un point : il était temps que je m'installe. Je me suis marié une fois par amour. C'est une chose dont il vaut mieux se débarrasser dans sa jeunesse. Cela ne s'est pas bien terminé. Si je me suis marié cette fois par honneur et par souci des convenances, on ne peut me le reprocher.

Le dos de Miranda se raidit et elle détourna les yeux de lui.

— Par souci des convenances.

Elle avait répété ces mots avec dureté, et marqua une pause pour se reprendre.

— Bien sûr. Et je ferai de mon mieux pour être votre compagne en toutes choses et une épouse convenable.

Elle rivait son regard sur son assiette et elle se mit à couper son hareng avec plus de brusquerie que nécessaire.

Marcus tendit le bras par-dessus la table et lui toucha la main, et la sentit tressaillir avant qu'elle reprenne la maîtrise d'elle-même. Sa main demeura sous la sienne.

— Je pense que vous me mentez, Miranda. Vous aviez des espoirs, même si vous ne voulez pas l'admettre. Votre cœur était-il promis ailleurs ou êtes-vous entrée librement dans ce mariage ?

Il la fixa, guettant une hésitation.

— La vérité, madame. Il est encore temps de reculer, vous savez, si vous êtes attirée par un autre.

— Encore temps ?

Elle le dévisagea avec curiosité.

Il prit quelque chose dans sa poche.

— Voici la raison de mon voyage. Quand j'étais à Londres, je me suis procuré la licence qui manquait à notre mariage. Pour qu'il soit vraiment légal…

Elle s'adossa à sa chaise, alarmée.

— Durant tout ce temps nous n'étions pas réellement mariés ?

— Aux yeux de Dieu, certainement, Miranda. Je vous ai fait des promesses devant Dieu, et je ne m'engage pas à la légère. Mais, aux yeux de la loi, nos noms doivent figurer sur ce papier pour que notre union soit effective. Je voulais m'assurer que vous compreniez que, si vous l'aviez voulu, vous auriez pu demander un simple dédommagement. Cela dit, il aurait été impossible d'obtenir une licence sur-le-champ, sauf si je vous avais attendue et si j'avais arrangé les choses à l'avance. Etant donné les circonstances, j'ai pensé qu'il valait mieux agir vite et régler plus tard les questions de légalité.

— Et c'est ce que vous êtes allé chercher à Londres ?

— Ce n'est pas tout à fait ce que j'avais prévu, mais il valait mieux, n'est-ce pas, obtenir la licence avant que je me rende dans votre chambre ? Et ces deux semaines seule ici vous ont donné le temps de réfléchir. De décider si vous pouvez être heureuse dans cette maison.

— Heureuse ?

Elle parut surprise, comme si l'idée qu'elle avait droit au bonheur ne lui avait jamais effleuré l'esprit, et le cœur de Marcus se contracta dans sa poitrine.

— Pourquoi ne serais-je pas heureuse, Votre Grâce ? Vous m'avez honorée de votre nom et…

Il agita la main.

— Et vous avez l'intention d'être pour moi une bonne épouse, consciente de ses devoirs. Oui, oui. Nous avons déjà discuté de cela. Vous y réussissez admirablement. Mais je ne veux pas que vous vous sentiez forcée ou piégée dans cette union. Je suis sûr que si vous souhaitiez partir, maintenant que vous avez vu comment les choses se passent ici, il y aurait d'autres hommes…

— Il n'y a pas d'autres hommes, répliqua-t-elle avec empressement.

Il lui jeta un regard acéré. Redoutait-elle quelque chose ? De révéler un secret qu'il n'était pas censé connaître ?

— Je voulais seulement dire, déclara-t-il, que vous êtes une femme attirante.

Il inspira et ajouta avec sincérité :

— Une femme diablement attirante. Et si vous ne vouliez pas signer le papier qui vous liera irrévocablement à moi, vous pourriez trouver d'autres prétendants à l'avenir.

Miranda réfléchit un moment avant de parler.

— Quand je suis entrée dans la chapelle, je l'ai fait avec

l'intention de respecter mes promesses. Il ne serait pas bien de les rompre maintenant, parce qu'un certain document n'a pas été signé. Si vous souhaitez me garder, je souhaite rester.

Marcus essaya de ne pas se sentir déçu devant cette réponse. Elle insistait sur la loyauté, par-dessus tout, mais il n'y avait rien dans son ton qui pouvait lui faire croire qu'il pourrait attendre davantage d'elle.

— Fort bien, dit-il. Allons dans mon cabinet de travail et finissons-en.

Elle le suivit hors de la pièce.

Quand ils atteignirent son bureau, il s'y assit et étala la licence devant lui, sur le sous-main. Il plongea une plume dans l'encrier et signa d'un paraphe fleuri. Puis il offrit son fauteuil à Miranda.

Elle s'assit sur le bord, donnant l'air de s'attendre à ce qu'il la chasse, prit la plume d'une main tremblante et inscrivit son nom.

Il répandit du sable sur leurs signatures et ils attendirent que le document sèche.

— Voilà, c'est fait. Je vais l'envoyer au pasteur pour qu'il puisse la signer aussi.

Elle soupira, et il espéra que c'était de soulagement.

Il mit une main à sa poche.

— Dans la précipitation, j'ai oublié. J'ai fait un autre achat, à Londres. Il me fallait corriger une négligence.

Il sortit un petit écrin carré.

— La cérémonie a été si hâtive que je n'avais pas songé à vous trouver une bague. Il devait pourtant y en avoir en quantité dans la maison, le coffret à bijoux de ma mère est plein à craquer.

— Vraiment, ce n'était pas… Ce n'est pas nécessaire, protesta Miranda, les yeux baissés.

— Si, ça l'est, lui assura-t-il. Les choses ne seront pas complètes sans la bague. Et, à Londres, j'ai cherché quelque chose qui pourrait me rappeler à vous. Peut-être que cela ne vous plaira pas. Je vous laisserai choisir une autre bague, si vous préférez.

Il ouvrit l'écrin, en tira la minuscule chevalière, la baisa et prit la main tremblante de sa femme.

— Dans la chapelle, je vous ai tout promis. Ma maison, mes terres, mon titre et moi-même. Cette bague est le symbole de tout cela.

Elle contempla le bijou sans rien dire.

— Et elle ne vous glissera pas du doigt, si vous vous détendez assez pour ne pas serrer les poings en ma présence.

Elle continua à fixer la bague, et soudain une larme se forma au coin de son œil et roula le long de son nez.

Juste ciel, il avait commis une méprise.

— Il y avait des diamants, dit-il précipitamment. Ou des perles. Ou une opale. Non, pas d'opale. Ce ne serait pas une bonne pierre pour une bague de mariage, car on dit qu'elles volent l'âme de ceux qui les portent.

Miranda releva son visage vers lui et la larme glissa jusqu'à son menton, rapidement suivie par une autre.

— C'est la chose la plus parfaite que j'aie jamais vue, murmura-t-elle.

Elle pleurait toujours, mais elle s'illumina du premier vrai sourire qu'il lui avait vu.

— Je ne la quitterai jamais. Merci.

Elle caressa la bague, puis la pressa contre sa joue avant de l'abaisser pour la contempler de nouveau.

— Et maintenant, madame, si vous voulez reposer pour l'après-midi, j'ai du travail qui m'attend.

Miranda regarda autour d'elle et parut s'aviser pour la première fois qu'elle occupait son fauteuil.

— Oui. Je… je crois que je vais monter dans ma chambre. Merci, dit-elle encore en se levant et en gagnant la porte.

Marcus songea aux montagnes de soie, de satin et de rubans qui lui avaient attiré de telles foudres la veille et les compara au simple anneau qu'il lui avait passé au doigt, en se remémorant son sourire. Il haussa les épaules. Sa nouvelle épouse était vraiment une curieuse femme.

18.

Un après-midi de repos avait opéré des miracles sur son humeur. Bien sûr, découvrir que St. John avait menti dans presque toutes les conversations qu'ils avaient eues avait joué un rôle pour apaiser ses soucis. Son mari n'avait pas de maîtresse. Et il détestait également la soie peinte de la salle à manger. Avant qu'un valet ne la décroche, il avait pris le temps de lui montrer l'endroit où, quand il était petit, il avait modifié l'anatomie d'une bergère au charbon de bois. Et il s'était déclaré soulagé que cette bêtise soit définitivement effacée par la nouvelle décoration.

Elle toucha une boucle de ses cheveux. Et Marcus aimait sa nouvelle coiffure. Elle baissa les yeux sur sa bague et sourit. Il ne l'avait pas du tout abandonnée, mais avait pensé à elle pendant qu'il était à Londres. Et il avait eu l'idée de la chevalière. C'était un choix sentimental pour un homme dont elle avait cru qu'il ne se souciait que d'obéissance et d'apparences. En outre, il avait baisé l'anneau comme il l'avait fait le jour de leur mariage.

Elle rougit. Peut-être qu'il était ridicule et source de déceptions de forger des chimères autour des mobiles de son mari. Ils étaient pratiques, avant tout ; cependant, ses attentions ressemblaient à celles d'un amant. Elle se rappela la caresse de son souffle sur son visage et sentit un délicieux frisson la parcourir. Peut-être qu'il en était venu à voir autre chose que de la colère quand il la regardait, et qu'il avait oublié sa frustration d'avoir été piégé par elle dans ce mariage.

Et elle avait l'intention de conserver les choses dans cet état. La conversation qu'elle imaginait, où elle admettrait comment elle était venue jusqu'à lui, pouvait attendre. Ce n'était pas le moment de marcher au pas de charge sur le pont fragile qu'ils érigeaient entre eux, pour lui donner des explications qu'il n'avait pas envie d'entendre.

Elle gagna le couloir, alla jusqu'à la balustrade et leva les yeux vers la toile d'araignée accrochée au plafond. Cette araignée était là depuis bien avant elle, et y resterait probablement longtemps encore. Cela l'irritait. Il faudrait peut-être des mois avant que les domestiques en aient fini avec les chambres et s'attaquent au dernier étage de la maison.

Si elle leur laissait ce soin, se dit-elle. Elle pouvait presque atteindre l'endroit en question depuis le couloir du deuxième étage, si elle se penchait un peu par-dessus la rampe. Elle monta l'escalier, fomentant un plan. Il serait dangereux de se pencher trop loin, bien sûr. Mais elle pouvait évaluer la distance. Peut-être, avec un chiffon au bout d'un balai, pourrait-elle déloger la toile d'araignée et la faire tomber. Ou envoyer un valet.

Elle posa une main sur la rampe et se pencha en avant. Non, elle n'y arrivait pas tout à fait. Il y avait un banc sur le mur opposé. Elle le poussa et monta dessus. La hauteur était bonne, mais il lui faudrait le balai pour remplir sa tâche, et quelqu'un pour la tenir pendant qu'elle lèverait les bras en l'air.

Soudain, un bras lui enlaça fortement la taille et la fit descendre du banc.

— A quoi diable jouez-vous ?

Son mari se tenait devant elle, toute trace de trêve disparue, plus furieux qu'elle l'avait jamais vu.

Elle se débattit pour lui échapper.

— J'essayais seulement de trouver un moyen d'atteindre cette toile d'araignée, là-haut, dit-elle en faisant un geste de la main.

Il ignora son signe et l'empoigna par les épaules.

— Vous essayiez plutôt de vous rompre le cou ! Ne songez-vous donc pas à votre sécurité ?

— Quelle sottise. Je n'étais pas en danger.

— Vous vous teniez sur un banc trois étages au-dessus du sol.

— Mais je me tenais loin du bord.

— Pour faire un travail que vous feriez mieux de laisser aux domestiques !

— Je suis parfaitement capable…

Elle s'arrêta au milieu de sa phrase.

— De travailler dans les sous-sols ? Je ne me souviens pas de vous avoir engagée comme servante. Vous êtes une duchesse et feriez bien d'agir en cette qualité.

— Dans ce cas, vous feriez bien vous aussi de me traiter comme telle, Votre Grâce, au lieu de me crier après comme si j'étais une domestique et de me tripoter dans les couloirs.

— Je suis donc un animal lubrique ? Me direz-vous qu'il y a des toiles d'araignées parce que les servantes ont peur de monter dans les étages ?

— Je n'ai jamais…

— Moi non plus.

— Votre Grâce ! chuchota Miranda. Nous sommes dans un passage. N'importe qui peut entendre…

— Il n'y a pas grand-chose ici qui choquerait les domestiques, Miranda. Ils savent tenir leur langue et ils m'obéiront à la lettre, si je leur donne des ordres. Par exemple, si j'insiste pour qu'ils vous enferment dans votre chambre afin de vous empêcher de commettre d'autres folies. J'aurai leur entière coopération, j'en suis sûr. Et maintenant, retournez chez vous, enlevez ce maudit tablier et essayez de vous conduire comme la maîtresse de maison, pas comme la gouvernante. Vous aviez dit que vous vouliez vous reposer, et je compte que vous le fassiez. Est-ce clair ?

— Comme du cristal, Votre Grâce.

Elle se libéra de ses mains et partit d'un pas raide en direction de sa chambre.

Marcus tendit la main vers la carafe de cognac, puis se reprit. Il s'enfermait dans sa chambre pour boire au milieu de la journée, de nouveau ? S'il prenait cette habitude, son présent mariage lui rappellerait vraiment le premier.

Cela étant, voir Miranda se balancer au-dessus de la balustrade d'où Bethany avait si souvent menacé de se jeter dans le vide l'avait fait sortir de ses gonds. Aurait-il été possible pour lui de se rendre plus ridicule aux yeux de sa nouvelle femme ? Il ne le croyait pas.

Lui avait-il mis des mots dans la bouche, ou le soupçonnait-elle de lutiner les servantes ? Où avait-elle pris une telle idée ?

Probablement chez d'anciens employeurs. Pas étonnant que son père ait été si impatient de l'éloigner et de la marier. Pas étonnant qu'elle redoute de venir dans son lit. Et, quand il avait déclaré que les domestiques savaient tenir leur langue, il avait laissé entendre qu'il y avait des secrets à garder.

Ce qui, bien sûr, était vrai. Il essaya de se rappeler combien de domestiques étaient déjà là du temps de sa première femme. Ils avaient pu entendre Bethany se mettre en rage contre lui dans les couloirs. Et les servantes l'évitaient, alors, convaincues que la gentille duchesse disait la vérité.

Sa mère, quand elle s'était rendu compte de la fragilité de leur union, était partie pour Londres et avait laissé les rumeurs bouillonner autour de lui.

Il se passa une main dans les cheveux, au comble de la frustration. Assez du passé. Comment pouvait-il réparer les dégâts actuels ? Avait-il vraiment malmené Miranda en l'accusant de ne pas tenir son rang ? D'où tenait-il des idées si arrêtées sur la façon dont une duchesse devait se comporter ? Certainement pas de Bethany la mégère, ni de sa négligente mère. Même si Miranda se montrait assez excentrique dans son désir de veiller personnellement à la remise en état de la maison, il supposait qu'il n'y avait pas de mal à cela. Et elle ne se plaignait pas de la charge, ni ne lui reprochait le travail que cela lui donnait. Au contraire, elle semblait y trouver du plaisir.

Et lui, dans son infinie sagesse, cherchait à lui dénier la satisfaction de mettre sa marque sur les choses. Il secoua la tête, dérouté par sa propre stupidité.

Puis une pensée lui vint à l'esprit. Il sonna Wilkins et lui demanda d'aller chercher le coffret à bijoux de la douairière.

Il était comme il s'en souvenait, et il griffonna une rapide note d'excuse avant de donner le tout au majordome pour qu'il le remette à la femme de chambre de son épouse.

Mais il rappela Wilkins avant qu'il ait atteint la porte. Il fouilla dans son bureau et en sortit son trousseau de clés, qui servait rarement car il faisait confiance aux domestiques pour veiller sur les serrures. Il l'ajouta à l'offrande de paix et pria pour que sa femme courroucée ne repousse pas son geste.

Miranda était allongée sur son lit, contemplant les tentures d'un regard noir. Là aussi, il y avait des araignées. Elle s'interrogea. Oserait-elle les faire tomber, ou est-ce que son mari pénétrerait dans la chambre, furieux, en déclarant qu'elle risquait de se blesser sur ses oreillers ?

Elle n'était pas du tout près de la balustrade quand Marcus l'avait cueillie sur le banc. Il ne la croyait sûrement pas assez sotte pour basculer par-dessus. Ou, pire encore, pour sauter. Si elle en venait là, elle choisirait une mort moins sale, considérant la quantité de temps et d'acide borique qu'il avait fallu pour rendre sa blancheur au marbre du vestibule.

Elle donna un coup de poing dans son oreiller. Il avait besoin d'être aéré. Comme les tentures.

Elle avait essayé de ne pas penser de cette manière-là. Mais il y avait tant à faire. Si son mari voulait qu'elle soit oisive, il faudrait qu'elle apprenne.

Elle prit l'oreiller d'un air coupable et le porta jusqu'à la fenêtre ouverte, le calant sur le bord et le laissant s'aérer dans la brise.

— Votre Grâce ?

Il y eut un léger coup frappé à sa porte, qui s'ouvrit pour révéler une Polly hésitante.

— Oui, Polly ? Vous n'avez pas besoin de rester dans le couloir comme cela.

— Wilkins dit que Sa Grâce a dit que vous pouviez être en colère.

— Vraiment ?

L'idée de Marcus que les domestiques pouvaient garder des secrets était visiblement fausse.

— Oui, Votre Grâce. Mais il a dit à Wilkins, qui me l'a dit, que vous deviez avoir ceci, avec ses compliments.

Et elle tendit à Miranda quelque chose qui pendait, comme si elle s'attendait à la voir mordre.

C'était une lourde chaîne, mais il fallait qu'elle soit robuste pour supporter tout ce qui y était accroché. Il y avait une minuscule paire de ciseaux, une boîte à aiguilles et une petite tablette en ivoire avec un crayon gainé d'argent. Griffonnés sur l'ivoire, d'une écriture qu'elle commençait à connaître, figuraient les mots : « Je suis désolé. » Et, surtout, il y avait un gros trousseau de clés, qui défigurait l'ensemble mais pas le message.

— C'est le trousseau de la douairière, Votre Grâce. Elle ne le portait jamais, et je n'ai pas entendu dire que la deuxième duchesse le portait non plus. Mais Sa Grâce a dit qu'il était à vous, maintenant, et que vous pouviez en faire ce qui vous plaît.

Miranda ouvrit la porte de la galerie de portraits, hésitant sur le seuil. Elle frissonna. Si seulement la pièce n'était pas aussi pleine de fantômes. La mère du duc était déjà assez terrible, bien qu'elles ne se soient jamais rencontrées ; mais les histoires de Cecily avaient suffi à colorer la perception qu'elle avait de la douairière. Néanmoins, avoir à affronter la dernière duchesse plus grande que nature était une raillerie de sa position dans la maison.

Son mari se tenait immobile dans la pénombre, apparemment captivé par le portrait de sa défunte épouse. Miranda maudit le sol de marbre, car ses premiers pas résonnèrent et il tourna les yeux vers elle. Elle dut renoncer à son espoir de s'en aller sans être remarquée.

— Excusez-moi, Marcus. Je ne voulais pas interrompre…

Elle laissa retomber sa voix. Qu'interrompait-elle au juste ?

— Oh.

Il la fixa comme s'il ne la reconnaissait pas, puis il parut se reprendre.

— Ce n'est rien. Je viens ici parfois, parce que c'est tranquille.

Elle s'approcha de lui.

— Je suis venue vous remercier de votre cadeau.

Le trousseau tintait à sa ceinture.

— Et vous dire que vous n'aviez pas à être désolé. C'était ma faute.

Il soupira.

— Vous vous hâtez trop de prendre sur vous le blâme de mes erreurs. J'ai regardé en haut et je vous ai vue, et cela m'a rappelé une ancienne querelle dans laquelle vous n'aviez rien à voir. J'essaierai à l'avenir de moins me comporter comme un sot.

Elle hocha la tête.

— Et j'essaierai de me comporter davantage comme une duchesse.

— Soyez ce que vous êtes, Miranda, et si cela vous rend heureuse, j'en serai satisfait.

Il passa un bras sur ses épaules et l'attira à lui, indiquant le portrait qui le représentait.

— Regardez ce jeune idiot. Cela me chagrine de le voir. J'avais plus de vanité que de cervelle, quand on a peint cela.

J'avais vingt-cinq ans et je venais de me marier. Je n'avais nulle idée de ce qui m'attendait. Pas la moindre.

Il la jaugea avec approbation.

— Il faudra trouver un artiste capable de vous rendre justice.

— Que voulez-vous dire ?

— Pas un benêt qui vous enveloppera de dentelle et vous assiéra près d'un piano ou, pire, vous mettra un chien de compagnie sur les genoux. Bien sûr, porter un tablier et tenir un plumeau serait peut-être approprié… — il toucha la coiffe qu'elle mettait pour protéger ses cheveux quand elle travaillait —… mais ce serait peu conventionnel pour un portrait.

— De quoi parlez-vous ?

— Quand vous m'avez épousé, vous avez gagné votre place sur le mur, ma chère. Vous devez être à ma droite.

Elle regarda les portraits et dit doucement :

— Il n'y a plus de place.

Marcus se tut et contempla la toile qui se trouvait devant lui.

— Elle était très belle, murmura-t-elle.

— Oui, répondit-il d'une voix sans expression.

— Je devrais partir.

« Et vous laisser seul avec votre défunte femme », ajouta-t-elle en elle-même. Elle éprouva une pointe de jalousie à cette pensée.

— Non, restez.

Il la regarda, considéra le portrait, puis ramena les yeux sur elle.

Elle se crispa sous son regard.

Bethany conservait son imperturbabilité et leur souriait de haut.

— J'aimerais que vous ne me regardiez pas comme cela,

marmonna Miranda. Il me déplaît de lui être comparée, parce que je sais que je ne la vaux pas.

— Vous êtes très différente, acquiesça Marcus. Mais je ne suis plus l'homme que j'étais quand je me suis marié pour la première fois. Bethany était le choix d'un jeune homme.

— Et moi ?

— Vous êtes un choix fait avec un goût acquis.

— Vous m'avez acquise, sans nul doute, mais vous n'avez pas eu le choix.

« Et vous l'avez courtisée, elle », pensa-t-elle avec une nouvelle bouffée de jalousie.

— J'ai eu encore moins le choix avec Bethany. Ma mère a arrangé notre rencontre, et je suis tout de suite tombé amoureux. Elle avait la voix d'un ange et ce tableau ne rend pas justice à sa beauté. Nous nous sommes mariés peu après. Et elle est morte dans l'année.

Miranda se rappela ce que St. John avait dit.

— Vous avez dû être très triste.

— Pas vraiment, répondit-il d'un ton banal.

— Si elle ne vous manque pas, pourquoi venez-vous ici ?

« Pour expier une ancienne culpabilité, comme avait déclaré son frère », se dit-elle.

— C'est plus comme le désir d'ôter la croûte d'une vieille blessure. Il semble que je ne puisse pas la laisser guérir toute seule.

— Une blessure ?

« Qu'il avait sur la conscience ? »

— Portée à ma fierté. Il ne m'a pas fallu longtemps pour me rendre compte qu'elle voulait mon titre, et qu'elle n'avait plus envie d'avoir affaire à moi une fois qu'elle l'a eu. Sa mère l'avait élevée pour être un ornement, ce qu'elle faisait très bien. Mais derrière la façade…

Il secoua la tête.

— … il y avait un tel vide que je ne pouvais espérer le remplir. Et un cœur de marbre.

Il tendit le bras, prit le menton de Miranda dans sa main et lui releva le visage pour la regarder dans les yeux.

— Vous êtes très différente d'elle. Car quand je regarde dans vos yeux, je soupçonne qu'il y a derrière beaucoup plus, et non beaucoup moins.

Elle détourna son regard.

— Il n'y a rien. Rien que je cache.

Il eut un sourire attristé.

— Oh, vraiment ? Je pense que nous avons tous quelque chose à cacher. Même dans le vide qu'était ma première femme, j'ai trouvé des secrets. Et vous ignorez beaucoup de choses de moi.

Il abaissa les yeux sur elle.

— Je n'ai pas été heureux dans mon premier mariage. C'était une erreur que j'ai reconnue très vite, mais trop tard pour me dégager.

— Mais l'était-elle, elle ? Heureuse, je veux dire.

Cette question lui avait échappé.

Il sourit.

— Etait-elle heureuse ? De votre point de vue, c'est une question sensée. Je n'ai pas toujours été l'homme que vous avez épousé. Pas aussi sombre. Aussi enclin à crier et à m'emporter.

Il soupesa encore sa réponse.

— Etait-elle heureuse ? Je pense qu'il y a des gens qui sont très heureux quand ceux qui les entourent sont malheureux. Je sais que ma mère était l'une de ces personnes. Futile et la tête vide. Elle ôtait toute joie à mon père, c'était certain. Il se serait enivré à mort pour l'éviter si ce cheval ne lui avait rompu le cou. Je ne l'ai jamais vu aussi paisible que le jour où il était allongé dans son cercueil, en attendant que l'on cloue le couvercle.

Il se tut un instant.

— Et ma femme était semblable à ma mère. Etait-elle heureuse ? Certainement pas avec moi, et elle ne prenait pas de gants pour me le dire. Le titre lui a suffi un moment. Elle appréciait mon argent et aimait à le dépenser. Pour elle, je n'étais qu'un moyen. Il lui fallait davantage. Elle avait toujours besoin de quelque chose. J'ai essayé au début de satisfaire ses caprices, mais ce n'était jamais assez. Je n'en faisais jamais assez. Aucun homme n'aurait pu la contenter. S'efforcer de la rendre heureuse était comme jeter des pièces dans un puits.

Il considéra de nouveau Miranda.

— J'ai eu peur, quand vous êtes arrivée, que mon second mariage soit une répétition du premier. Cela ne semble pas être le cas.

Elle songea à la quête de terres et d'argent qui l'avait amenée en cet endroit. Si leur mariage ne devait pas être une répétition du premier, il aurait fallu qu'il épouse quelqu'un qui n'attende rien de lui.

— Je ne sais pas, dit-elle. Sans votre titre, je ne serais jamais venue ici. Et je ne suis pas restée par amour pour vous. Après notre première rencontre, je n'aurais pas cherché à vous revoir.

— Sauf si j'étais très riche.

— Même si vous étiez très riche. Si j'avais eu le choix, et si j'avais su où aller, j'aurais fui cette maison et je vous aurais fui.

— Une fois de plus, vous êtes très différente de ma première femme. Car elle m'aurait épousé dans n'importe quelles conditions. Elle m'a empli la tête de jolis mensonges et de doux regards, et m'a conduit à l'autel par le bout du nez. Et elle me méprisait d'être aussi sot.

Il se détourna du portrait et la contempla de nouveau, fixement.

— Et vous, Miranda, maintenant que vous êtes piégée ici, vous m'offrez de me servir et de m'obéir, ce qui est déjà quelque chose, je suppose. Si vous ne pouvez m'offrir davantage, je comprendrai. Mais promettez-moi de ne jamais prétendre ressentir plus que ce que vous ressentez, car c'est un cruel réveil de découvrir la vérité trop tard, quand vous avez donné votre cœur à quelqu'un qui n'en a pas.

Dans la faible lumière qui filtrait à travers les rideaux tirés, il n'était pas le farouche aristocrate qu'elle avait vu le premier jour. Il ressemblait plus à l'homme du portrait, mais las et fatigué. Il voulait d'elle la vérité et il y avait encore tant de choses qu'elle ne lui avait pas dites. Mais, au moins, elle pouvait lui promettre de ne pas le tromper sur le contenu de son cœur. Si seulement elle pouvait définir ce qu'elle éprouvait quand elle le regardait, elle lui en ferait part volontiers.

Elle tendit le bras et prit sa main dans la sienne.

— Je vous le promets.

Il plaça sa main au creux de son bras et l'attira à son côté.

— Fort bien.

19.

Miranda joua avec les clés accrochées à sa chaîne, les regardant briller dans le soleil matinal. Cela avait été un charmant cadeau, mais que signifiait-il ? Contempler ce trousseau la rendait heureuse, mais Marcus était-il content qu'elle le porte ?

Peut-être devrait-elle être davantage comme Bethany. Il ne l'avait pas suggéré, mais s'il pouvait avoir une version plus satisfaite, plus aimable et plus dévouée de sa première femme, il n'aurait peut-être pas l'air aussi triste et s'appesantirait moins sur le passé.

Si seulement elle était capable de broder des garnitures inutiles, de peindre de mauvaises aquarelles, de s'asseoir à l'épinette le soir et de chanter des morceaux ennuyeux dans un français médiocre, quelqu'un à même de démontrer sa bonne éducation pour le meilleur profit de son mari.

Elle soupira.

Si elle pouvait être quelqu'un qu'elle ne serait jamais…

Les domestiques de la maison connaissaient mieux leur place qu'elle. Bien sûr, ils n'en avaient rien su avant qu'elle arrive et les prenne en charge, mais qu'est-ce que cela prouvait ? Qu'elle faisait une meilleure gouvernante qu'une duchesse, supposait-elle. Et qu'est-ce qui lui restait, à présent ?

Du jardinage, peut-être.

Elle prit des ciseaux et un panier dans la resserre. Elle pouvait couper quelques roses pour la salle à manger. Son mari ne pourrait pas y trouver d'objection. Si elle agissait gracieusement et avec le moins d'efficacité possible, elle pourrait peut-être jouer le rôle d'une duchesse, après tout.

Mais une fois qu'elle fut dans le jardin, elle découvrit une autre partie de la maison qui avait besoin d'être reprise en mains. Le parc était très étendu, mais seulement quelques petites parcelles étaient entretenues, et sans suivre de plan ni de thème particuliers.

Elle regarda vers la maison, s'abritant les yeux et comptant les fenêtres. La douairière avait dû rester confinée dans sa chambre pendant sa maladie. Et le jardinier était sous-payé et manquait d'aide. Il s'était occupé des endroits qui pouvaient être vus de la chambre et avait laissé le reste à l'abandon.

Elle se promena autour de la maison, prenant mentalement des notes sur le travail qui était nécessaire et résistant à l'envie de commencer à désherber elle-même, avant de préparer un plan d'action. Mais quand elle arriva dans le potager, elle ne put se retenir.

Les herbes et les salades étaient correctes, mais les arbres fruitiers n'avaient pas été taillés depuis fort longtemps. La récolte de l'année ne serait pas ce qu'elle aurait dû être, et ils devraient acheter des pommes en décembre quand, avec un peu de soin, ils auraient pu se contenter de ce qu'ils avaient durant les mois d'hiver. Au fond du jardin, les framboisiers n'étaient plus qu'un amas de ronces et les oiseaux volaient les derniers fruits.

Miranda agita les bras et les voleurs s'envolèrent en piaillant. Puis elle se servit de ses ciseaux pour percer une ouverture dans les ronces, afin de pouvoir cueillir ce qui restait. Elle emplit un demi-panier, avant de se tourner vers les groseilliers qui étaient également lourds de fruits.

Elle fut occupée pendant plus d'une heure avant de s'arrêter et de contempler son ouvrage. Ses doigts étaient tachés, sa robe s'était accrochée aux épines, et, sans un bonnet pour la protéger, au souper son nez brillerait après une matinée passée au soleil.

Elle avait prouvé de nouveau qu'elle n'était pas le type de femme que son mari avait eu l'intention d'épouser, qu'elle n'était pas une bonne duchesse d'Haughleigh.

Mais seulement si on découvrait ce qu'elle avait fait. Elle pouvait se laver les mains, sa robe pouvait être raccommodée ou mise à l'écart. Elle avait dans sa chambre de la poudre qui pourrait cacher son coup de soleil. Si elle était habile et ne se laissait pas voir, Marcus n'en saurait jamais rien.

Elle se faufila dans le vestibule pour se rendre aux cuisines. Elle donnerait les fruits à la cuisinière, passerait par l'escalier de service et ferait jurer le secret à Polly. Au déjeuner, elle pourrait prétendre qu'elle avait passé la matinée à se reposer et le duc n'en saurait pas davantage.

— Que faites-vous ?

Elle faillit lâcher son panier.

Son mari se tenait devant elle, lui barrant le passage.

— Rien, vraiment.

Elle essaya de le contourner. Il prévint son mouvement et la bloqua de nouveau. Puis il jeta un coup d'œil au panier et prit une framboise.

— Rien ? Il me semble que vous avez travaillé dans le jardin.

— Pas réellement travaillé. Il restait des fruits sur les buissons. Il m'a paru dommage de les laisser aux oiseaux, alors qu'il y en avait assez pour faire des conserves ou préparer un gâteau quelconque.

— Et vous avez pris sur vous de les ramasser ?

— Cela ne m'a pas ennuyée.

— Ne pouviez-vous envoyer une servante ? Ou dire à la cuisinière que vous vouliez faire ramasser ces baies ?

Elle haussa le menton d'un geste de défi.

— Il se trouve que j'aime les framboises et les groseilles.

Marcus en prit une autre dans le panier.

— Moi aussi. Dites-moi, Miranda, quel goût ont ces fruits ?

— Quel goût ? Un goût de fruits, bien sûr.

— Mais sont-ils plus sucrés que d'habitude, ou un peu passés ? C'est tard dans la saison, vous savez.

— Je... je n'ai pas pris le temps de les goûter, reconnut-elle.

— Vous les ramassez parce que vous les aimez. Et pourtant, alors que vous en êtes entourée, vous ne pensez pas à en manger un seul ?

L'esprit de Miranda s'emplit de souvenirs. Elle avait appris, quand elle était petite, qu'il ne fallait pas manger quand on ramassait des baies dans la nature, près du cottage. On avait mal au ventre et le reste de la famille était privé d'une partie de la cueillette. Il valait mieux attendre de rentrer à la maison et de partager avec les autres.

Et quand on ramassait ces fruits dans une grande maison ? On ne mangeait pas non plus quelque chose qui ne vous appartenait pas. Sa mémoire lui rappela un autre couloir, et un homme souriant qui se tenait trop près d'elle.

Bien sûr, les gentilshommes des grandes maisons n'avaient

pas de problèmes pour prendre ce qui ne leur appartenait pas.

— Non, répondit-elle. Je n'y ai pas pensé.

Elle soutint le regard de son mari.

Il soupira.

— Que vais-je faire de vous ?

Il posa une main sur son épaule et la fit reculer jusqu'au mur.

Elle sentit le froid de la pierre dans son dos, et elle se remémora les vils chuchotements et le goût des fraises. Et son expression se fit alarmée.

— Fermez les yeux, Miranda. Non, ma chère. Je ne vous ai pas dit : « Regardez-moi comme si j'allais vous manger. » J'ai dit : « Fermez les yeux. »

Elle crispa les paupières et se raidit, attendant le contact d'une main sur son corps.

A la place, elle sentit la touche très légère d'un doigt qui dessinait la ligne droite de ses lèvres.

— Ouvrez la bouche.

Elle sentit le pouce de Marcus lui effleurer de nouveau la bouche, tandis que le reste de sa main se posait sous son menton et la caressait. Elle desserra sa mâchoire avec effort et le bout de son doigt pénétra entre ses lèvres, lui touchant la langue.

— Goûtez.

Elle perçut le goût du jus de framboise, sucré et délicieux. Sans réfléchir, elle lécha son doigt.

— Encore.

Il glissa une framboise entre ses lèvres et laissa ses doigts s'attarder tandis qu'elle croquait le fruit. Quand il reprit la parole, sa voix était près de son oreille et chuchotait :

— Voilà ce qui vous manque, Miranda. Des plaisirs tout

autour de vous, prêts à être cueillis. Aussi suaves que ces fruits. Et tout ce que je peux obtenir de vous, c'est du travail.

Il lui donna une autre framboise et elle immobilisa sa main avec la sienne tandis qu'elle mangeait. Elle entendit qu'il retenait son souffle quand ses dents frôlèrent ses doigts.

Soudain, il l'attira à lui avec son autre bras et elle sentit que le panier qu'elle avait lâché glissait entre eux. Elle ouvrit les yeux et vit les fruits rouges qui tombaient le long de sa chemise et s'écrasaient.

Elle sentit que sa résolution disparaissait tandis que les vieux désirs s'emparaient d'elle et elle le repoussa, remettant les fruits dans le panier.

— Juste ciel, quel gâchis ! Vite, Marcus. Montez et donnez cette chemise à votre valet avant que le jus ne l'abîme.

Les yeux de son mari étaient plus sombres que d'habitude et il y eut un moment qui s'étira entre eux, un moment où elle fut sûre qu'il allait de nouveau lui crier après pour être aussi sotte. Mais il rit. C'était un son qu'elle ne se souvenait pas d'avoir déjà entendu. Puis il leva ses mains tachées de jus et prit le visage de Miranda entre elles, l'attirant à lui et l'embrassant avec rapidité et fermeté. Sa langue s'insinua entre ses lèvres ouvertes sous le choc, une fois, avant de s'esquiver. Alors il s'empara d'une poignée de fruits et les écrasa sur sa chemise, en mettant un dans sa bouche.

— Suave, Miranda. Fort suave. Cela vaut bien le prix d'une chemise.

Là-dessus, il s'éloigna dans le vestibule comme si rien ne s'était passé.

Suave, vraiment. Mais voulait-il parler des framboises ou du baiser ? Sans réfléchir, Miranda prit une poignée de fruits et les mangea un par un en se rendant dans la cuisine.

*
* *

Miranda remua sur le divan du salon et essaya de ne pas paraître aussi agitée qu'elle l'était. Ce devait être une soirée ordinaire à la maison avec son mari, et il lui fallait apprendre à l'apprécier.

Ces mots se coincèrent dans son esprit comme si elle avait une boule dans la gorge. La maison. Elle était chez elle, se dit-elle. Le souvenir de l'endroit qui avait été son foyer commençait déjà à s'estomper dans sa mémoire. Elle se souvenait de beaucoup de bonheur, bien sûr, et son père et Cici lui manquaient, mais elle ne devait pas oublier le reste et être reconnaissante de ce qu'elle avait maintenant.

Cette pièce était confortable et tout à fait plaisante, à présent qu'elle avait été nettoyée et aérée. Elle était chaude, tranquille et spacieuse, et le bruit de la pluie à l'extérieur était lointain et réconfortant. Elle ne devait pas vider la bassine qui recueillait les gouttières du toit percé, comme elle le faisait chez elle. Et elle n'était pas assise dans un courant d'air.

En dépit des picotements de son coup de soleil sur le nez, elle n'était pas épuisée par une journée de travail et prête à aller se coucher. Et, étrangement, cela faisait partie du problème auquel elle faisait face ce soir-là.

Son sang bourdonnait encore du baiser dans le vestibule, mais Marcus avait été tranquille tout l'après-midi et distant au dîner. Peut-être qu'une fraction de son esprit, celle qui l'avait conduit dans la galerie, s'attardait encore sur le passé et sur son premier mariage. S'il en était ainsi, c'était encore un mensonge de St. John, car il ne se comportait pas comme un homme assailli par la culpabilité, mais comme quelqu'un qui avait été profondément meurtri et qui craignait de rouvrir d'anciennes blessures. Quand il avait déclaré, après dîner, qu'il se retirait souvent dans le salon pour la soirée et qu'elle pouvait l'y accompagner si elle le désirait, elle avait sauté sur l'occasion dans l'espoir de faire quelque chose qui l'aiderait à se détendre. Mais il avait négligé de suggérer à quoi elle pourrait s'occuper une fois là.

Elle lui jeta un coup d'œil par-dessus le livre qu'elle feuilletait. Il paraissait assez à son aise, même s'il levait souvent les yeux et contemplait le feu avant de soupirer et de tourner une page.

Il y avait un pianoforte dans le coin et elle se demanda si Bethany, qui, on ne cessait de le lui rappeler, était une femme aux nombreux talents, distrayait son mari le soir en jouant et en chantant. Marcus ne lui avait pas parlé d'un penchant particulier pour la musique. Et il ne lui avait pas suggéré de s'essayer à jouer, ce dont elle lui était fort reconnaissante. Les gammes auxquelles elle s'était exercée à l'école n'auraient pas suffi à créer un divertissement agréable.

Elle considéra l'autre fauteuil près de la cheminée et imagina Bethany, auréolée de soie, brodant tandis que la lueur du feu se reflétait sur ses doux cheveux blonds. Elle était sans nul doute douée pour cela aussi. Mais Marcus ne voulait pas d'une autre Bethany, se rappela-t-elle. Cette vision rayonnante venait de St. John et de l'artiste qui avait peint ce maudit portrait. Elle ne correspondait pas à la mégère cupide que son mari lui avait décrite.

Mais rien de tout cela ne lui indiquait ce qu'elle devait faire pour remplir ses soirées en tête à tête avec le duc. Elle baissa les yeux sur ses mains et fit jouer ses doigts. Ils étaient assez habiles et pourraient certainement venir à bout de travaux d'agrément, si elle en avait la patience. Mais le problème était là. On lui avait appris à faire des choses nécessaires et pratiques. A coudre des ourlets et des boutons. A raccommoder. A bâtir des vêtements solides et sans ornements. Les tâches les plus compliquées qu'elle avait eu à remplir ces dernières années avaient été de transformer les rebuts de Cici en vêtements fatigués, ceux qu'elle avait apportés à Haughleigh. Et elle n'avait pas trouvé ce travail aussi réconfortant que du raccommodage. Il ne lui donnait pas une sensation d'accomplissement.

Elle se demanda ce que son mari penserait si elle prenait du raccommodage aux domestiques pour le faire le soir, ou si elle demandait à son valet de lui remettre ses chemises usées pour qu'elle puisse les repriser. Il la prendrait pour une folle.

Elle se leva sans bruit, pour ne pas troubler la concentration de Marcus, et alla jusqu'à la fenêtre pour regarder la pluie qui martelait les vitres. Ce faisant, elle prit machinalement une pièce du jeu d'échecs qui était posé sur une table.

— Etes-vous fatiguée, Miranda ?

Elle se tourna, serrant le pion sur sa poitrine.

Il avait mis son livre de côté et l'observait.

— Vous semblez nerveuse. Et je vous ai entendue soupirer. Si vous êtes fatiguée, vous n'êtes pas obligée de veiller avec moi.

Elle scruta son visage en quête d'un signe d'irritation ou de déplaisir, et retourna à son siège.

— Oh, je suis désolée. Je ne voulais pas vous déranger. Non, je ne suis pas fatiguée. Pas du tout. Je vais tout à fait bien, vraiment. Merci.

Les mots s'échappaient d'elle et elle ferma brusquement la bouche pour en arrêter le flot. Puis elle baissa les yeux sur ses genoux et s'avisa qu'elle avait emporté la pièce du jeu d'échecs avec elle. Elle se maudit, car elle devrait retraverser la pièce pour retourner la mettre à sa place et troublerait de nouveau le silence du salon.

— Je vois que vous admirez ce jeu d'échecs. Les pièces sont en albâtre sculpté à la main. Un héritage familial.

Elle considéra la pièce et se demanda si cela signifiait qu'elle devait la rapporter sur-le-champ.

— Si vous voulez, reprit Marcus d'un ton hésitant, je pourrais vous apprendre à jouer.

— Je sais déjà.

Elle regretta aussitôt ces mots. Il lui avait offert si gentiment de lui apprendre à jouer, et elle avait tout gâché en lui disant qu'elle savait. Bethany aurait probablement souri et feint l'ignorance, et son mari aurait passé une soirée distrayante à lui démontrer sa supériorité.

Mais mentir à propos d'une chose aussi simple que des échecs aurait ajouté un péché de plus à sa charge de fautes déjà pesante. En outre, il se serait rendu compte de ses capacités au bout d'un moment, si elle avait progressé trop vite. Et elle avait promis d'être sincère, non ? Son mari semblait avoir l'esprit trop vif pour laisser sa propre vanité interférer dans ses observations.

— Ma famille avait un jeu, elle aussi, mais pas aussi riche que celui-ci.

Sculpté à la main, bien sûr, mais dans du bois ordinaire, avec un échiquier en toile cirée et les pièces noires teintées avec de l'encre.

— Mon père avait l'habitude de jouer avec moi.

Parce qu'il jugeait cette occupation préférable aux cartes une fois que sa fortune et sa maison avaient été dilapidées.

Marcus se leva et tira le deuxième fauteuil plus près du feu.

— Venez. Apportez la table et le jeu. Nous allons faire une partie.

Miranda joua prudemment au début, se jurant de sauver la soirée en perdant. Et il la battit, quand elle eut fait une manœuvre assez stupide qui laissa son roi exposé.

— Jouons-nous de nouveau ?

Il n'avait l'air ni content ni ennuyé.

— Merci. Si vous voulez bien.

— Et si vous insistez pour contenir vos aptitudes, veuillez faire en sorte que cela ne se voie pas. Cela m'insulte que vous jouiez faiblement pour me laisser gagner. Rappelez-vous votre promesse. Je pensais ce que j'ai dit. Ne me cachez pas ce que vous êtes vraiment. Prenez plaisir à ce qui vous entoure.

Elle le regarda et ne vit pas un visage assombri par la tristesse ou la colère, mais un visage qui exprimait un froid calcul. Ses yeux étincelaient à la lueur du feu tandis qu'il préparait le jeu pour une autre partie.

Celle-ci fut plus difficile, maintenant qu'il avait une idée de son niveau de jeu, et elle n'éprouva pas le besoin de recourir à des subterfuges pour soutenir l'intérêt de l'affrontement. Elle perdit plusieurs pièces avant de lui en prendre, et fut vaincue quand il lui tendit un piège et qu'elle se précipita pour lui prendre sa reine.

— Nous retirons-nous, madame ?

— Quand je suis battue à plate couture ? Comme c'est commode. Il me reste assez d'énergie pour une autre partie, si vous n'êtes pas trop fatigué.

Le défi qu'elle lui avait lancé la surprit elle-même, à peine eut-il quitté ses lèvres.

La réponse du duc fut un éclat de rire. Il entreprit d'aligner les pièces et dit :

— Peut-être que je me fatigue et que vous comptez l'utiliser contre moi.

— Pensez-vous que cela va marcher ? s'enquit-elle.

— Peut-être. Vous êtes une joueuse exceptionnellement bonne quand vous vous en donnez la peine. Mais vous avez d'autres armes pour me distraire si vous voulez gagner.

— Et quelles sont-elles ?

La voix de Marcus lui fit l'effet d'un coupon de soie effleurant sa peau.

— La lueur du feu qui fait briller vos cheveux quand vous vous penchez sur le jeu. La façon dont vous vous mordez la lèvre quand vous vous concentrez. Et celle dont vous retenez votre souffle, quand vous découvrez une ouverture, qui rend votre décolleté fort attrayant. Je suis tenté de mal jouer précisément pour voir rougir votre peau quand vous me prenez mon roi.

Elle déglutit.

— Je jurerais, monsieur, que vous me dites ces choses-là dans le seul but de me déconcentrer, pour pouvoir me battre une fois de plus.

— Et que me donnerez-vous si j'y réussis ?

L'air semblait s'être épaissi entre eux.

— Je n'ai pas l'intention de me laisser vaincre une troisième fois, aussi je ne m'intéresserai pas à votre récompense.

Il rit de nouveau, bougea une de ses pièces et le jeu devint très sérieux. La concentration de Miranda n'était pas améliorée par le fait de savoir qu'il l'observait si intimement pendant qu'elle calculait ses mouvements, mais elle s'efforça de se convaincre que c'était son problème à lui et pas le sien. Et, à la fin, cela sembla fonctionner. Au bout d'une heure et demie d'un jeu intense, elle put crier :

— Echec et mat !

Puis elle modéra son triomphe et attendit de voir sa réaction.

Il s'adossa à son fauteuil, joignit le bout de ses doigts et la contempla par-dessus.

— Et maintenant, si vous vous excusez de m'avoir battu comme vous semblez sur le point de le faire, je vais vous étrangler, impudente que vous êtes. Je jure que ma mère m'aurait cherché une autre épouse si elle avait su quel ravissement vous êtes pour moi. Et voilà que vous rougissez d'entendre la vérité. Qu'allez-vous me réclamer pour avoir perdu cette partie ?

— Rien, vraiment. Je n'ai pas joué pour un enjeu.

— Parce que vous craigniez de perdre. Mais vous avez gagné. Prenez votre récompense, quelle qu'elle soit.

Miranda le fixa un long moment, dans une sorte de fascination horrifiée. Elle savait ce qu'elle voulait. C'était un baiser. Un baiser comme celui que St. John lui avait donné avant qu'elle doive s'enfermer dans sa chambre pour lui échapper. Seulement elle ne souhaitait pas échapper à cet homme-là. Elle désirait éprouver avec lui le même besoin incontrôlable que celui qu'elle avait ressenti, passive, dans les bras d'un autre. Et cette pensée la fit rougir de honte et d'une étrange chaleur.

Elle avait promis d'être sincère avec lui. Que devait-elle dire ? Prenez-moi dans vos bras et embrassez-moi comme votre frère l'a fait ? Elle lui avait juré la vérité. Et elle ne pouvait pas la lui donner.

Il était immobile, l'observant en quête d'un signe. Et elle pouvait voir à la tension qui l'habitait et à la chaleur qui brillait dans ses yeux qu'il lui donnerait tout ce qu'il avait, si elle le lui demandait.

Elle abaissa les yeux.

— Je ne sais pas ce que je veux.

— Je pense que si.

Son sang se glaça dans ses veines. Pouvait-il lire dans ses pensées ? Une vraie dame n'aspirerait pas à être prise devant la cheminée du salon. Elle serait innocente des désirs honteux qui montaient en elle en cet instant. Des images lui vinrent à l'esprit de ce que Cici lui avait expliqué, des choses qu'aucune femme décente ne devait connaître. Une épouse devait être une élève ignorante et mue par la bonne volonté, quand elle entrait dans le lit de son mari. Une femme convenable ne sentirait pas son sang s'échauffer après une simple partie d'échecs.

— Vous vous trompez, rétorqua-t-elle d'une voix qui tremblait. Je ne sais pas ce que je veux, à part faire ce qui pourra vous plaire, quoi que ce soit.

— Ce qui pourra me plaire ?

Il se pencha vers elle et son souffle se coinça dans sa gorge. Que venait-elle d'offrir ? Cici lui avait raconté des histoires de foulards de soie et de miel et lui avait laissé entendre qu'il y avait de nombreux jeux fort étranges à jouer dans un lit. Cette idée aurait dû la repousser, mais, à la place, elle brûlait de curiosité.

— Oui. Marcus.

Elle avait trébuché sur son nom.

— Ah, jeune fille, il y aura du temps, tout le temps du monde, le temps d'une vie, pour que je prenne mon plaisir avec vous. Mais, pour commencer, je veux vous laisser choisir.

Elle trembla.

— Je vous le jure, je ne sais pas ce que je veux. Faites de moi ce que vous voulez.

Il soupira. Quand il reprit la parole, sa voix était douce mais lasse.

— Fort bien. Peut-être est-il encore trop tôt pour vous. Viendra un moment où vous comprendrez, où votre cœur et votre corps ne vous laisseront pas le choix. Vous serez sûre de ce que vous voudrez. Et c'est alors que je veux que vous veniez à moi. Vous me le direz, quand vous saurez ?

— Oui.

— Parfait. Donc, bonne nuit à vous, ma chérie.

Il lui prit les mains avec douceur. Ses pouces caressèrent ses paumes. Il sourit et les porta à ses lèvres, en baisant le dos, puis il les tourna et embrassa légèrement chaque poignet.

— Dormez bien.

Miranda fit glisser ses mains et lui souhaita hâtivement une bonne nuit avant de s'enfuir dans le vestibule. Ses baisers semblaient s'immiscer sous sa peau et dans son sang, et lui traverser le corps jusqu'au cœur. Cela la réchauffait et elle avait l'impression qu'elle emportait Marcus avec elle, très profondément.

Bien dormir ?

Elle ne s'était jamais sentie aussi éveillée.

20.

Quand elle prit place à la table du petit déjeuner, son mari consultait, comme d'habitude, une pile de lettres. Il lui jeta un coup d'œil et lui fit passer une carte gravée avec élégance.

— Avez-vous bien dormi ? demanda-t-il.

— Oui. Merci.

C'était un mensonge de plus. Elle s'était tournée et retournée toute la nuit. En pensant à lui.

S'il eut conscience de son esprit troublé pendant qu'elle buvait son café, il n'en montra rien.

— Il semble que nous soyons invités à notre premier bal. Un vieil ami de la famille. Je suis sûr que sa femme et lui brûlent de rencontrer la nouvelle duchesse. Veuillez vous occuper de la réponse.

Miranda contempla fixement l'invitation.

— Je suppose que nous devons y aller ?

Il la regarda de nouveau et haussa un sourcil.

— Je jure, madame, que ce n'est pas la réaction attendue. Vous êtes censée vous extasier devant la chance d'avoir enfin une vie sociale dans ce trou perdu. Vous allez répondre sur-le-champ par l'affirmative, puis vous me rejoindrez au déjeuner pour me supplier et me cajoler jusqu'à ce que je convienne que vous devez avoir une nouvelle robe, de nouveaux rubans, des gants, des bijoux et je ne sais quoi d'autre — y compris même un voyage à Londres pour faire des emplettes supplémentaires. En bref, vous me harcèlerez jusqu'à ce que je ne puisse plus supporter votre tapage et que j'accepte de dépenser une petite fortune pour une nuit dehors.

— Ce ne sera pas nécessaire, j'en suis sûre.

— Vous en êtes sûre, vraiment ? N'avez-vous pas passé votre garde-robe en revue et constaté qu'elle manque cruellement de robes en lamé doré ou incrustées de diamants, ou autres caprices féminins ?

— Non, Marcus. Je suis certaine que ce que j'ai est amplement suffisant.

— Hmm. Vous êtes une épouse très inhabituelle, Miranda. Comment puis-je vous gâter si vous êtes toujours contente ? Je sais à peine que faire de vous.

Il se remit à lire son journal, mais le rire pétillait dans ses yeux.

Après le repas, Miranda rejoignit son secrétaire et commença à rédiger la première d'une série de lettres manquées. Les feuilles de papier s'entassèrent dans la cheminée avant qu'elle soit parvenue à un résultat satisfaisant et elle espéra que son mari était aussi riche qu'il le prétendait, car le gaspillage de papeterie pour obtenir une seule réponse convenable était prodigieux.

Elle maudit Cici et son père d'avoir négligé son éducation pendant aussi longtemps, puis de compter sur elle pour sauter à pieds joints dans l'océan de sa nouvelle vie et rester à la surface. Comment pouvait-on s'attendre à ce qu'elle maîtrise l'art de la correspondance, après tant d'années sans papier et sans raisons d'écrire ? Elle pensa que son orthographe était suffisante pour rédiger les deux ou trois phrases nécessaires pour remercier le lord et sa femme de leur gracieuse invitation, mais elle avait des crampes dans la main et sa plume tremblait. Au dixième essai, le résultat ne parut que légèrement précipité et sans soin, comme si elle avait écrit avec la plume dans sa bouche. Il faudrait que cela fasse l'affaire.

Sa prochaine tâche, comme l'avait stipulé son mari, était de s'assurer que sa garde-robe contenait quelque chose de convenable pour une soirée à l'extérieur. Quand elle parla de l'invitation à Polly, le sourire de la jeune servante fut si large qu'il lui donna presque confiance dans l'entreprise. Sa femme de chambre ne lui proposa pas une, mais trois robes de bal avec les chaussures assorties. Et il y avait une large sélection de gants du soir, de bonnets et de turbans, ainsi qu'un châle de soie pour le trajet.

— Sans hésiter, la robe blanc et doré, Votre Grâce.

— Pas la verte ?

Miranda manipula la robe avec soin, comme si elle appartenait à quelqu'un d'autre.

— Pas pour ce bal, madame. Monsieur le duc va vous donner les émeraudes et cela fera trop de vert.

Elle considéra Polly, surprise.

— Les émeraudes ?

La jeune fille sourit largement.

— Regardez-vous, Votre Grâce. La seule chose qui vous manque, ce sont des bijoux. Et il est peu probable que Sa Grâce les ait oubliés. Il ne laisse rien passer et il a déjà été marié. Il sait ce qui est attendu et il ne vous laisserait pas aller le cou nu à un grand bal. Ce seront les émeraudes, car elles sont assorties à la livrée de la maison et vont bien avec l'habit que le duc porte habituellement dans ce genre de soirée. S'il y a un doute, je demanderai à Thomas, mais vous pouvez me faire confiance. Ce seront les émeraudes et la robe blanc et or.

Elle la tendit vers la lumière.

— Vous voyez ? Ce n'est pas un vrai blanc. Il y a un peu de couleur dedans, et les fleurs de la dentelle ont des feuilles vertes.

Les paroles de Polly s'estompèrent dans l'esprit de Miranda. Des émeraudes ? Elle se rappelait le collier du portrait, scintillant sur la gorge de la dernière duchesse. Et maintenant, c'était à elle de porter ce bijou. Elle déglutit pour dissiper le nœud qui se formait dans sa gorge. Un maudit collier pour une maudite soirée, destinée à mettre en évidence tout ce qu'elle ne savait pas sur le fait d'être la dame d'un homme important. Elle prit un éventail dans la pile d'accessoires qui se trouvait devant elle. Elle essaya de le manier et de le refermer, et il lui glissa des doigts. Peut-être pas d'éventail, sinon elle allait montrer son ignorance dans un autre domaine de l'étiquette.

Et elle avait si bien réussi jusque-là, pensa-t-elle en soupirant. Ici, à la maison, personne ne se souciait de ses excentricités. En tout cas, son mari ne montrait nul désir de commenter ses bizarreries.

Mais, lors d'un bal, il y aurait une foule de règles qu'elle pourrait enfreindre. De quelle fourchette utiliser jusqu'à savoir avec quel homme danser. Et il faudrait qu'elle danse, précisément.

Elle se percha sur le bord de son lit, jouant avec l'éventail. Elle n'avait jamais appris. Il n'y avait pas eu de temps pour des bals, quand elle vivait avec son père et Cici. Et comme ceci allait être son introduction dans la société locale, elle ne pourrait jamais se débrouiller avec les quelques danses campagnardes qu'elle connaissait. Avec sa belle robe, les émeraudes d'Haughleigh et le duc à son bras, elle serait le centre de l'attention.

Et elle révélerait son imposture.

Il était de nouveau allongé dans sa tombe. Vivant et se débattant, tandis que les gens en deuil étaient rassemblés autour du trou et le regardaient comme si rien n'allait de travers. St. John se pencha au-dessus de lui et rit. Puis il s'écarta et Marcus entendit les pelles qui s'enfonçaient dans le sol, avant de sentir la première pelletée de terre lui frapper le visage.

Il toussa et marmonna un faible « non », crachant de la terre. Et quand il releva les yeux, sa mère était là, avec Bethany, et c'étaient elles qui tenaient les pelles. Il entendit de nouveau le bruit des outils, comme les surfaces métalliques heurtaient des pierres. Et la terre recommença à tomber sur lui, si vite qu'il ne pouvait l'éviter. Elle pesait lourdement sur son corps tandis qu'il essayait de lever une main pour se couvrir le visage, se protéger le nez pour pouvoir respirer et la bouche pour pouvoir crier. Et, soudain, Miranda apparut, debout au-dessus de lui, appuyée sur sa pelle et le regardant lutter pour inspirer de l'air.

Il hurla :

— Miranda ! Non !

Mais son visage était impassible.

— Pourquoi devez-vous toujours me crier après, Marcus ? Parce que vous avez peur des ombres ? Vous êtes un poltron. Et un sot.

Puis elle se pencha en avant, et de la lumière sembla l'auréoler. Et au lieu de jeter de la terre sur lui, elle ôta celle qui le recouvrait et libéra ses jambes.

— Le trou n'est pas si profond, si vous aviez le bon sens de vous mettre debout. Levez-vous, Marcus. Levez-vous.

— Réveillez-vous, Marcus. Etes-vous réveillé ?

Il s'avisa alors qu'il avait les yeux ouverts, qu'il était assis sur son lit et qu'il la fixait, debout sur le seuil de la porte de communication.

— Miranda ?

Elle répéta patiemment :

— Etes-vous réveillé ? Vous avez appelé dans votre sommeil. Vous avez crié mon nom. Mais quand j'ai ouvert la porte, vous ne m'avez pas reconnue.

— Je faisais un cauchemar.

Il déglutit et fut soulagé d'entendre que sa voix était ferme, même si son cœur tambourinait dans sa poitrine.

— Je suis désolé de vous avoir dérangée.

— Ce n'est pas grave. Je ne pouvais pas dormir.

Elle restait sur le seuil, ne sachant visiblement pas si elle devait s'approcher ou retourner dans sa chambre.

— Je ne savais pas s'il était sage de vous réveiller. On dit qu'il est dangereux de tirer quelqu'un d'un rêve avant qu'il soit fini.

— Il n'y a pas de mal, je vous assure.

Il sourit à la vue de ses boucles en désordre.

— Dans le rêve, vous me traitiez de poltron et de sot.

Elle se raidit.

— Je suis désolée. Je n'aurais jamais…

Il sourit de nouveau.

— Miranda, vous excusez-vous de ce que vous avez fait dans mon rêve ? Je doute que vous ayez beaucoup de maîtrise sur mon esprit endormi.

Elle dansa d'un pied sur l'autre, et la lumière traversa la chemise de nuit qu'elle portait. C'était l'une de celles qu'il lui avait achetées, constata-t-il. L'étoffe était fine, presque transparente dans le contre-jour qui venait de sa chambre.

— Mais si je vous donne des cauchemars…

— Vous êtes apparue tel un ange au pire moment du rêve, et avez essayé de me montrer que mes terreurs étaient des sottises.

— Vraiment ?

Elle se figea et il put apercevoir les contours de son corps à travers sa chemise. Des seins hauts et ronds, un ventre plat, la courbe d'une hanche et l'endroit sombre où ses jambes se séparaient.

— Tout à fait comme vous m'apparaissez à présent, chérie.

Il se tourna vers elle et les couvertures glissèrent, dénudant son torse.

Elle fit un pas hésitant en arrière et il ne vit plus son corps.

— Bon, dit-elle. Alors, ça va. Si vous n'avez pas besoin d'autre chose…

Il considéra un instant sa question et lui sourit. Il avait besoin d'elle, c'était certain. Il pouvait sentir ce besoin grandir en lui comme un feu qui lui rongeait lentement le sang. Une torture délicieuse, quand il la regardait. Et il se durcit, à la voir presque nue devant lui.

— Si, il y a quelque chose.

Il la vit se raidir, comme si c'était la dernière réponse qu'elle attendait.

Il tapota le bord du lit.

— Venez. Asseyez-vous un moment près de moi.

Elle hésita, puis s'avança comme si elle se rendait à la potence. Et s'assit le plus loin possible de lui.

Il tapota de nouveau un endroit plus près de lui.

— Vous n'avez pas à avoir peur de moi, Miranda. Je ne prendrai pas plus que ce que vous êtes prête à donner. Approchez-vous, que je puisse vous tenir contre moi.

Elle se glissa vers lui et s'abandonna avec raideur dans ses bras.

Elle sentait les violettes et le soleil. Etait-ce un parfum qu'il lui avait acheté ? se demanda-t-il. Quelque chose qui faisait partie de ses cadeaux, qu'elle avait trouvé au village, ou était-ce son parfum naturel ? C'était différent de toutes les femmes avec qui il avait couché. Il enfouit son visage dans ses cheveux et inspira profondément.

Elle s'écarta de lui et posa une main sur son cœur. Les battements s'apaisaient, mais ils étaient encore si sensibles qu'elle les avait perçus à travers sa chemise. Elle lui jeta un regard interrogateur.

— Oui.

Il rit, mais d'une manière lasse.

— Vous devez venir dans mon lit et me calmer pour que je m'endorme, comme un enfant terrorisé. Je ne suis pas le redoutable séducteur que vous attendiez, n'est-ce pas ?

— Je ne m'attendais pas…

Elle essaya de ne pas lui mentir.

— Je ne sais jamais à quoi m'attendre avec vous, Marcus. Vous me surprenez toujours.

Il glissa une main entre eux et repoussa les couvertures.

— Comme vous me surprenez. Allongez-vous près de moi, Miranda. Laissez-moi vous tenir, cette nuit. Peut-être que nous dormirons tous les deux plus aisément si nous ne sommes pas seuls.

Elle se glissa dans le lit, encore hésitante, mais plus détendue qu'elle l'avait été auparavant. Il la sentit se crisper de nouveau quand elle s'avisa qu'il était nu sous les draps, et se rendit compte qu'elle réfléchissait avant de passer un bras sur sa taille et de laisser son corps se mouler contre le sien.

Il soupira tandis que son pouls revenait à la normale en la touchant, et posa un baiser sur ses cheveux au parfum de violettes. Il avait oublié ce que c'était que d'être allongé comme cela près d'une femme. Peut-être qu'il ne l'avait jamais su. Bethany prenait soin de toujours retourner dans sa chambre quand ils avaient fait l'amour, et il ne s'était jamais senti le bienvenu chez elle. Et le lit d'une maîtresse n'était qu'un lieu de repos temporaire, même s'il avait le droit d'y rester parce qu'il lui appartenait.

Miranda se blottit plus près de lui, essayant de trouver la place la plus confortable contre son corps, et il sentit qu'elle commençait à somnoler. Il songea à la réveiller par un baiser, puis il se détendit et ferma les yeux. C'était la première de nombreuses nuits avec elle et il la savourerait telle qu'elle était. Il n'avait pas à se précipiter s'il avait une vie devant lui.

21.

Elle s'éveilla le lendemain matin dans un brouillard confus. Même avant d'ouvrir les yeux, elle perçut que les choses étaient différentes. Les odeurs n'étaient pas les mêmes. Et elle avait plus chaud que dans ses froids draps blancs.

Puis elle se souvint. Et ouvrit les paupières. Marcus était déjà réveillé, il s'appuyait sur un bras et lui souriait. Au-delà des tentures du lit, elle pouvait entendre le valet qui se mouvait, se préparant à recevoir le duc.

— Bonjour, chuchota-t-il. Avez-vous bien dormi ?

— Oui, merci.

Elle avait réellement bien dormi, constata-t-elle, et ce fait la surprit. Elle avait été nerveuse depuis son arrivée et ses nuits les plus faciles remontaient aux premières semaines, quand elle travaillait jusqu'à l'épuisement et s'écroulait dans son lit. Mais la nuit dernière, après s'être glissée dans le lit de Marcus pour répondre à sa demande, elle avait éprouvé plus de paix qu'elle n'en avait ressenti depuis longtemps. Il semblait qu'elle avait encore moins à craindre qu'elle le pensait.

— Et vous ? Avez-vous bien dormi ?

Il s'étira et bâilla.

— C'est la meilleure nuit de repos que j'ai eue depuis mon

retour dans cette maison. Si j'avais su que tout ce qu'il me fallait pour trouver la paix était de vous avoir à mon côté…

— Vous m'auriez épousée plus tôt ?

Elle sourit à cette impossibilité.

— Je vous aurais attirée dans mon lit depuis longtemps. Et je ne vous aurais pas quittée pour aller à Londres.

Et avant qu'elle puisse bouger, il se pencha sur elle et l'embrassa fermement sur les lèvres.

— Et maintenant, ma chère, je dois me lever et vaquer à mes affaires de telle sorte que j'aie ma soirée libre pour vous accompagner au bal. Dois-je faire appeler votre femme de chambre ?

— Je pense que je peux retourner seule dans ma chambre, merci.

Il prit sa robe de chambre au pied du lit et la drapa sur ses épaules.

— Pour que vous ne preniez pas froid en route.

Puis il sortit du lit, ne craignant pas de sentir l'air froid sur sa peau nue.

Miranda se hâta de rejoindre sa chambre et trouva Polly qui sortait déjà une robe de jour et se mit aussitôt à bavarder sur les préparatifs du bal.

Elle sourit de voir la jeune servante si heureuse. Et essaya de repousser les pensées qui l'avaient tenue réveillée la veille. Il y avait toujours une faille dans ce qui l'attendait, et elle ne voyait aucun moyen facile d'y remédier.

Après le petit déjeuner, elle se rendit à la bibliothèque et passa les livres en revue, mais ne trouva rien qui puisse l'aider. Elle songea à demander l'assistance de Polly, puis y renonça. Au mieux, sa femme de chambre ne saurait que peu de choses sur ce qu'elle avait besoin d'apprendre.

Peut-être pourrait-elle feindre d'être souffrante. Mais elle doutait qu'autre chose qu'une comédie convaincante pourrait changer le projet du duc d'assister à ce bal. Il ne se satisferait pas de vapeurs ou d'une légère migraine. Il voudrait des preuves.

Une cheville foulée, peut-être ? Une petite chute dans l'escalier qui la laisserait hors d'état de sortir et repousserait l'inévitable. Mais pour combien de temps ? Elle pourrait peut-être trouver le moyen d'esquiver l'invitation de ce soir-là, mais il y en aurait d'autres. Et plus elle essaierait de s'y soustraire, plus on insisterait pour la faire sortir de chez elle. En outre, on s'attendrait à ce qu'elle organise elle-même des bals et des soirées.

Elle n'avait personne vers qui se tourner. Nulle part où chercher de l'aide.

A part…

Marcus avait dit qu'il serait occupé aujourd'hui, et elle serait sans doute une interruption malvenue. Mais elle se rappela le contact de son corps près d'elle pendant la nuit et elle se sentit plus calme. Si elle ne pouvait pas s'adresser à lui pour avoir de l'aide, elle n'avait aucune solution.

Elle s'approcha de son mari avec prudence, comme elle le faisait toujours. Il était dans son cabinet de travail, assis derrière son grand bureau, et consultait des registres. Il mordillait le bout de sa plume d'une manière qu'elle aurait pu trouver attendrissante si elle n'avait pas été aussi intimidée.

Elle se racla la gorge.

Il leva les yeux.

— Oui, Miranda.

— Votre Grâce…

Il haussa un sourcil.

— Marcus. Il y a un problème. Au sujet de ce soir. Le bal.

— Il vous manque des fioritures, ma chère ? Votre robe est-elle trop simple ? Pas assez ? Avez-vous besoin de plus de plumes d'autruche ?

— Non, coupa-t-elle.

Ses joues étaient enflammées par la honte. Il allait se rendre compte de son imposture.

— Je ne peux me rendre à ce bal ce soir. Je ne sais pas si je serai capable… Je ne peux pas.

Elle étendit ses mains devant elle en un geste de défaite.

Il contourna le bureau en un éclair, lui prit les mains et la regarda dans les yeux avec inquiétude.

— Qu'y a-t-il ? Qu'est-ce qui vous tourmente à ce point ?

Une larme glissa sur la joue de Miranda avant qu'elle ait pu la retenir.

— Je ne peux m'y rendre parce que je ne suis jamais allée à un bal auparavant. Je ne sais pas danser. Et j'ai peur, ajouta-t-elle dans un murmure.

Il la prit dans ses bras et l'attira à lui, et elle sanglota dans le drap de sa redingote.

Elle sentit son souffle effleurer ses cheveux quand il parla.

— Aaah. Je vois. Maintenant vous pleurez et je suis vaincu. Car je trouve les larmes d'une femme aussi terrifiantes que vous trouvez le bal de ce soir. Que puis-je faire pour y remédier ?

Il la pressa contre lui, puis l'écarta doucement et sonna Wilkins.

Le majordome apparut aussitôt, le dos très droit, nota

Miranda avec satisfaction. Elle avait réussi certaines choses ici, même si elle était plus apte à jouer les gouvernantes que les grandes dames.

— Wilkins, j'ai besoin de domestiques. Six couples devraient être plus que suffisants. Et de vous. Relevez-les de leurs tâches. La routine peut attendre. Et de quelqu'un qui sache jouer d'un instrument de musique. Un violon, peut-être ? Ou alors nous pouvons fredonner. Qu'ils nous retrouvent dans la salle de bal. J'ai perdu beaucoup de mon entraînement à la danse et je crains de marcher sur les pieds de la duchesse, si je danse avec elle ce soir.

Il sourit pour donner confiance à sa femme.

— Une petite répétition est tout ce qu'il nous faut.

Wilkins disparut et Marcus fronça les sourcils.

— Vous me décevez beaucoup, madame.

— Je… je suis désolée, balbutia-t-elle. Mon éducation laisse tristement à redire dans certains domaines, mais j'essaierai…

— A l'avenir, quand vous vous trouverez dans de telles circonstances, je veux que vous veniez me trouver immédiatement, au lieu de vous mettre dans tous vos états pour une bagatelle. Nous aurions pu engager un maître de danse.

— Je suis désolée, répéta-t-elle. D'avoir attendu si longtemps et de vous déranger dans votre travail. Vous avez raison. Cela aurait pu être réglé sans vous importuner.

Il posa un doigt sur ses lèvres.

— Miranda, vous vous méprenez sur ce que je dis. Quand vous avez un problème, vous devez venir me voir et non rester dans votre chambre, à vous inquiéter de savoir quelle sera ma réaction. Je ne vous garantis pas que je ne me mettrai jamais en colère, car vous m'avez déjà vu ainsi et ne le croiriez pas. Mais je vous le promets : j'aboie, mais ne mords pas. Et j'ai juré devant Dieu, si vous vous en souvenez, de vous chérir et de vous protéger.

Sans détacher les yeux d'elle, il lui prit une main et la porta à ses lèvres.

Comme il était étrange, pensa-t-elle pendant qu'il en baisait le dos, qu'il y ait tant de sensibilité en cet endroit. Qu'elle puisse sentir ses lèvres chaudes sur sa chair, et la douce rugosité de sa peau, pas seulement sur sa main mais au plus profond d'elle-même. Le pouce de Marcus frottait sa paume, effleurant les endroits où il y avait eu des cals, et sa chair redevenue sensible la picotait. Puis il retourna sa main, pressant ses lèvres sur sa paume et en traçant les lignes du bout de sa langue. Quand il la regarda, ses yeux étaient sombres et sa voix rauque.

— Allez dans la salle de bal. Je vous y rejoindrai bientôt.

Quand elle entra dans la pièce, Miranda la considéra d'un œil critique. Encore un endroit qui n'avait pas été nettoyé depuis des lustres. Et qui ne servait plus, probablement, depuis le premier mariage du duc. Soulevant les housses, elle découvrit de délicates chaises aux pieds dorés, de petites tables et des pupitres à partitions. Les candélabres étaient couverts de poussière et de cire fondue. Le plafond était taché par la fumée et des toiles d'araignées pendaient des chérubins dorés et des guirlandes en plâtre qui ornaient les murs. Cette pièce pourrait être magnifique, se dit-elle, après un bon nettoyage. Décorée avec des fleurs fraîches. Des bougies. Des mets délicats disposés sur un buffet pour les invités. De petits gâteaux, de la citronnade et du champagne. Elle s'était imaginé cette scène maintes fois, quand elle préparait des salles comme celle-ci pour le bal de quelqu'un d'autre.

Derrière elle, l'un des valets accordait un violon et un

autre domestique s'était procuré une flûte qu'il essayait. Les serviteurs s'étaient rassemblés en un groupe curieux et chuchotaient entre eux.

Puis les portes s'ouvrirent largement et son mari entra à grands pas, portant une petite boîte. Il sourit aux domestiques.

— Je vois que nous avons plus que le nombre requis pour un quadrille. Tout le monde essaie donc d'échapper à ses tâches ? Je suppose que personne n'est resté en arrière pour tourner une broche ou polir l'argenterie.

Les domestiques prirent un air incertain.

— Si c'est le cas, allez les chercher. Déclarons une pause dans les travaux domestiques, au moins pour quelques heures. Je gage que ma femme vous fait travailler dur, à en juger par les étonnantes transformations que j'ai vues dans la maison ces dernières semaines. Mais ne craignez rien. J'ai l'intention de la tenir occupée un moment, et elle ne pourra pas vous reprocher de ne pas avoir balayé ce sol.

Il se tourna vers Miranda.

— Et vous, ma chère, si nous devons jouer à aller au bal cet après-midi, j'ai pensé qu'il vous plairait d'être parée.

Il ouvrit la boîte qu'il portait et en retira les émeraudes, comme Polly l'avait prédit.

— Le collier du portrait, murmura-t-elle.

— Les pierres, corrigea-t-il, mais pas le collier. Quand j'étais à Londres, je les ai fait ressertir.

Il passa un doigt sur le bijou.

— Elles sont moins communes et voyantes qu'elles l'étaient. La monture en or est aussi délicate et gracieuse que la gorge de celle qui la portera, et j'ai fait ajouter des diamants pour aller avec l'éclat de vos yeux. Puis-je ?

— Oui.

Il passa derrière elle, posa le collier entre ses seins et s'occupa de la fermeture, effleurant sa nuque. Puis sa main s'attarda sur l'épaule de sa femme, il l'attira à lui et lui murmura à l'oreille :

— J'espère vous faire me dire oui de nombreuses fois avant la fin de la nuit, et je vous jure que vous ne le regretterez pas. Que dites-vous de cela, madame ?

Elle devint écarlate.

— Oui.

— Fort bien.

Puis il déclara, assez fort pour que les domestiques puissent l'entendre :

— Commençons par quelque chose de simple que nous connaissons tous. L'air de la *Gigue de sir Roger de Coverly.*

Avec l'aide du violon et de la flûte, marquant la cadence de son pied, il entraîna sa femme et les domestiques dans la danse, puis dans un quadrille, un menuet et plusieurs danses campagnardes, jusqu'à ce qu'ils soient tous hilares et épuisés.

— Il y a une dernière danse que je voudrais vous apprendre, bien que vous n'en ayez pas besoin pour ce soir.

— Pas besoin ?

Il lui sourit et son sang se réchauffa dans ses veines.

— Non. On la danse sur le continent, mais elle est beaucoup trop coquine pour un bal de campagne anglais.

— Trop coquine ?

— De fait. Car l'homme doit mettre ses mains comme ceci.

Il posa une main sur sa taille et l'attira contre lui.

— Cela ne semble pas trop coquin, murmura Miranda. Quand vous le faites, c'est même très agréable.

— Parfait. Alors allons-y. Violoniste, un air à trois temps. Une valse.

Et il emporta sa femme dans la danse.

Elle eut du mal, au début, à déchiffrer les pas, même s'ils étaient simples. Mais il la serra plus étroitement contre lui et elle sentit ses jambes bouger contre les siennes, tandis que le bras passé autour de sa taille la guidait. Soudain, rien ne parut plus naturel que de le suivre et de se mouvoir comme il le faisait. Il la regarda dans les yeux et elle sentit que son cœur désirait la même chose, l'accompagner et battre en harmonie avec le sien.

La musique s'arrêta, mais elle avait envie de continuer.

Elle soupira.

— Et nous n'aurons pas à valser, au bal ? Comme c'est dommage.

— Pas du tout. Car je devrai vous partager avec d'autres partenaires.

— Peut-être une autre fois, alors ?

Il se pencha vers elle et lui chuchota à l'oreille :

— Ce soir ? Si vous venez dans ma chambre après le bal, je danserai avec vous autant que vous le voudrez. Et je vous enseignerai d'autres pas qui nous donneront beaucoup de plaisir à tous les deux.

— Oui.

— Montez vous préparer, madame ma femme. Reposez-vous. Car c'est une longue nuit qui nous attend.

Il courba la tête et effleura de ses lèvres le cou de Miranda avant de la relâcher.

Elle s'empressa de rejoindre sa chambre, demandant à Polly de lui servir une légère collation, puis de s'occuper de son bain et de sa toilette.

Elle essaya de se reposer, mais elle ne put dormir. Son

sang chantait dans ses veines. Le bal et les soucis qui l'entouraient étaient oubliés. C'était seulement un endroit où elle passerait quelques heures avant de rentrer chez elle avec son mari. Toutes ses craintes s'étaient évaporées quand il l'avait fait danser. Il l'avait tenue fermement, mais sa voix était douce, et le baiser qu'il avait posé sur son cou avait été chaud et prometteur.

Elle ne s'inquiétait plus de ne pas trouver de plaisir dans le lit conjugal. Marcus n'avait été rien d'autre qu'accommodant en toutes choses, et attentif à ses humeurs. Et il serait ainsi ce soir-là aussi, elle en était convaincue.

Elle portait toujours le lourd collier qui symbolisait sa maison, mais ce n'était pas une trop grande charge, puisque c'était Marcus qui le lui avait passé. Il pourrait le lui enlever plus tard.

22.

Polly supervisa son habillage, ce qui était aussi bien car Miranda était dans un tel état qu'elle ne reconnaissait même plus son propre corps. Chaque partie d'elle-même lui paraissait nouvelle et pleine d'excitation. Sa robe faisait ressortir les émeraudes. Ses cheveux étaient ramassés sur sa tête et ornés de petits clips en diamants qui étincelaient à la lueur du feu.

Quand ce fut l'heure de partir, on frappa à la porte principale de sa chambre. Polly ouvrit et son mari s'encadra sur le seuil, l'observant.

Elle tourna sur elle-même devant lui. Quand elle lui refit face, il la dévorait des yeux.

— Magnifique.

— Est-ce que je vous plais ?

— Beaucoup.

Il lui prit la main et la caressa avant de la porter à ses lèvres. Puis il l'escorta jusqu'à la voiture, l'aida à monter et s'installa face à elle.

Elle jeta un coup d'œil au siège près d'elle et se demanda pourquoi il choisissait de se tenir si éloigné.

Comme s'il lisait dans ses pensées, il déclara :

— Le travail de Polly risquera moins si je garde mes distances avec vous, ma chère.

— Comment cela ?

— Je ne me fie pas à moi-même dans l'intimité de cette voiture. A la moindre occasion, je serais capable de vous attirer sur mes genoux et de vous montrer ce que je pense de ma nouvelle épouse, et nous devrions faire demi-tour avant d'atteindre le bal.

— Et que pensez-vous de moi ?

— Je pense que vous êtes trop habillée.

Elle baissa les yeux sur sa robe, alarmée.

— Est-ce trop ?

Il rit, d'un rire sourd et sensuel.

— N'importe quelle robe est en trop, ma chère. Vous êtes charmante telle que vous êtes, mais vous voir allongée nue sur cette banquette serait encore infiniment mieux.

— Nue ?

— Peut-être vous laisserais-je garder le collier d'émeraudes, pour vous tenir chaud.

— Et que ferez-vous, pendant que je gèlerai à mort ?

— Je m'allongerai près de vous, pour que vous ne preniez pas froid. J'enfouirai une main dans les jolies boucles qui ornent votre cou et l'autre dans celles qui se trouvent entre vos jambes. Et je réchaufferai de mes lèvres tout ce qu'il y a au milieu.

Elle trembla à cette idée, songeant qu'il pourrait la prendre dans la voiture ce soir-là, lors de leur trajet de retour.

— Est-ce ainsi qu'il doit en être entre nous, Marcus ?

Il hocha la tête.

— Avec moi follement épris et foudroyant du regard tout homme qui dansera avec vous ce soir. Aboyant de rage à l'encontre des jeunes freluquets qui vous entoureront, vous offrant du champagne, effrayant vos admirateurs et me faisant passer pour un sot. Pendant que les autres dames riront derrière leur éventail en voyant comment vous m'avez entièrement soumis à vos charmes en l'espace de quelques semaines.

— Je vous ai charmé ?

— Complètement. Je me rends compte que je ne puis songer à rien d'autre qu'à vous tenir dans mes bras, et vous avoir à mon côté. Je suis à vos ordres, Miranda, que vous vouliez ou non de moi. J'espère que le pasteur et sa femme seront là pour le voir. Ils seront fort déçus de me trouver changé à ce point.

Elle sourit.

— Devrons-nous rester très tard, ce soir ?

Il haussa les sourcils.

— Vous préféreriez rentrer à la maison ?

Elle sourit de nouveau.

— Avec vous. Oui.

— Oh, Miranda, vous avez été placée sur cette terre pour m'écarter de mes devoirs. La courtoisie exige que nous fassions une apparition. Nous resterons jusqu'à minuit, puis nous nous éclipserons discrètement avant le souper. Je dirai à notre hôte que, comme je suis fraîchement marié et follement amoureux, je ne puis supporter de vous partager.

— Follement ?

— Absolument.

Miranda lui décocha un autre sourire.

— Et je dirai à notre hôtesse que si je ne suis pas de bonne compagnie, c'est parce qu'il me coûte de me séparer de vous, fût-ce pour une heure.

Il sourit largement.

— Alors nous rentrerons dès que nous le pourrons, et

créerons autant de scandale que possible avant de disparaître. Peut-être vous embrasserai-je sur la piste de danse.

— Peut-être vous rendrai-je votre baiser. Cela choquera certainement le pasteur et sa femme.

Il rit et lui envoya un baiser tandis que la voiture s'arrêtait devant la grande maison où le bal devait avoir lieu. Il lui prit le bras, la conduisit pour qu'elle soit annoncée et l'escorta dans la file des invités qui saluaient les hôtes, un lord local et sa femme qui le connaissaient depuis son enfance.

Le vieil homme aux joues roses sourit à Miranda et demanda :

— Où avez-vous trouvé une si charmante petite chose, Haughleigh ? Pas sur le continent, sûrement.

— Elle m'a été apportée par cette tempête, il y a quelques semaines. Et le vent soufflait fort. J'ai su tout de suite que je devais l'avoir.

Marcus sourit à sa femme avec une fierté si évidente qu'elle ne put s'empêcher de lui rendre son sourire.

Il la fit danser une fois puis il la quitta, lui baisant la main tandis qu'une horde de jeunes gens l'entouraient et quêtaient une place sur son carnet de bal, se demandant à haute voix si elle pouvait avoir une sœur à moitié aussi jolie qu'elle.

A sa surprise, Miranda trouva le bal agréable, malgré l'absence de son mari. Tandis qu'elle tourbillonnait sur la piste de danse, elle aperçut de temps à autre Marcus qui se trouvait dans la foule, souriant avec fierté devant le succès qu'elle s'attirait. Et ses qualités de danseuse étaient tout à fait à la hauteur de beaucoup de ses cavaliers. Elle participait à une gigue et riait du nombre de fois où son partenaire lui avait marché sur les pieds, quand l'homme qui se trouvait au bout de la file l'arrêta et la fit pivoter sur place.

— St. John !

Elle articula son nom tandis qu'il souriait en la regardant dans les yeux.

Elle vacilla, se reprit et se remit à danser avec son cavalier, l'esprit allant plus vite que la musique.

Bien sûr, elle serait amenée à le revoir. Il avait été banni de la maison, et elle avait espéré que cela signifierait qu'il disparaîtrait. Mais cela voulait juste dire qu'il était hors de vue de son frère. Elle n'avait nulle raison de penser qu'il n'était pas tout près, et il n'y avait aucune raison non plus pour qu'il ne puisse se montrer chez un vieil ami de la famille.

Est-ce que Marcus l'avait vu ? Est-ce qu'ils s'étaient parlé ? Elle en doutait. La dernière fois qu'elle avait aperçu son mari, il lui avait paru détendu et heureux, pas du tout l'homme qu'il était quand St. John était présent. Ou même seulement mentionné dans une conversation, se rappela-t-elle. La haine qu'il y avait entre eux, quelle qu'en soit la cause, était si profonde qu'ils ne pouvaient se trouver dans la même pièce sans qu'il y ait un incident. Elle devait avertir…

Qui ? Elle ne pouvait guère suggérer à Marcus de partir avant de rencontrer St. John. Cela aurait trop l'air d'une retraite à ses yeux d'homme fier.

Et St. John ? Si elle lui parlait, les résultats pouvaient être désastreux. S'il prenait son intervention pour une marque d'intérêt ? Si Marcus les voyait ensemble ? Ou si St. John parlait à son frère des deux semaines pendant lesquelles il était parti ? Plus pour le jeune homme que pour elle-même, la moindre évocation de ce qui s'était passé entre eux serait pire que désastreuse.

La bouffée de culpabilité qui l'envahit quand elle songea

à sa dernière rencontre avec son beau-frère lui suffit pour mesurer le danger de la situation. Elle ne pouvait en parler ni à l'un ni à l'autre, sans gâcher ce qu'elle avait espéré être une soirée parfaite. Elle scruta la salle de bal, mais n'y vit nulle trace de son mari, ni de St. John.

Ce serait un mensonge, et elle avait promis à Marcus de ne pas lui mentir, mais il fallait en passer par là. Il était presque minuit, et il lui avait promis qu'ils pourraient s'en aller à ce moment-là. Elle n'avait qu'à lui chuchoter à l'oreille qu'elle ne pouvait en supporter davantage et ils monteraient dans leur voiture pour rentrer chez eux.

Après sa dernière danse, elle s'éventa et avoua à son cavalier qu'elle se sentait faible et qu'elle avait besoin d'air. Elle déclina son offre de compagnie, mais lui suggéra que s'il voyait le duc, il lui dise qu'elle était prête à partir. Sur ce, elle quitta la salle de bal et se rendit sur la terrasse, la scrutant en quête de son mari. S'il ne dansait pas, il devait être ici, ou dans la salle de jeu. Il faudrait qu'elle le cherche de façon systématique.

— Vous recherchez un peu d'intimité, Miranda ? Ou est-ce moi que vous cherchez ?

— St. John.

Elle pirouetta sur elle-même et le vit qui se tenait dans l'ombre, près d'un buisson d'ornement.

— Bien sûr. Vous ne pensiez pas que je m'absenterais longtemps, ma chère, avec tant de choses non terminées entre nous.

— Il n'y a rien d'inachevé. Je pensais que j'avais été claire quand je vous ai fermé ma porte au nez.

— Pas suffisamment claire, et de loin. Selon mon expérience, une porte claquée est une invitation à essayer de plus belle une autre fois. Si c'était vraiment fini entre nous, vous en auriez parlé à Marcus. Et il m'aurait provoqué en duel comme il brûle de le faire depuis des années.

Il s'approcha et elle recula d'autant, s'adossant à la balustrade.

— Mais vous ne lui avez rien dit, n'est-ce pas, Miranda ? Pourquoi pas ? Avez-vous honte de la façon dont vous avez agi ? De la façon dont vous avez encouragé mes avances pendant que votre mari n'était pas là ?

— Je ne vous ai pas encouragé.

— Vous ne m'avez pas découragé non plus, comme vous auriez dû le faire si vous aviez l'intention d'être fidèle à mon frère. Peut-être que je lui épargne seulement la peine de découvrir plus tard quelle femme déloyale il a épousée.

Il se pencha vers elle et elle essaya de s'écarter, pressant son dos contre la balustrade.

— Vous avez peur, maintenant que votre mari est à proximité, de ce qui peut encore arriver entre nous ?

— Rien n'arrivera.

Elle chercha à l'éviter, mais il la coinça entre son bras et une plante voisine.

— Trop tard, ma chère. Il y a déjà quelque chose entre nous. Vous l'avez senti. Ne le niez pas.

— Je suis désolée si je vous ai donné l'impression que j'étais intéressée.

— Donné l'impression ?

Il se pencha plus près encore et son rire bas agita les cheveux de Miranda près de son oreille.

— Vos yeux se sont assombris quand je me suis approché de vous. Et votre souffle s'est accéléré. Vous avez taquiné ma lèvre avec vos dents quand je vous ai embrassée.

— Arrêtez cela.

Elle le repoussa avec force, passant devant lui pour retourner dans la salle de bal.

Il lui attrapa le poignet et la retint fermement.

— Lâchez-moi, murmura-t-elle. On va nous voir.

— Et pourquoi m'en soucierais-je ?

Elle nota avec stupeur son expression farouche, celle d'un prédateur.

— Votre réputation en souffrira. La mienne y gagnera. Demandez à votre mari. Ce n'est rien d'autre que la conduite que tout le monde attend de moi.

Miranda le foudroya du regard.

— Que voulez-vous ? Que dois-je faire pour que vous me laissiez partir ?

— Vous laisser partir ?

Il réfléchit à la question.

— Je n'ai aucune intention de vous laisser partir, maintenant que je vous ai où je veux. Peut-être le jour où je me lasserai de vous, où le jeu deviendra ennuyeux, mais je suis sûr qu'il y a de nombreuses choses que nous pouvons trouver à faire avant ce moment-là.

— Lâchez-moi tout de suite, ou je vais...

— Le dire à votre mari ? Disons-le-lui ensemble et voyons qui il écoutera. Je lui raconterai tout des deux semaines que nous avons passées ensemble. Je n'aurai même pas à mentir. Je connais mon frère mieux que vous, chérie. Je vous l'assure, la vérité sera amplement suffisante.

— Alors que dois-je faire... — elle grinça des dents — pour obtenir votre silence ?

— Simplement vous montrer une sœur généreuse.

Il se pencha de nouveau et lui lécha l'oreille.

— Vous me dégoûtez.

— Avec les lumières allumées, peut-être. Mais dans le noir, vous me trouverez charmant. Et avec mon frère occupé à remettre le domaine en ordre, nous aurons beaucoup de temps pour apprendre à mieux nous connaître.

Elle frissonna.

— Il vous tuera.

— Seulement s'il nous surprend. Il vous tuera aussi. Mon frère est un homme très jaloux.

— Mais supposez…

— Que vous lui donniez une portée de bâtards aux cheveux blonds ?

Il rit.

— C'est son pire cauchemar, vous savez. Une sorte d'obsession, en vérité.

Il tendit la main et enfonça son poing dans le ventre de Miranda, cherchant une dureté qui parlerait d'elle-même.

— Vous n'êtes pas encore grosse, n'est-ce pas ? Alors, pour l'instant, nous devrons être prudents. Mon frère peut avoir le ventre et bonne chance à lui. De fait, c'est tout ce qui l'intéresse. Mais je demande le droit à tout le reste.

— Non.

— Vraiment ? Vous êtes sûre ? Ce que je suggère n'est pas une chose désagréable. Tout à fait plaisante, même. Mais vous le savez déjà, n'est-ce pas ?

Elle se raidit.

— De quoi parlez-vous ?

— Seulement du fait que je sais d'où vous venez, ma chère. Une élève zélée de lady Cecily Dawson, n'est-ce pas ? Que vous a-t-elle appris, je me le demande, avant de vous envoyer à mon frère pour jouer à la duchesse ?

— Je n'ai aucune idée de ce que vous voulez dire.

— Bien sûr que non, Miranda. Vous allez sans doute

prétendre que vous ne saviez pas que votre tutrice était une courtisane notoire. Ma mère m'a tout dit avant de mourir. Mais elle n'a rien dit à mon frère, sinon il n'aurait pas voulu de vous. Et il n'a pas besoin de connaître votre passé, comme il n'a pas besoin de savoir que nous avons été ensemble, si nous faisons attention. Je connais des tours que vous n'apprendrez jamais de Marcus, ni même de l'infâme Cecily. Et je les partagerai tous avec vous.

— Pour le plaisir de le faire cocu ?

— Bien vu, chère dame. Cela ajoutera du sel à la rencontre, de savoir que je fais ces choses-là avec la femme de mon frère.

Il s'appuya contre la jambe de Miranda et elle recula en tremblant.

— Ne me touchez pas.

Il soupira.

— Si cruelle. Tellement sans cœur. Vous me laisseriez souffrir ?

Soudain, il prit un ton affairé.

— Vous ne voulez pas qu'on vous voie seule avec moi ? Je vais faire une promenade de détente dans le jardin. Dans quinze minutes, je me rendrai dans la bibliothèque, qui ouvre dans le vestibule à la gauche de la salle de bal. Retrouvez-moi là, et nous pourrons passer ensemble le premier de nombreux moments délicieux.

— Et si je ne viens pas ?

— Alors je reviendrai dans la salle de bal et déclarerai haut et fort comment vous avez été élevée par une catin, et m'avez brisé le cœur après m'avoir tout donné, et avant de retourner à mon frère. Choisissez. Et j'espère que vous choisirez sagement.

Il sauta par-dessus la balustrade et s'éloigna dans une allée du jardin en sifflotant doucement. Miranda se tourna vers la maison, l'esprit en déroute.

Tout allait si bien ; la soirée n'allait pas se terminer ainsi. Il devait exister un moyen de l'empêcher. Elle allait trouver Marcus et le prier de la ramener à la maison. Elle doutait que St. John se donne la peine de la salir si son mari n'était pas là pour entendre l'histoire.

Elle chercha dans la salle de bal, dans la salle de jeu et dans d'autres pièces voisines, mais Marcus n'était nulle part. Le temps filait. Elle devait trouver un autre plan.

« Tu pourrais le rejoindre, lui suggéra une petite voix dans sa tête, le laisser faire le pire et être tranquille. Personne n'en saurait rien. C'est ce que Cici aurait fait. »

— Non, dit-elle à haute voix.

Elle n'irait pas le rejoindre, n'aurait pas d'autres secrets pour son mari. Elle mourrait d'abord.

« Si quelqu'un doit mourir, pourquoi faut-il que ce soit toi ? poursuivit la petite voix. Tu n'es qu'une fille stupide, piégée par les circonstances. Mais St. John — c'est lui qui t'a piégée. Il est mauvais. Et tant qu'il vivra, il sera un danger pour toi et pour ton mari, l'homme qu'il brûle de détruire. »

Elle continua à scruter la foule pour trouver Marcus, et une idée se forma dans sa tête. Elle pouvait aller dans la bibliothèque. Elle pouvait répondre à son défi et lui dire qu'il n'y avait aucune chance qu'elle le laisse la toucher. Puis elle pourrait aller jusqu'à la cheminée. Il y aurait un pique-feu. Un coup bien appliqué pourrait résoudre définitivement son problème.

Elle frissonna. C'était horrible. Trop horrible pour l'envisager. Elle aurait son sang sur les mains.

Mais elle ne pouvait être infidèle à l'homme qu'elle aimait. Aucune honte ne valait la peine de risquer cela.

Et si St. John lui sautait dessus dès qu'elle serait entrée dans la pièce ?

C'était peu probable, se dit-elle. Il préférerait jouer avec elle. Il ne la forcerait pas. Il essaierait de la persuader de venir dans ses bras. Cela lui donnerait le temps de trouver une arme.

Mais si un coup ne suffisait pas ?

S'il survivait, ou même s'il mourait et qu'elle soit découverte, elle dirait qu'elle l'avait fait pour défendre son honneur. Ses mensonges ne pourraient être moins crédibles que ceux de St. John.

L'horloge du vestibule indiquait 23 h 55. Peut-être que si elle se trouvait dans la pièce avant lui, elle pourrait se poster près d'une arme avant qu'il arrive. Elle emprunta le couloir désert. Que se passerait-il si on la découvrait maintenant ? Ces témoins se diraient qu'elle cherchait simplement son mari. Elle ouvrit la porte de la pièce obscure et appela doucement :

— Marcus ?

Il faisait très noir. Elle n'avait pas prévu cela. Il n'y avait pas de bougies allumées et le feu couvait, ne révélant que les contours des meubles et de vagues formes. Elle s'avança. Soudain, elle sentit le jeune homme derrière elle, qui la poussait en avant et refermait la porte.

Il fut sur elle avant qu'elle puisse réagir, la plaquant contre le mur de son corps et glissant une main dans ses cheveux.

— Oh, non, réussit-elle à dire avant que ses lèvres se posent sur les siennes.

L'élément de surprise n'avait pas joué en sa faveur. Ses bras l'attirèrent à lui et il chuchota :

— Ma Miranda chérie. J'ai attendu si longtemps.

Et sa bouche fut de nouveau sur la sienne, tandis que ses mains s'emparaient de son corps. Et elle se rappela la vraie raison pour laquelle St. John était un danger pour elle. Quand il le voulait, il pouvait être très doux, insupportablement doux. Aussi doux que le baiser qu'il lui donnait maintenant, qui était une lente exploration de sa bouche, et qui se changea, quand elle soupira, en un assaut livré entre ses lèvres, tandis qu'il les pénétrait de sa langue selon un rythme qui devint vite frénétique. L'esprit de Miranda lui criait de le repousser, mais son corps réclamait une autre sorte de conclusion. Le compromis entre les deux fut une vaine tentative de ses deux mains sur sa poitrine, et un « Non, il ne faut pas » qui sonna beaucoup plus comme une prière pour obtenir davantage.

St. John la serra plus fort contre lui.

— Oh, si, il le faut. Ici. Maintenant. Vite, avant que quelqu'un nous trouve. N'attendons plus.

— Mon mari…

Elle essaya de rassembler ses esprits pour se défendre contre lui, tandis que ses lèvres descendaient le long de son cou et se posaient sur son épaule.

Il grogna et ses mains glissèrent plus bas, relevant l'ourlet de sa robe et trouvant la chair tendre de son postérieur, pour la triturer et l'écraser contre son sexe durci. Miranda sentit ses doigts s'insinuer entre eux pour atteindre les boutons de ses culottes. Elle sut ce qui allait arriver et se débattit.

— Non ! St. John. Lâchez-moi. Vous avez promis que vous ne feriez pas…

— Quoi ?

Il se raidit contre elle, l'écartant de lui. Alors la porte s'ouvrit et Miranda lutta pour rester debout. Elle vit la silhouette de l'homme qui s'encadrait sur le seuil. Il entra dans la pièce, ferma la porte et craqua une allumette.

— Eh bien, je dois dire, c'est une scène intéressante. J'arrive quelques minutes en retard et découvre que vous avez commencé sans moi. Et quel choix de partenaires !

St. John parcourut la pièce pendant que les yeux de Miranda s'ajustaient encore à la lumière, et alluma une bougie qui emplit l'endroit d'ombres vacillantes.

— L'appréciez-vous autant que je l'ai appréciée, Marcus ?

Elle regarda avec horreur le visage de l'homme qui se tenait face à elle.

Ses bras l'enlaçaient encore, la clouant sur place devant lui. Mais le corps qui avait bougé contre elle quelques instants plus tôt semblait s'être changé en pierre. Peut-être était-ce un effet de la lumière, mais son visage parut se durcir aussi pendant qu'elle l'observait, la passion et la contrariété en disparaissant pour laisser place à un masque de granit, impassible. Il porta les yeux de Miranda à St. John qui se tenait près de la cheminée et laissa échapper un rire rauque.

— Si vous pensez que vous pouvez me blesser de cette façon, St. John, vous vous trompez. Si je m'en souciais, je vous provoquerais en duel pour ceci. Mais le sang qui courrait dans mes veines quand je vous tuerais serait froid, pas bouillant. En vérité, je n'ai ni le temps ni l'énergie de me battre à mort à propos de chaque maudit jeu que vous jouez. Cela ne me semble pas valoir la peine de vous mettre une balle dans la tête simplement parce que vous êtes un fichu trublion.

Le rire de St. John fut léger et amusé.

— Oh, Marcus, quel acteur vous faites. Vous ne me provoquerez pas en duel parce que vous êtes mou et faible et que vous ne vous fiez pas à votre main pour achever le travail, le moment venu. Et je n'ai nul désir de vous tuer à l'aube. Je préfère vous blesser. Comment appelait-on cette torture dans les récits d'aventures que nous lisions quand nous étions enfants ? La mort par mille blessures. C'est ce que je veux pour vous. Je veux vous voir saigner. Souffrir comme j'ai souffert.

— Alors je suis désolé de vous décevoir. Est-ce tout, St. John ?

— Pour le moment, Marcus.

— Bonne soirée, donc.

St. John exécuta une courbette pleine d'ironie à l'intention de son frère.

— Avec votre permission, Votre Grâce.

Et il franchit d'un pas léger la porte de la bibliothèque, les laissant seuls.

Alors seulement, quand il entendit la porte se refermer, le duc s'écarta de Miranda comme si elle était en feu et que son contact le brûlait.

— Marcus, dit-elle d'une voix tendue. Je peux vous expliquer.

— Je vous ai assez entendue pour ce soir. Je vais prendre congé de notre hôte. Je dirai que vous êtes souffrante et que nous rentrons. Attendez ici, jusqu'à ce que j'envoie un valet vous chercher et vous conduire à la voiture.

Il la contempla avec dégoût.

— D'ici là, essayez de vous composer une apparence pour avoir plus l'air d'une duchesse et moins l'air d'une catin.

Sur ces mots, il sortit à grands pas de la pièce.

Ils firent le trajet de retour en silence. Marcus regardait devant lui dans l'obscurité, et Miranda craignait de le déranger.

Elle fit néanmoins quelques tentatives pour s'excuser, mais il se contenta de baisser les yeux sur elle, comme s'il se demandait d'où venait ce bruit.

Quand il arrêta la voiture dans l'allée, il lança les rênes au palefrenier et pénétra dans la maison, Miranda derrière lui.

Il jeta son manteau sur la banquette du vestibule, sans attendre qu'un valet le prenne, et se tourna vers elle.

— Madame, je vous attends.

Puis il fit volte-face et s'engagea dans l'escalier.

Il allait y avoir une scène. Il valait mieux, quand elle se produirait, qu'ils soient seuls. Il n'était pas utile que les domestiques sachent quel désastre avait été la soirée.

Miranda espéra qu'il ne lui réservait que des mots. La ligne de son dos, tandis qu'il gravissait les marches devant elle, était aussi rigide qu'une barre de fer.

Que se passerait-il si elle l'avait poussé à la violence ? Il était trop tard pour prétendre que ce n'avait pas été sa faute. Qu'elle avait été piégée dans cette situation. Qu'elle n'avait jamais eu l'intention de lui faire du mal ou de le tromper. Qui croirait-il ? Elle, peut-être, si elle n'avait pas établi clairement, dans la bibliothèque, qu'elle se croyait dans les bras d'un autre homme. Il lui serait impossible, maintenant, de le convaincre qu'elle n'était qu'une victime innocente.

Elle s'arrêta devant sa propre porte, une main sur la poignée.

— Renvoyez votre femme de chambre.

— Mais…

Elle toucha son corselct.

— Vous n'aurez pas besoin d'elle ce soir. Renvoyez-la et venez dans ma chambre.

Il la dépassa d'un pas raide pour rentrer chez lui et referma sa porte derrière lui.

Miranda pénétra dans sa chambre et dit à une Polly ensommeillée qu'elle n'aurait pas besoin de ses services. La jeune servante lui décocha un grand sourire et s'éclipsa. Si elle vit l'expression de sa maîtresse, elle dut la prendre pour de la nervosité et non pour de la terreur.

Miranda regarda autour d'elle, cherchant une solution. Elle ne pouvait fermer les portes à clé. Ignorer les ordres du duc rendrait la situation encore pire. Ses genoux flanchaient sous elle.

— Je vous attends, madame.

Il se tenait sur le seuil de la porte de communication.

Elle tendit la main vers le peignoir qui se trouvait au pied du lit.

— Vous n'en aurez pas besoin. Laissez cela et venez dans ma chambre.

Il se détourna et disparut, elle le suivit.

Il avait ôté sa jaquette et son gilet, et sa chemise blanche ressortait à la lumière des bougies. Elle s'avança dans la pièce, ne sachant ce qu'il attendait d'elle. Il l'ignora, s'assit sur le lit et se débarrassa de ses bottes et de ses bas, qu'il jeta dans un coin. Il défit son écharpe avec brusquerie et tira sa chemise par-dessus sa tête, pour la jeter à terre de la même façon. Puis il regarda Miranda d'un air d'attente.

Elle fixa son corps dans la pénombre. Son torse était large et lisse, et ses muscles jouèrent dans ses bras quand il commença à défaire les boutons de ses culottes. Chacun de ses mouvements révélait sa force, comme s'il était habité d'une énergie qui attendait d'être libérée.

Il s'arrêta et la dévisagea.

— Eh bien ?

— Que… que voulez-vous de moi ?

— Rien que vous n'avez donné librement ailleurs. Le temps des discussions et de l'attente est révolu. Otez votre robe.

— Je ne peux pas. Je ne puis atteindre…

Elle fit un geste impuissant. Il soupira avec impatience, se leva et traversa la pièce pour venir la rejoindre.

Elle lui tourna le dos et sentit ses cheveux se hérisser sur sa nuque. Elle se tint immobile, retenant son souffle, pendant que ses mains défaisaient les crochets. Ils cédèrent un à un, son corselet s'ouvrit et glissa. Marcus posa une main sur son corset et l'autre sur sa taille et tira sur les lacets, les dénouant en une série de gestes brusques. Puis il s'arrêta et elle entendit qu'il regagnait le lit.

Elle garda le dos tourné et émergea de sa robe. Elle la ramassa et lissa l'étoffe de la main, avant de chercher un endroit où la pendre ou la poser.

— Laissez cela.

Elle la laissa tomber et s'écarta. Ensuite, elle ôta ses ballerines et ses bas et les déposa par terre, près de la robe.

— Tournez-vous.

Elle obéit, les yeux rivés sur le sol.

— Regardez-moi quand je vous parle.

Lentement, elle releva son regard. Les culottes avaient suivi le reste de ses habits et il était allongé sur le côté, la tête appuyée sur son bras levé. Les muscles de son torse rejoignaient souplement ceux de son ventre. Et ceux-ci descendaient plus bas encore.

— Qu'est-ce que vous attendez ? Otez votre corset.

Elle voulut se détourner, mais il dit :

— Plus de ridicules démonstrations de modestie. Elles ne m'impressionnent pas. Si vous vous sentez intimidée devant moi maintenant, vous n'aurez bientôt plus de raison de l'être. Achevez de vous dévêtir. Je veux vous voir.

Elle finit de défaire les lacets et laissa tomber son corset, combattant l'envie de jeter un bras sur ses seins nus. Elle entendit que le souffle de Marcus changeait tandis qu'il la contemplait, et elle le regarda de nouveau dans les yeux.

— Le reste aussi. Enlevez-le.

Elle leva les mains pour défaire la fermeture du collier.

— Gardez les émeraudes. Et rappelez-vous qui vous êtes.

Qui elle était ? Elle ne le savait plus elle-même.

Elle dénoua le lien de son jupon et le laissa choir.

— Venez ici.

Elle s'avança vers le lit et se tint devant lui. Peut-être que si elle lui disait maintenant qu'elle n'avait jamais fait ceci, qu'elle était désolée, que tout cela n'était qu'une méprise, il se montrerait conciliant.

— Ce soir, je…

— Taisez-vous ! Pas un mot de plus. Allongez-vous près de moi.

Elle monta dans le lit et s'allongea à son côté, sur le dos. Elle tendit la main vers les couvertures pour les ramener sur elle, mais il les lui arracha et les rejeta au pied du lit, la laissant vulnérable.

Puis il la toucha.

Elle s'était tendue dans l'attente d'un coup. Quand il l'effleura, elle s'en aperçut à peine. Il passa une main sur son bras nu, et elle sentit ses poils se hérisser et sa chair la picoter. Puis ces caresses s'interrompirent et il fit glisser sa main sur son épaule, et plus bas. Il se saisit d'abord d'un sein, et ensuite de l'autre. Les tétons de Miranda se crispèrent et durcirent sous sa paume.

Elle fixa le plafond, craignant de le regarder. C'était un piège pour l'immobiliser avant les mots durs, avant la violence, avant…

Il courba la tête et prit la pointe d'un sein dans sa bouche. Et elle oublia tout sauf ce moment-là, sauf la sensation de ses lèvres sur sa poitrine et son sang qui résonnait à ses oreilles pendant que le monde chavirait sous elle.

Il abaissa sa main, lui caressant le ventre. Et plus bas encore, pour taquiner les boucles brunes entre ses cuisses. Sans le vouloir, Miranda se détendit et ouvrit les jambes, et il glissa sa main entre elles. Il la caressa et elle se sentit devenir moite, percevant la chaleur intense qui s'accumulait en elle et un besoin étrange qui la poussa à arquer ses hanches pour se presser contre ses doigts. Et quand il glissa un doigt en elle pour l'atteindre plus profondément, elle comprit ce qu'elle voulait et se berça contre lui, un gémissement s'échappant de ses lèvres.

Il leva la tête et lui souleva le menton de son autre main, la forçant à le regarder dans les yeux. Et elle se perdit dans son regard et dans ses caresses, sur elle et en elle. Elle découvrit l'étrangeté de ce qu'elle ressentait et le désir qui l'envahissait, jusqu'à ce qu'elle ne puisse plus le supporter. Quand elle pensa qu'elle allait crier qu'elle était à lui, qu'elle ne pouvait rien lui refuser, il l'emporta plus loin encore. La passion la brisa et elle resta étendue contre lui, anéantie et tremblante.

Puis la main de Marcus s'immobilisa et il déplaça son poids pour s'allonger sur elle. Il la pénétra lentement au début, et elle eut l'impression que son corps ne serait jamais assez vaste pour l'accepter en lui.

Puis il se retira avant de lancer un autre assaut, plus brusque cette fois, et elle réprima un cri sous la douleur, tournant la tête dans l'oreiller et serrant les draps entre ses poings crispés.

Il poussa un juron surpris, enfouit son visage au creux du cou de Miranda et se remit à bouger, encore et encore.

Ce fut vite terminé. Il frémit contre elle, laissa son poids peser sur elle, puis il roula sur le côté pour s'allonger à côté d'elle. Elle sentit sa main revenir entre ses jambes et elle trembla, mais il posa son autre main sur son épaule pour la calmer et la fit se tourner vers lui. Il l'effleura du bout des doigts et contempla le sang qui les tachait, avant de s'essuyer sur le drap.

Puis il tendit les bras vers elle et la serra convulsivement contre lui, le souffle court.

— Dormez, chuchota-t-il à son oreille.

23.

Il était fait.

Il le sentait dans la moelle de ses os.

Ce n'était pas la détresse qui le rongeait, ni la solitude. Il y était habitué. C'était la sensation qu'un changement se préparait. Le sentiment que quelque chose de merveilleux était à portée de sa main, pour constater ensuite que ses espoirs étaient anéantis et qu'il avait donné son cœur à une femme qui ne voulait pas de lui.

— Bonjour.

Elle était entrée si discrètement dans la pièce du petit déjeuner qu'il ne l'avait pas entendue. Et sa voix était rauque, comme si elle avait pleuré jusqu'à s'endormir après s'être retirée dans sa chambre dans la nuit. Incapable de se reposer, il était descendu dans la bibliothèque pour chercher la bouteille de cognac. Quand il était revenu, elle n'était plus dans son lit.

— Bonjour, répondit-il.

Que pouvait-il lui dire d'autre ?

Quelles excuses pouvait-il lui offrir ?

Quelle explication pouvait-il lui donner qui dépouillerait cette matinée de son amertumc ?

Elle était entrée dans sa vie avec réticence. Il avait ri en lui-même à l'idée que sa mère lui avait choisi l'épouse parfaite, une femme aussi malheureuse qu'il l'était. C'était un cas de similitude complète et ils pourraient vivre longtemps dans la tristesse sinistre de cette maison, élevant une bande d'enfants pitoyables dans un silence de pierre.

Mais il avait découvert son histoire et en avait été ému. Et il l'avait observée tandis qu'elle s'épanouissait, changeant la maison et son environnement et lui donnant des raisons d'espérer que les choses pouvaient être différentes.

Différentes pour lui.

Différentes entre eux.

— Du café ?

Avant qu'il puisse refuser, elle emplit sa tasse. Elle ferait de même avec son thé de l'après-midi, ajoutant le lait et le citron qu'il aimait. Il ne pouvait se rappeler lui avoir indiqué ses préférences, mais elle les connaissait néanmoins, et s'efforçait de veiller à son bien-être. Le café lui brûla la langue comme de la bile.

Il l'avait observée à travers la salle de bal, la veille, et elle l'avait ébloui. Portant la robe qu'il lui avait achetée, les bijoux qu'il lui avait donnés scintillant à son cou. Elle lui avait souri tandis que la foule l'emportait. Il avait entendu les soupirs des jeunes gens sur son passage et les murmures curieux des douairières, et il s'était réjoui de leur envie.

Le vin servi au dîner et le cognac qui avait suivi avaient été trop pour lui. Etrange que la boisson l'ait affecté ainsi. Mais il soupçonnait que ce n'était pas l'effet de l'alcool. Il était enivré par la vue de Miranda, la joie de savoir qu'elle était à lui. Son corps en bourdonnait. D'impatience. Il s'était senti…

Comme un jeune marié. Et il s'était lassé des sourires entendus que les autres hommes lui décochaient, des tapes trop cordiales dans le dos, quand il avait vu sa femme le chercher, appelant son nom et se faufilant dans la bibliothèque obscure.

Incapable d'attendre un moment de plus, il l'avait suivie. Excité au-delà de toute raison par le scandale que cela impliquait. Se précipitant vers l'inévitable. Et il l'aurait prise là, dans sa belle robe, sur le sol de la bibliothèque, si seulement…

Il abattit son poing sur la table pour se ramener à la réalité. Miranda sursauta, alarmée, lâchant la cuillère qu'elle tenait et qui tinta sur son assiette. Puis, avec fermeté, elle la ramassa et revint à son petit déjeuner, sans manger mais en déplaçant la nourriture dans son assiette comme si elle appréciait son repas.

Si seulement elle avait su qui il était. Mais les baisers qu'elle lui avait donnés étaient destinés à un autre.

Et quand ils étaient rentrés chez eux…

La femme qui lui avait souri au bal avait à peine pu se contraindre à le regarder. Et il l'avait fait taire, redoutant ce qu'elle pourrait dire.

« Je ne vous ai jamais aimé. »

« Lâchez-moi. »

« Laissez-moi aller à lui. »

Il s'était perdu dans l'albâtre de sa peau, dans la courbe de sa gorge. Un corps fait pour aimer et être aimé, même s'il contenait un cœur déloyal.

Mais, au moins, ce qui s'était passé entre sa femme et son frère n'était pas allé assez loin pour jeter des doutes sur la légitimité de leur union. Elle était venue vierge dans son lit. Il existait des moyens de duper un homme, il le savait bien, si une femme s'en donnait la peine. Mais elle n'avait pas eu le temps de préparer une ruse et il avait senti son corps réagir avec douleur, pas avec plaisir, quand il était entré en elle. Dans son manque d'égards et sa jalousie, il l'avait malmenée.

Il se leva de table et alla à la fenêtre d'où il contempla le jardin. Le soleil jouait sur les fleurs, se raillant d'eux par une illusion de paix et de bonheur.

— St. John est parti.

Elle était venue se placer près de lui et regardait aussi par la fenêtre.

— Je sais.

C'était la façon de faire de son frère, après tout. Comme toujours. Causer le plus de chaos possible et disparaître, laissant les dégâts derrière lui.

— Les valets d'écurie ont dit qu'il s'en était allé peu avant notre retour.

Ainsi, elle avait essayé de le trouver dès son réveil. Il crispa la main sur les tentures de velours et sentit les anneaux qui cédaient sous la traction de ses doigts. Il se força à se détendre avant de répondre.

— Je sais.

— La nuit dernière, au bal…

— Ne parlons plus de la nuit dernière, coupa-t-il. Je ne veux pas entendre les détails. Je souhaite oublier que cette nuit a existé — Dieu sait combien je souhaite l'oublier — si vous pouvez me promettre, me jurer, que tout enfant que vous mettrez au monde sera mien.

Il se tourna vers elle, attendant sa réponse.

— Je le jure, murmura-t-elle d'une voix presque inaudible.

— Fort bien, dit-il en se dégageant des rideaux. J'ai des affaires à traiter aujourd'hui. Je vous verrai ce soir.

Il sortit à grands pas de la pièce.

Miranda observa la tension qui nouait le dos de son mari,

comme s'il ne pouvait supporter le poids de son regard. Elle s'affaissa sur sa chaise et picora dans son assiette. Elle avait espéré, St. John parti, avoir une chance de régler les choses avec Marcus. Elle avait espéré se libérer de ses secrets, et il n'avait fait qu'aggraver la situation. Après la nuit dernière, il y avait un sujet de plus qu'elle ne devait pas aborder.

Maudit soit St. John de si bien connaître son frère. Il lui avait porté un coup au cœur, ainsi qu'à sa fierté. Elle avait été sûre, avant la nuit dernière, que Marcus s'était adouci à son égard et que les choses pourraient être plus faciles entre eux.

Et il avait répondu, quand elle l'avait trouvé dans la bibliothèque. Il avait répondu avec enthousiasme. Elle frémit tandis que le désir l'envahissait de nouveau. Si cela avait été St. John, aurait-elle réagi de cette façon ?

L'habileté de St. John n'aurait jamais pu dominer la haine qu'elle éprouvait pour lui. Quand elle avait trouvé Marcus, son cœur avait su ce que son esprit ignorait, et elle avait répondu à ses baisers. Mais comment pourrait-elle l'expliquer si son mari tenait à prétendre que rien ne s'était passé ? Et, pourtant, il parlait encore d'enfants.

« C'est tout ce qui l'intéresse. »

Peut-être. Mais s'il n'y avait pas d'amour, il y avait eu de la chaleur, auparavant. Et le sentiment qu'il pourrait y avoir de son côté plus que le désir de la mettre enceinte dans les moments qu'ils passeraient ensemble au lit. La nuit dernière, leur étreinte avait été brève et douloureuse pour elle, mais il ne s'était pas montré cruel avec elle. Elle se remémora la caresse de ses mains et de ses lèvres sur son corps et sentit le besoin de lui grandir en elle, chassant sa frayeur. Elle irait le rejoindre ce soir-là, sans ombre entre eux, et elle verrait s'il avait vraiment l'intention d'oublier le bal.

Marcus tint sa promesse et resta absent toute la journée et une partie de la soirée, la laissant dîner seule. Peut-être comptait-il oublier en évitant tout ce qui pouvait lui rappeler cet incident. Peut-être envisageait-il de s'absenter pendant des mois, lui rendant visite occasionnellement pour essayer de la mettre enceinte.

Elle grinça des dents. Cici avait raison. Le seul moyen de conforter sa position dans la maison était d'avoir un bébé dans les bras. Et si son mari avait l'intention de revenir, elle serait prête pour lui. Elle appela Polly et lui commanda un bain et sa plus belle chemise de nuit. Puis elle s'assit sur le bord de son lit et attendit, guettant des bruits venant de l'autre côté de la porte.

La pendule égrenait les minutes et les heures, et il était presque minuit quand elle fut prête à abandonner. Peut-être que si elle se faufilait chez lui par la porte de communication, il pourrait la trouver dans son lit, s'il rentrait.

S'il rentrait.

Il fallait qu'elle fasse quelque chose, se dit-elle, ou elle allait devenir folle à se poser des questions. Elle essaya de tourner la poignée et, comme la première nuit, elle céda. Elle poussa la porte.

Marcus était déjà là, assis sur le bord de son lit avec un verre de cognac à la main, et il regardait par la fenêtre.

— Marcus ?

Elle se tint sur le seuil, hésitant à avancer sans une invitation à entrer.

— Que voulez-vous, Miranda ?

Ce qu'elle voulait ? Pourquoi fallait-il qu'il rende les choses si difficiles ?

— Je pensais… Voulez-vous… Aurez-vous besoin de moi ce soir ?

Magnifique. Elle se sentait comme une servante, attendant d'être congédiée.

Il fit tourner le cognac dans son verre. Et sourit.

— Je ne vous attendais pas. Mais si vous persistez à vous tenir sur le seuil comme cela, j'aurai certainement besoin de vous. La lumière derrière vous rend cette chemise de nuit transparente.

— Oh.

Elle s'avança d'un pas, ferma la porte derrière elle et s'arrêta, confuse. Il l'avait admirée, ce qui était un résultat appréciable, et elle y avait mis fin en fermant la porte.

— Y a-t-il quelque chose que je puisse faire pour vous, Miranda ?

Oui, il y avait quelque chose, mais elle n'était pas sûre de ce que c'était. Cici saurait quoi faire pour séduire un homme, mais elle ne le lui avait pas expliqué en détails. Elle avait laissé entendre qu'une fois que les époux se trouvaient ensemble dans leur chambre et disponibles, il n'y avait pas besoin d'autre stratagème.

— Je pensais que peut-être, si vous êtes impatient que je conçoive, il serait sage d'essayer plus d'une fois.

Ces paroles parurent très drôles à Marcus. Il éclata de rire, se renversant en arrière sur le lit et répandant le reste de son cognac sur les draps.

— Vraiment ? Eh bien, madame. Je regrette de m'être attardé à l'auberge, car je peux à peine m'occuper de mes bottes. Dieu sait comment je pourrais m'occuper de vous.

— Et votre valet ?

— Je l'ai congédié pour ce soir. Il n'est pas juste de tenir les domestiques éveillés toute la nuit parce que je n'ai pas le bon sens d'aller me coucher.

Au moins, c'était quelque chose que Miranda comprenait.

Elle s'avança et s'agenouilla à ses pieds pour retirer ses bottes qu'elle mit de côté. Puis elle grimpa sur le lit et ramassa le verre de cognac qu'elle posa sur la table de chevet. Marcus s'assit pour la regarder et elle enfila les mains dans sa redingote pour la faire glisser de ses épaules, avant d'aller l'accrocher dans la penderie.

Quand elle revint pour lui ôter son gilet, il s'écarta d'elle, et elle dut crapahuter sur le lit pour le lui retirer. Elle alla le pendre avec la redingote, sentant son regard sur elle pendant qu'elle marchait. Lorsqu'elle se détourna, il s'était installé au milieu du lit et s'appuyait contre la tête, les mains derrière la nuque, feignant une attitude nonchalante. Elle soupira et monta le rejoindre, défaisant le nœud de son écharpe et lui ôtant sa chemise.

Il lui prit les mains alors qu'elle les posait sur les boutons de sa culotte et roula sur lui-même, la coinçant sous lui, les bras en l'air.

— A quoi jouez-vous ?

Il plongea les yeux dans les siens, l'expression dure.

— Il est plus de minuit et vous êtes assis tout habillé dans votre lit. J'ai supposé que vous aviez besoin d'aide et je vous la donne.

— Je ne suis pas ivre à ce point. Mais vous faites un valet fort efficace, madame. Avez-vous beaucoup d'expérience ?

Elle lui jeta un regard noir.

— Oui, à force d'habiller et de déshabiller des malades. Je peux défaire un bouton aussi bien que n'importe lequel de vos domestiques, Votre Grâce, même si je ne serais pas capable de nouer votre écharpe comme le fait votre valet. Mais ce n'est pas ce que vous voulez dire, n'est-ce pas ? Je suis venue ici ce soir parce que je pensais que vous voudriez que nous prenions un nouveau départ. Hier soir, au bal…

— Je ne veux pas que vous en parliez.

— Non, mais vous projetez de me le reprocher durant une éternité sans avoir entendu un mot pour ma défense. Hier soir, votre frère m'a demandé de le rejoindre dans la bibliothèque, sans quoi il menaçait de vous révéler certains faits.

— Et vous y êtes allée…

— Je ne savais pas que faire d'autre. Je pensais que je trouverais peut-être un chandelier, ou un coupe-papier, quelque chose avec quoi je pourrais le frapper pour qu'il me laisse tranquille.

— Et vous m'avez trouvé à sa place.

— Oui, et j'ai oublié pendant un moment la raison pour laquelle j'étais venue. Vos baisers sont très…

Elle s'arrêta en rougissant.

— … distrayants.

Les yeux gris de Marcus noircirent et son souffle s'accéléra.

— Et quels sont ces faits que mon frère connaît et que vous craigniez tant que j'apprenne ?

Elle ferma les yeux et commença.

— Pendant que vous étiez à Londres…

Elle le sentit se raidir contre elle.

— … je ne savais pas où vous étiez ni quand vous reviendriez.

— Mais, dans ma lettre…

Elle rouvrit brusquement les paupières.

— Quelle lettre ? Je n'en ai reçu aucune. Je n'avais aucune idée de l'endroit où vous étiez parti, et pourquoi.

Le corps du duc était encore contracté, mais il relâcha son emprise sur les poignets de Miranda.

— Je crois que je commence à comprendre. Continuez.

— Votre frère s'est lié d'amitié avec moi. Il était aimable, j'étais flattée. Et je n'ai pas remarqué au début qu'il devenait trop familier.

— Et jusqu'à quel point est-il devenu familier ?

Miranda inspira profondément et le sentit se raidir.

— Il a touché mes cheveux. Mes chevilles, quand je suis tombée de cheval. Il m'a embrassée.

Elle prononça rapidement ces derniers mots, espérant qu'il ne s'y arrêterait pas.

— Je me suis enfermée dans ma chambre et n'ai plus voulu le voir. Le lendemain, vous êtes revenu et il est parti.

— C'est donc ce qui s'est passé entre vous, et que vous aviez peur de me dire.

— Il a dit que vous croiriez le pire et que vous ne me vouliez que pour l'enfant que je pourrais vous donner, et qu'alors, je n'avais pas à me soucier de ce que vous ressentiez.

— Il a dit que je ne vous désirais pas ?

Il rit et elle leva les yeux vers lui, surprise.

— C'est votre frère, et je suis nouvelle dans cette maison. Comment pouvais-je distinguer la vérité des mensonges ?

— Ainsi mon frère vous a trompée, et vous avez mis votre honneur en danger pour le cacher. Je vous ai demandé une fois, Miranda, de ne pas me mentir sur le contenu de votre cœur. Y a-t-il autre chose que vous voulez me dire ?

Elle se mordit la lèvre. Si la vérité était trop difficile à supporter pour lui, qu'il en soit ainsi. Elle commença.

— Quand j'avais dix ans, ma mère est morte et mon père a perdu notre maison familiale.

Elle poursuivit en lui décrivant méthodiquement leurs revers de fortune et lui dit tout, jusqu'à son arrivée chez lui.

Elle sentit le corps de Marcus se détendre contre elle et ses propres nerfs se dénouèrent, du fait que la vérité n'avait pas provoqué le désastre redouté.

Quand Marcus reprit la parole, sa voix était égale.

— Maintenant, j'exige que vous me parliez franchement. Vous avez été envoyée ici contre votre volonté pour trouver un mari. Et il est indifférent à votre famille de savoir qui est votre époux, à partir du moment où vous êtes mariée. Cela dit, je ne trouve aucun plaisir à me battre pour garder une femme qui a donné son cœur ailleurs. Si la nuit dernière n'avait pas eu lieu, si je ne vous avais pas touchée, si vous étiez libre de partir et s'il voulait de vous, rejoindriez-vous St. John ?

— Non, répondit-elle dans un murmure. J'ai été sotte et il en a tiré avantage. Chassez-moi si vous le devez, Marcus, mais ne me renvoyez pas vers lui. Il est mauvais et je préférerais la maison de correction à lui.

Marcus répondit d'un ton sec :

— Fort bien. Vous ne faites pas passer mon frère avant la maison de correction. Mais qu'en est-il de moi ? Mon frère pense que j'ai passé dix ans dans les lupanars d'Europe sans apprendre à apprécier une belle femme quand j'en ai une sous mon propre toit.

— Belle ?

Ce mot résonna dans l'esprit de Miranda.

— Miranda.

Il sourit et lui toucha les lèvres.

— Il y a, dans un musée de Paris, la statue d'une déesse grecque. Je suis souvent allé la voir, car sa seule vue me donne envie d'embrasser le marbre. Et quand vous vous tenez sur le seuil avec la lumière derrière vous, je trouve que vous lui ressemblez terriblement.

— Oh.

Elle remua sous son poids.

— Est-ce que vous êtes mal ?

— Non, murmura-t-elle.

Il lâcha ses poignets et se retira pour s'allonger près d'elle, une main sur sa hanche. Elle en sentit la chaleur à travers sa chemise.

— Bien sûr, vous avez de nombreuses autres qualités que je trouve admirables.

— Vraiment ?

Elle le soupçonna de plaisanter, mais elle ne savait pas pourquoi il la taquinait.

— Vous avez l'esprit vif et une intelligence aiguisée. Vous avez la main ferme avec les domestiques. Vous comprenez ce qu'il faut pour diriger une grande maison et le faites mieux que ma mère ne l'a jamais fait. Vous ne répondez pas par des crises de larmes quand je vous bouscule, mais vous avez un tempérament bien trempé.

Il marqua une pause.

— Si vous n'aviez pas une tendance ennuyeuse à garder des secrets pour mon propre bien, et à toujours faire passer vos désirs et vos besoins en dernier lieu, je dirais que vous êtes proche de la perfection par rapport à ce que je recherche dans une épouse.

— Oh.

Il promena son pouce sur l'arc de sa lèvre.

— Et vous dites que vous trouvez mes baisers distrayants ?

Elle sentit sa peau devenir écarlate.

— J'étais incapable de penser à autre chose.

Il se pencha sur elle et effleura sa bouche de la sienne.

— Mais ils sont sûrement ordinaires, si vous pouvez les confondre avec ceux de mon frère.

Elle courba la tête.

— J'avais eu si peu de vos baisers, pour pouvoir comparer.

Il se pencha de nouveau et cette fois-ci il s'attarda, et elle lui ouvrit ses lèvres. Ce baiser s'infiltra en elle comme de l'eau dans la terre. Il goûta sa bouche, sa langue, et elle soupira contre lui et le prit dans ses bras, se serrant contre son torse pour sentir battre son cœur.

— C'est mieux ? lui chuchota-t-il à l'oreille.

— Oui, mais…

Comment pouvait-elle lui dire cela sans le blesser ? Elle s'arrêta.

— Plus de secrets, ma femme. Dites-moi ce que vous pensez.

— Ce n'est pas comme hier.

Elle hésita de nouveau.

— Et vous ne m'avez pas du tout embrassée, quand nous…

— Je ne pouvais pas vous embrasser, à ce moment-là. Je n'ai pas osé. Je vous désirais au-delà de toute raison. D'un mot, vous auriez pu m'arracher le cœur et me laisser mourant. En regardant votre corps, je savais que je ne pouvais m'empêcher d'y réagir, mais j'avais peur de partager mon âme avec vous. Comme maintenant.

Il abaissa de nouveau ses lèvres sur les siennes et balaya toute pensée. Miranda s'accrocha à lui pendant qu'il savourait sa bouche et la laissait affamée de choses qu'elle ne comprenait pas.

Puis il embrassa sa gorge, ses épaules, la rondeur de ses seins, et elle se débattit contre l'étoffe de sa chemise de nuit. Il écarta le vêtement et couvrit un téton de sa bouche, la caressant de ses mains et de sa langue jusqu'à ce qu'elle gémisse.

Il releva la tête pour poser un baiser sur sa tempe, et elle murmura :

— Oui. C'est vous. C'est ce que je veux.

— Est-ce tout ?

Il riait d'elle, de nouveau, mais elle s'en souciait peu.

— Il y a plus que cela ?

Il y a plus, répondit le corps de Miranda. Il y a beaucoup plus.

— Alors je veux que vous me le donniez.

Il saisit son visage entre ses mains et sourit.

— J'ai été un sot de vous laisser seule, même un moment.

Il caressa son corps à travers sa chemise de nuit et suivit la ligne de sa jambe. Son sourire s'estompa, mais l'éclat de ses yeux était pure malice.

— Et mon frère n'a touché que votre cheville ?

— A travers mon bas. Il a dit qu'il vérifiait que je n'étais pas blessée.

— Bien sûr. Je dirais moi-même quelque chose dans ce genre pour glisser une main sous vos jupes.

— Sous mes jupes ?

Marcus avait glissé au bas du lit et saisi son pied entre ses paumes.

— Et quelle est-elle, cette cheville blessée ? La droite, ou la gauche ?

— Je ne m'en souviens plus.

— Les deux, donc.

Il embrassa la plante de ses pieds et passa la langue sur les os de ses chevilles. Puis il fit remonter ses mains le long de ses jambes pour lui saisir les genoux et lui écarter les cuisses, livrant passage à son visage.

Il posa des baisers sur ses genoux, ce qui était intéressant, mais pas aussi intéressant que ce que ses mains faisaient sur la peau sensible de l'intérieur de ses cuisses. Et sa langue glissait sur elle, et ses doigts atteignaient l'endroit où ses jambes se joignaient…

— Oh, mon Dieu.

Il s'arrêta et leva la tête pour la regarder. Il souriait de nouveau.

— Avez-vous dit quelque chose ?

— Non. Ou plutôt si. C'est juste… c'est délicieux.

— Bon.

Ses mains reprirent leurs caresses, et ses pouces commencèrent à faire quelque chose d'incroyable, et le bout de ses doigts effleura le seuil de sa féminité et pénétra à l'intérieur… Miranda se tordit contre lui, ne sachant si elle devait s'approcher encore ou s'écarter.

Et ses baisers continuaient à monter le long de ses jambes, jusqu'à ce qu'elle pense qu'il allait peut-être l'embrasser…

— Oh, juste ciel !

Il s'arrêta, gardant une main sur elle.

— Pardon. Avez-vous parlé ?

— Ce n'est rien. Je n'ai jamais rien ressenti de pareil auparavant.

Il ne souriait plus. Et son visage disparut entre les jambes de Miranda alors qu'il se remettait à l'embrasser, puis ses lèvres trouvèrent ce qu'elles cherchaient et il passa les mains sous elle pour la soulever contre lui.

Elle crispait les doigts sur les draps, comme la veille, craignant d'être emportée par les vagues de sensations qui s'écrasaient en elle. Elle sentit les muscles qui avaient résisté le soir précédent se contracter et palpiter, puis le sentiment de vide qui l'habitait disparut, remplacé par un chaos triomphal. Elle pensa qu'elle avait dû crier de joie, mais la chambre lui semblait trop éloignée pour percevoir son cri. Après quoi elle eut l'impression de redescendre dans le lit en flottant, et de retrouver la tête de son mari posée sur son ventre, sa main entre ses jambes.

— Eh bien.

Elle exhala le souffle qu'elle avait retenu.

Elle le sentit sourire contre elle et elle sourit à son tour, transportée.

— Eh bien ?

Sa voix était sourde et ce son se réverbéra sur sa peau, la faisant palpiter. Il promena ses doigts sur sa jambe et elle frissonna contre lui.

— Que se passe-t-il, à présent ? demanda-t-elle à mi-voix.

— Honnêtement, vous ne le savez pas ?

Son ton était léger, avec une pointe de satisfaction.

— Ce qui va arriver à présent dépend de votre choix, mon amour. Je suis à vos ordres.

— Voulez-vous… que nous fassions ce que nous avons fait hier soir ?

Elle sentait qu'il était durci par le désir, mais elle ne percevait aucune autre tension dans le reste de son corps.

— Nous le pourrions, répondit-il avec une trace de doute. Si vous n'êtes pas meurtrie. Je n'ai pas été aussi doux que j'aurais pu l'être. Et je ne voudrais pas vous blesser de nouveau dans la quête du plaisir.

Miranda ressentait le désir croissant d'être plus proche de lui. D'être serrée dans ses bras, tandis qu'elle le recevait en elle.

— J'aimerais essayer.

Il remonta pour s'allonger près d'elle.

— D'une autre façon, peut-être. Afin qu'il vous soit plus facile de décider de ce qui vous convient.

Il la caressa d'une main, tandis que ses lèvres se posaient

sur sa poitrine et la goûtaient. Elle sentit que son corps s'échauffait de nouveau et se demanda combien de temps cela pouvait durer, combien de fois cela pouvait se reproduire. Combien de plaisir pourrait-elle supporter sans mourir de cette joie intense ? Elle passa une main sur le flanc de Marcus et sentit ses muscles, ainsi que les étranges angles et aplats de son corps. Sa peau était lisse, mais elle discerna la rugosité d'anciennes cicatrices. Puis, lentement, elle fit descendre sa main et le caressa comme il l'avait caressée.

Ses mains se raidirent sur elle et la serrèrent plus fort contre lui. Il enfouit sa bouche au creux de son cou, mordilla sa peau et l'aspira. Enfin, il prit ses lèvres et elle se perdit dans son baiser.

Il s'empara alors de ses hanches et se pressa contre elle. Elle se prépara à le recevoir, mais il roula sur le dos et l'attira sur lui.

— Faites ce que vous voulez, chuchota-t-il.

Elle l'embrassa. Prudemment d'abord, puis avec de plus en plus de fièvre, enfilant sa langue dans sa bouche et essayant de le prendre tout entier en elle. Puis elle s'écarta et coula une main entre eux, sentant la peau soyeuse de son sexe durci, si différente de la sienne. Elle le caressa jusqu'à ce qu'il halète, puis elle écouta son propre corps qui aspirait à être comblé et qui lui dicta ce qu'elle avait à faire. Elle prit Marcus en elle et lui imprima le même rythme que ses précédentes caresses.

Il gémit sous elle et s'écria :

— Mon amour !

Ce cri lui donna l'énergie d'accélérer son rythme, avant qu'il frissonne et qu'elle le sente se presser davantage encore contre la tension qui montait en elle. Elle redoubla d'efforts, envahie par un plaisir de plus en plus fort jusqu'à ce que cette tension explose en un millier d'étoiles, et qu'elle retombe anéantie sur son mari.

Il se remit à lui chuchoter des mots tendres à l'oreille, l'appelant sa chérie, son cœur, parlant d'une voix altérée en français, ce qui lui chatouilla agréablement l'ouïe, mais qu'elle ne comprit pas.

— Je suis désolée, Votre Grâce, murmura-t-elle en semant des baisers sur sa gorge, mais je n'ai aucune idée de ce que vous me dites.

— Je vous apprendrai, répondit-il à mi-voix.

Elle l'embrassa de nouveau.

— J'en suis heureuse, car vous êtes un professeur des plus étonnants.

Elle le caressa, et le sentit redevenir dur sous sa main.

Il sourit.

— Et je pense qu'il est temps de passer à une autre leçon.

Le valet de Sa Grâce redescendit à l'office peu après le déjeuner et s'assit à la table, choqué. Jamais, au cours de toutes les années où il avait servi le duc, il n'avait vu une chose pareille. Il était arrivé à l'heure habituelle, pour réveiller son maître et lui préparer ses vêtements pour la journée, mais il l'avait trouvé en train de draper une robe de chambre autour de lui et de fermer les tentures du lit.

Et il souriait.

Pas les sourires entendus que le domestique avait vus à Paris ou à Londres, ou les regards noirs auxquels il était habitué quand Sa Grâce était en résidence à Haughleigh Grange. Cette expression-là était celle d'un homme comblé.

Le duc avait porté un doigt à ses lèvres.

— Chut…

Et, quand son valet s'était rendu dans la garde-robe pour lui choisir ses habits, il l'en avait dissuadé d'un signe de main.

— Ce ne sera pas nécessaire, Thomas. Je pense que je vais passer la journée dans ma chambre.

— Etes-vous souffrant, Votre Grâce ?

— Epuisé. Trop las pour songer à quitter cette pièce. Presque trop fatigué pour tenir debout.

Thomas avait entendu distinctement un rire féminin derrière les tentures du lit.

— Je pense que ma femme souhaitera aussi rester au lit. Renvoyez Polly pour la journée, car je doute que l'on ait besoin d'elle.

Le valet avait hoché la tête d'un air incertain.

— Et le petit déjeuner, Votre Grâce ?

— Laissez le plateau devant la porte, Thomas. Et prévoyez assez de nourriture pour deux, car je suis particulièrement affamé aujourd'hui. La même chose pour le déjeuner. Et peut-être aussi pour le dîner.

Il y eut un autre rire derrière les rideaux et Sa Grâce le duc sourit largement.

24.

Miranda leva les yeux vers le visage de son mari tandis qu'il était assis devant le feu, buvant son porto. Les soirées étaient son moment préféré de la journée, quand la maison se mettait au lit et que les tâches quotidiennes étaient accomplies. Elle repensa à la façon dont elle avait été si inquiète, quand les silences avaient pesé entre eux et avaient paru si oppressants.

Le temps passant, et alors qu'ils avaient trouvé le bonheur, le silence était devenu plus riche que les mots. Marcus pouvait rester des heures à regarder les flammes, mais à présent il souriait au lieu de froncer les sourcils et fermait les yeux, en paix avec elle et avec lui-même. Et elle se tenait assise près de lui, somnolant, la tête sur son épaule ou sur ses genoux, et il lui caressait les cheveux.

Elle détestait l'idée de rompre cette tranquillité, ce soir-là, mais il était temps, pensait-elle, de demander les choses qu'elle voulait savoir. Et ce serait mieux maintenant, alors qu'il était heureux et détendu, que d'attendre qu'il soit moins réceptif.

— Marcus ?

— Oui, mon amour.

— Il y a quelque chose que j'aimerais vous demander.

— N'importe quoi, Miranda. Je vous écoute.

Elle soupira.

— Je ne suis pas sûre que vous sachiez ce que vous dites. Promettez-moi de ne pas vous mettre en colère.

Il ébouriffa ses boucles.

— Vous jouez les timides, madame ma femme. Cela ne vous va pas. Rappelez-vous, nous devons parler sans détours. Que voulez-vous savoir ?

— J'aimerais que vous me parliez de St. John.

La main de Marcus s'immobilisa sur ses cheveux et elle eut l'impression que la pièce se refroidissait autour d'elle.

Elle persévéra.

— Pourquoi vous hait-il autant ? Est-ce seulement qu'il est jaloux ? En a-t-il toujours été ainsi ?

Marcus resta un instant silencieux, et elle le sentit se raidir.

— Pourquoi posez-vous des questions qui concernent le passé ?

— Parce que je sais combien les secrets sont nocifs pour ceux qui les gardent. Je veux faire partie de votre vie, Marcus.

— Vous en faites déjà partie, Miranda. Et même davantage. Vous êtes ma vie.

— Raison de plus pour que vous me parliez de votre passé. Je souhaite tout connaître de vous.

Il soupira.

— Que vous a-t-il déjà dit ? Quand vous étiez seule avec lui, il vous a parlé, n'est-ce pas ?

— Mais il a menti, Marcus. Sur tant de choses. Je ne sais pas si j'ai entendu deux mots de vrais de lui en quinze jours.

Marcus contempla le feu comme s'il soupesait sa réponse.

— Sa vérité et la mienne ne sont pas les mêmes, Miranda. C'est là le problème.

— Quelle est votre vérité, alors ?

— Que notre relation était condamnée depuis le début. Mon père favorisait son héritier. Ma mère favorisait son fils cadet. Et ils nous faisaient jouer l'un contre l'autre, nous poussant à nous quereller comme ils se querellaient entre eux. Aucun de nous n'était heureux de ce qu'il avait. Il avait l'affection, mais j'avais le respect.

Il s'interrompit un instant.

— Nous nous mesurions en toutes choses. Je me suis presque rompu le cou en sautant une barrière. Il est meilleur cavalier que moi, et mon père m'avait interdit de le suivre. St. John en a ri et m'a traité de poltron. Il était toujours emporté, et je l'enviais pour cela. Je devais être le raisonnable, de nous deux. Surtout quand mon père est mort et que j'ai hérité du titre. St. John dépensait l'argent que ma mère insistait pour que je lui donne, et me jetait ma charité à la figure. Finalement, nous nous sommes querellés à propos d'une femme. Nous étions rivaux et, contre toute attente, j'ai gagné, mais n'ai trouvé nul bonheur à ma victoire. Il ne me l'a jamais pardonnée.

Miranda prononça le nom qu'elle redoutait de lui entendre prononcer.

— Bethany ?

— Oui. Et les choses ont recommencé avec vous, Miranda.

Elle se rapprocha de lui et murmura :

— Mais cela s'est terminé différemment, je l'espère. Etes-vous heureux avec moi, monsieur mon mari ?

Il lui sourit, d'un petit sourire triste.

— Très heureux, madame ma femme.

Elle lui rendit son sourire et lui enlaça la taille de ses deux bras.

— Alors je ne vous quitterai jamais.

Il posa un baiser sur le sommet de sa tête.

— Je vais vous demander de me quitter maintenant, chérie. Il est l'heure d'aller se coucher. Montez dans nos chambres et attendez-moi. Je ne tarderai pas.

Elle l'embrassa et le laissa contempler le feu avec intensité, comme si la réponse à toutes les questions de la vie était inscrite dans les flammes.

Elle monta l'escalier en hâte, espérant qu'il la rejoindrait très vite. Cela l'inquiétait de le voir ainsi, si perdu dans ses pensées qu'il ne pouvait en être écarté. Et savoir qu'elle l'avait forcé à faire certaines choses était encore pire. Toutefois, c'était mieux que lorsqu'il avait été tout le temps en colère. Ou empli de cette tristesse débordante qui l'avait étreint une bonne partie de sa vie. Regretter occasionnellement l'existence qu'il n'avait pas eue ou se montrer parfois morose était naturel, supposait-elle. Au moins, ce n'était plus le poids insupportable qui avait pesé sur son âme.

Et quand il la rejoindrait, son humeur changerait assez vite. Elle frémit par anticipation, si heureuse qu'il ne soit pas l'érudit plongé dans ses livres qu'elle avait envisagé, ou le vieil homme fatigué, ou même le fringant jeune homme, mais l'homme coléreux, maussade et entêté qu'elle avait épousé. Un homme capable de plus d'amour et de tendresse qu'elle l'avait imaginé ce premier jour, quand il avait tempêté et juré à la perspective d'un mariage.

Elle entra dans sa chambre et ferma la porte par habitude, mais se rendit compte tout de suite que quelque chose n'allait pas.

Il y avait quelqu'un dans la pièce. Elle le sentait. Elle sentait des yeux qui la fixaient au-delà de la lumière de la bougie.

Elle se tourna lentement, le dos à la porte, et vit St. John allongé sur la courtepointe de son lit. Elle nota avec dégoût que ses bottes étaient boueuses et salissaient le lit. Il tenait à la main un pistolet pointé sur elle.

— Que faites-vous ici ? demanda-t-elle en essayant d'empêcher sa voix de trembler.

— Je vous attendais.

— Comment…

— Suis-je arrivé jusqu'ici ? Entré dans la maison ?

Il sourit, du même sourire enjoué dont il s'était servi pour la courtiser. Son ton était léger, mais l'éclat de ses yeux était terriblement sérieux.

— Ce n'est pas si difficile, quand on a les clés. Mme Clopton vous hait toujours, vous savez. Mais elle a toujours eu un penchant pour moi. Elle travaille dans une auberge sur la grand-route. Quand vous l'avez laissée partir, vous auriez dû penser à lui réclamer le second trousseau. Elle me l'a fourni très volontiers quand je le lui ai demandé.

— Et qu'est-ce que…

— Qu'est-ce que je veux de vous ? Pourquoi ne cessez-vous pas de poser des questions et ne me laissez-vous pas terminer, Miranda. Car c'est ce que je veux : terminer l'affaire qu'il y a entre nous.

— Il n'y a rien entre nous. C'est fini, St. John, dit Miranda d'une voix qui manquait d'assurance.

Celle du jeune homme en était remplie.

— Permettez-moi de ne pas être d'accord. Ce sera fini quand je le dirai.

Elle se tourna pour saisir la poignée et aperçut, du coin de l'œil, le pistolet qui suivait ses mouvements.

— Ah, ah.

Il agita un doigt dans sa direction comme si elle était une enfant désobéissante.

— Il est beaucoup trop tôt pour songer à partir. Détendez-vous, ma chère. Pourquoi ne vous asseyez-vous pas à votre secrétaire ? Et marchez lentement. Je crains que des gestes brusques ou des cris de votre part me fassent sursauter et provoquent un accident.

— Vous ne songez pas sérieusement à me tirer dessus, n'est-ce pas ? demanda Miranda, la voix moins ferme que ce qu'elle aurait voulu.

— Je n'en ai pas l'intention, non. Mais je le pourrais. Pour l'instant au moins, mettez-vous à l'aise. Maintenant, prenez du papier dans votre bureau et écrivez ce que je vais vous dicter. Puis nous ferons une petite escapade. Si tout se passe comme prévu, vous serez relâchée sans dommages.

— Quand ? demanda-t-elle.

— Dans quelques jours. Une semaine, peut-être. Le temps qu'il faudra à votre mari pour comprendre que vous êtes partie. Et pour saisir avec qui vous êtes, et ce que vous avez fait.

— Ce que j'ai fait ? Est-ce là une grossière tentative de séduction ? Un enlèvement et un viol ?

Elle parvint à rire faiblement.

— Vraiment, St. John, vous feriez mieux de partir tout de suite. Ou de vous préparer à utiliser le pistolet que vous tenez — je mourrai plutôt que de vous laisser me toucher.

— Me laisser ?

Il eut un rire plein d'assurance.

— Vous avez une vue très déformée des circonstances, ma chère. Je vous tirerai dessus si vous essayez de vous échapper, bien sûr. Quant au reste ? Si je choisis de vous avoir, mon arme ne sera pas nécessaire. Je suis plus lourd que vous et parfaitement capable de vous forcer à faire ce que je voudrai.

Il promena les yeux sur elle.

— Certes, il serait beaucoup plus agréable pour nous deux que vous veniez à moi de votre plein gré, comme l'a fait la première femme de mon frère.

Elle le regarda avec dégoût.

— Je ne me soucie pas du passé. Si vous pensez que je projette de répéter les infidélités de la première duchesse...

St. John balaya sa remarque d'un geste.

— Il n'est pas utile pour vous de décider de quoi que ce soit pour l'instant. Je connais mon frère mieux que vous. Vous ne vous souciez peut-être pas du passé, mais il est très vivant pour lui. Qu'il sache que vous avez passé une semaine seule en ma compagnie, consentante ou pas, me suffira à accomplir mes desseins.

— Et quels sont vos desseins, St. John ?

— Ruiner une fois pour toutes le bonheur que mon frère peut avoir sur cette terre. Le faire se demander le restant de ses jours si son premier-né ne me ressemble pas un peu trop. Détruire sa confiance en vous, maintenant qu'il est trop tard pour vous rejeter.

Il la considéra fixement.

— Il est trop tard, n'est-ce pas ? Vous n'êtes plus la jeune fille innocente que j'ai rencontrée il y a quelques semaines, mais son épouse pour de bon. Et mon frère s'est sans nul doute attaché à vous. Marcus a le cœur trop tendre, et de loin, quand il s'agit des femmes. C'est ce qui a rendu si facile à Bethany de venir à moi, une fois qu'ils ont été mariés. Il avait confiance en elle, malgré les preuves du contraire. Au début il n'a pas voulu le croire et, quand il a été forcé à voir la vérité, les choses étaient allées trop loin pour qu'il trouve une porte de sortie. Son précieux honneur l'empêchait de se débarrasser d'une femme qui en aimait un autre. Voyons voir comment il va régler cette affaire, cette fois.

— Mais ce n'est pas pareil, St. John, protesta Miranda. Je ne vous aime pas. Je vous méprise. Et Marcus le sait.

— Mais cela n'a pas toujours été le cas, n'est-ce pas, Miranda ? releva le jeune homme avec une pointe d'espoir dans la voix. Je me souviens de l'expression de vos yeux, ces premières semaines. Vous ne me méprisiez pas, alors. Et si Marcus n'était pas rentré quand il l'a fait, vous auriez été à moi. Pouvez-vous me regarder en face et affirmer le contraire ? Dites-moi que ce n'est pas vrai.

Miranda le fixa droit dans les yeux, le transperçant du regard.

— St. John, vous êtes très beau à voir. Et charmant. Peut-être aurais-je pu aimer l'homme pour qui je vous prenais, quand vous étiez aimable avec moi. Mais tout n'était que mensonge. Chaque mot que vous m'avez dit.

— Peut-être pas chaque mot, murmura-t-il.

La colère de Miranda flamba.

— Vous avez le toupet de venir dans ma chambre et de me dire des mots doux en tenant un pistolet à la main. Vos actions présentes me prouvent que vous n'êtes pas réellement l'homme agréable et drôle que j'ai connu. Il y a quelque chose de pervers en vous, St. John. Quelque chose de laid et de fêlé. Et cela me repousse.

Le sourire de St. John se déforma sous l'impact de ces mots.

— Heureusement pour moi, je n'ai pas besoin que vous approuviez mon caractère.

Il désigna du pistolet une feuille blanche posée sur le bureau.

— Vous allez écrire une lettre à votre mari, maintenant, expliquant notre fuite ensemble.

— Je ne le ferai certainement pas.

— Vous pouvez l'écrire à l'encre, ou je l'écrirai en lettres de sang sur les murs.

Sa voix était froide et furieuse, et la main qui tenait le pistolet était ferme comme un roc.

— Marcus ne croira jamais que je vous ai suivi de mon plein gré.

La voix de Miranda perdait de sa force.

— Peu importe que vous veniez de votre plein gré ou que je vous traîne hors de cette chambre par les cheveux. Quand vous lui reviendrez, Marcus dira qu'il vous croit. Peut-être même sera-t-il convaincu de dire la vérité. Et il vous accueillera les bras ouverts. Mais il se posera des questions. Il restera éveillé près de vous la nuit, se demandant ce qui s'est vraiment passé pendant que vous étiez avec moi. Et plus vous protesterez, moins il vous fera confiance. Bien sûr, je le rassurerai. Je calmerai ses craintes.

Il rit.

— Comme je l'ai fait quand il était marié à Bethany. Même si je ne vous touche pas et déclare en toute honnêteté qu'il ne s'est rien passé, cela ne comptera pas. Venant de moi, l'honnêteté sonne encore plus faux à ses oreilles que tout mensonge que je pourrais proférer.

— Mais je ne suis pas Bethany, St. John. Les choses sont différentes de ce qu'elles étaient. Marcus est différent. Il me fera confiance quand je lui dirai la vérité.

« Je l'espère, lui souffla une petite voix. Même si je n'ai pas été digne de sa confiance auparavant, il se fiera à moi maintenant. »

St. John la regarda dans les yeux.

— Vous pensez vraiment qu'il vous fera confiance ? Et que sait-il de vous, en vérité ? Est-il au courant de l'identité de votre tutrice, par exemple ? La notoire lady Cecily ?

Miranda le dévisagea fermement.

— Vous êtes réellement la personne la plus horrible que j'aie jamais rencontrée. Et vous vous trompez, si vous pensez que vous pouvez me retenir contre ma volonté et détruire votre frère aussi aisément. Vous avez raison, St. John. Nous sommes mariés pour de bon, maintenant. Il connaît la vérité. Quant à votre pathétique petit stratagème…

Elle haussa les épaules.

— Il n'a pas marché la dernière fois, quand vous avez essayé de me compromettre à ce bal. Et pourtant vous recommencez. N'apprendrez-vous jamais, et devrai-je subir des chantages répétés et des tentatives d'enlèvement jusqu'à ce que nous soyons tous âgés et grisonnants ?

Un doute passa dans les yeux du jeune homme et elle poursuivit sur sa lancée :

— Vous pourriez me tuer, et traîner mon corps en bas pour le déposer aux pieds de votre frère. Mais je ne pense pas que vous ayez le cran de le faire.

Elle pria le ciel de ne pas se tromper.

— On vous pendra pour un meurtre de sang-froid. Une corde autour du cou sera moins seyante que votre écharpe. Quant à votre frère, lorsqu'il vous trouvera, je doute qu'il hésitera à vous mettre une balle dans le cœur. Et il le fera pour défendre l'honneur de sa femme. Etes-vous sûr de vouloir continuer ?

Les yeux de St. John étaient voilés par ses paupières, mais elle remarqua que le canon du pistolet s'abaissait.

— Allez-vous-en, maintenant, St. John. Marcus n'a rien fait d'aussi terrible pour mériter une haine comme la vôtre. Et s'il l'a fait, cela appartient au passé. Ne laissez pas cela détruire ce qui reste de votre vie à tous les deux. Lâchez prise.

Le pistolet était pointé vers le sol, à présent. Ses arguments commençaient à porter, se dit-elle. Elle pouvait voir la fatigue poindre dans les yeux de St. John. Il ouvrit la bouche pour parler, et soudain la porte de communication s'ouvrit en coup de vent et Marcus entra à grands pas dans la chambre. Il avait une expression meurtrière dans les yeux.

— Je peux expliquer, commença Miranda.

— Vous n'avez rien à expliquer. Je peux deviner ce qui s'est passé, gronda-t-il. Mettez-vous de côté.

Tenant le pistolet à l'œil, il se plaça devant elle.

— Sortez d'ici, Miranda. Allez dans ma chambre et attendez-moi. Ce sera bientôt terminé. St. John, descendez de ce lit et réglons cette affaire une fois pour toutes.

— Marcus, non !

Elle essaya de passer devant lui, mais il la repoussa en arrière.

— Je ne vous laisserai pas faire, affirma-t-elle.

Pas tant que St. John brandirait son pistolet et que son mari se tiendrait désarmé devant lui.

— Je ne vous attendais pas si tôt, mon frère.

St. John écarta les bras et il sourit en jetant les pieds hors du lit. Les yeux de Marcus suivirent le pistolet.

— Vous envahissez ma maison, vous introduisez de force dans la chambre de ma femme et ne vous attendez pas à ce que je vous trouve ? Les domestiques ont été prévenus. S'ils tiennent à leur place, ils m'avertiront toujours de votre présence. Je ne suis plus le sot que j'ai été autrefois, St. John.

Ce dernier lui décocha un sourire triomphant.

— Comment savez-vous que je ne suis pas ici sur invitation ?

Le cœur de Miranda s'arrêta de battre un instant, le temps que son mari réponde.

— Parce que je vous connais. Et que je connais ma femme. Vous me prenez peut-être pour un benêt, mais elle sait que je ne le suis pas.

Marcus sourit avec froideur.

— Si elle vous avait invité ici, elle se serait assurée que vous ne soyez pas pris.

— Vraiment ? Je suppose que c'est vrai. Elle est très douée pour garder les secrets, n'est-ce pas ? Savez-vous qu'elle a été élevée par une catin et par un ivrogne ?

— Est-ce là la révélation que vous teniez au-dessus de sa tête ? Elle ne tient pas, St. John. J'ai tout su depuis le début. Quand je suis allé à Londres après notre mariage.

St. John parut marquer le coup, et Marcus jeta à Miranda un bref regard d'encouragement.

— Et ne comptez pas la menacer de révéler la vérité. Je me tiendrai auprès d'elle. D'une manière ou d'une autre. J'imagine que la famille qui vous a en son sein peut supporter un scandale de plus. Et c'est un très vieux scandale, non ? En outre, maintenant que les dettes de son père sont réglées…

— Réglées ?

Les jambes de Miranda fléchirent sous elle et elle se laissa choir dans le fauteuil qui se trouvait devant le secrétaire.

— Je gardais cela pour un cadeau de Noël, dit Marcus en la regardant avec un sourire sincère. Mon idiot de frère a gâché ma surprise.

Son père était libre. Elle pouvait être tranquille, sachant qu'il était sauvé. Si elle survivait à cette nuit, bien sûr. Elle adressa un faible sourire à son mari.

St. John grogna sourdement, frustré que sa menace ne reçoive pas l'accueil qu'il prévoyait. Puis il sourit largement.

— Fort bien. Ainsi, il vous importe peu de traîner votre nom dans la boue en épousant la pupille d'une catin. Mais que sait-elle de nos vieux scandales de famille, Marcus ?

— Elle en sait assez, St. John. Mieux vaut laisser le reste mort et enterré avec les personnes concernées, comme ça l'est depuis dix ans.

St. John releva le pistolet et le pointa sur son frère.

— Mort pour vous, Marcus. Vous n'avez jamais souffert pour cela.

— Oh, j'ai souffert, St. John. Même si vous préférez penser autrement.

— Souffert tragiquement, j'en suis sûr.

St. John se tourna vers Miranda et fit un geste avec son pistolet.

— Votre précieux mari, votre duc, qui a toujours eu ce qu'il voulait depuis sa naissance. Le titre, les terres, la femme, l'héritier. Tout lui tombant tout cuit entre les mains, et cependant il n'était pas heureux. Pas même quand il a pris le peu qui m'appartenait. Vous a-t-il dit comment il en est venu à épouser Bethany ? Malgré le fait qu'elle était fiancée à moi ?

— Fiancée ?

Miranda regarda Marcus.

— Abandonnée, le mot serait plus juste, rétorqua-t-il. Et déjà enceinte. Je n'en ai rien su avant qu'il soit trop tard.

— Vous mentez. Vous la vouliez parce qu'elle était belle. Et parce qu'elle était à moi. Vous avez toujours été avide, Marcus. Jamais satisfait de la meilleure et de la plus grande part. Il vous fallait tout, n'est-ce pas ? Je suis allé à Londres. Je devais revenir avec une bague. Vous avez attendu que j'aie le dos tourné pour me la prendre.

Marcus tendit la main en un geste de supplication.

— Comme je vous l'ai dit à l'époque, Dieu m'en est témoin, si mère m'avait dit toute la vérité, je n'aurais jamais épousé Bethany. Elle n'avait pu vous trouver, car vous vous étiez enfui une fois de plus. La famille de Bethany voulait que justice soit faite et que son honneur soit sauvé. Ils sont venus trouver notre mère avec cette histoire, pas moi.

Il marqua une pause, avant de reprendre :

— Et elle a concocté ses plans comme elle le faisait toujours, sans se soucier de ce que cela ferait à la famille. Notre mère nous a jetés dans les bras l'un de l'autre. Bethany était superbe. Elle était douée. J'étais épris. Comment aurais-je pu ne pas l'être ? Je savais qu'il y avait eu quelque chose entre vous, mais elle n'a pas donné signe que c'était sérieux.

— Vous auriez pu essayer de me voir. Vous auriez pu me demander la vérité.

— Je ne voulais pas la vérité. Je voulais la femme. Et elle ne voulait pas de vous, St. John, s'il y avait un duc à prendre. Un fils cadet de dix-huit ans n'est pas un trophée quand un pair est disponible et crédule. Et notre chère mère ne se souciait pas que je ne sois pas le père de mon héritier. Si vous, son favori, ne pouviez avoir le titre, votre fils pourrait être duc après moi. C'était un plan bien ficelé. Mais enfin, notre mère était toujours brillante dans ces choses-là.

— L'histoire se répète, répliqua St. John. Notre mère vous a choisi une autre épouse qui est arrivée chez vous sans honneur mais avide d'un titre. Et vous êtes toujours aussi crédule que par le passé.

— Et vous pensez que vous pouvez me voler ma femme aussi aisément que vous l'avez fait il y a dix ans ?

— Si votre premièrc femme avait vécu, elle serait toujours à moi.

— Et votre enfant mon héritier.

Ce fut au tour de Marcus de se montrer mordant.

— Si elle avait vécu, elle nous aurait joyeusement fait valser tous les deux, et mon héritier aurait pu être le fils d'un cocher. Notre mère a été aussi sotte que nous de croire à son histoire. Même lors de notre nuit de noces, elle connaissait plus de tours dans la chambre à coucher qu'elle aurait pu en apprendre avec vous.

— Menteur.

St. John lâcha ce mot comme un coup de pistolet.

— Jurez-moi qu'elle était innocente quand vous êtes venu à elle pour la première fois, que vous n'étiez pas un jeune garçon pétri d'amour et aussi crédule que je l'étais.

— Maudit soyez-vous, avec votre titre et vos terres ! Vous avez épousé la femme que j'aimais et vous l'avez laissée mourir.

— Elle ne nous aimait ni l'un, ni l'autre. Qu'elle reste où elle est.

Marcus tendit une main à son frère, sans lâcher le pistolet des yeux.

— Non !

Ce fut un grondement. Puis St. John jeta l'arme de côté et se jeta sur le duc.

Ses poings cognèrent inlassablement Marcus, qui grognait et recevait les coups. Du sang coulait de sa lèvre fendue, et il étouffa une exclamation quand son frère le toucha à l'estomac. Mais il était le plus grand des deux et resta debout. Il leva les bras pour se protéger de son cadet et chercha à le repousser. Puis ses mains se refermèrent sur la gorge de St. John.

Le jeune homme continua à se battre, mais ses coups faiblirent. Miranda vit que le regard de son mari était distant et chagriné, mais son emprise resta ferme.

— Marcus. Assez. Lâchez-le, c'est votre frère, plaida-t-elle comme la lutte, manifestement inégale, se dirigeait vers une conclusion meurtrière.

Avec un juron, il jeta son frère loin de lui, et St. John s'affala sur le tapis.

— Vous aviez raison, St. John. Je suis trop tendre pour vous tuer. Vous êtes mon frère, bien que vous soyez un gredin sans valeur.

Il regarda Miranda d'un air impuissant.

— Mais que vais-je faire de lui ? Il essaiera de nouveau de vous faire du mal, s'il pense qu'en le faisant il peut m'atteindre.

— Pourquoi l'arrêter, Miranda ? lança St. John. Laissez-le me tuer. Laissez-le finir ce qu'il a commencé il y a des années.

Elle baissa les yeux vers lui. Il haletait par terre, le regard empli de désespoir, les marques rouges des mains de son frère sur la gorge. Puis elle se leva, alla jusqu'à son coffret à bijoux et y prit ce qu'elle cherchait.

Elle revint jusqu'à lui et se tint au-dessus de lui, sans être effrayée.

— St. John, c'est fini. Vous avez perdu. Vous ne pouvez m'utiliser pour blesser Marcus. Je ne vous laisserai pas faire. Même si vous réussissez à vous venger, cela ne ramènera pas Bethany. Rien ne changera le passé. Si vous ne pouvez vivre avec cela, si vous désirez vraiment mourir, vous devez chercher un autre moyen de le faire qu'entre les mains de votre frère, car je ne le laisserai pas vous faire de mal.

Marcus bougea près d'elle et elle se demanda, si les circonstances se répétaient, si elle serait capable de se comporter de nouveau comme elle l'avait fait.

Puis elle ouvrit la main et laissa tomber les émeraudes d'Haughleigh sur la poitrine de St. John qui se soulevait.

— Quand je suis arrivée dans cette maison, vous vous êtes lié d'amitié avec moi. Dites-moi, à présent : était-ce un mensonge ?

Il la regarda et son visage s'adoucit, mais il ne dit rien.

— S'il y a eu un moment de gentillesse, une trace de chaleur et d'affection pour moi, malgré les plans et les machinations que vous avez ourdis contre la femme de votre frère, je vous en remercie. Je choisirai d'oublier le reste et de me souvenir que vous avez été aimable avec moi. Mais je ne vous accepterai plus chez moi si vous avez l'intention de vous placer entre mon mari et moi. Prenez ce collier. Vous ne pouvez avoir le titre, ni la maison, ni moi. Mais vous pouvez prendre ce symbole de votre famille. Vous en méritez une partie. Prenez-le et vendez-le. C'est plus que suffisant pour vous acheter une charge dans l'armée. Un nouveau départ, St. John, loin d'ici. Si vous êtes si avide de risquer votre vie, faites-le pour défendre votre pays, et non à travers quelque stratagème ridicule pour mourir des mains de votre frère.

Elle lui offrit une main et l'aida à se relever.

Il s'arrêta, laissant le collier glisser à terre avant de le ramasser et de le mettre dans sa poche. Puis il brossa ses habits et passa une main sur son cou tuméfié. Il essuya la sueur de son visage avec le coin de son écharpe et, quand il abaissa sa main, Miranda vit la même expression insolente qu'elle lui avait vue le premier jour se remettre en place comme un masque.

Il se tourna vers elle et s'inclina profondément, d'un air sarcastique.

— Merci, Votre Grâce, d'être si généreuse avec les faveurs de votre mari, puisque vous refusez d'être généreuse avec les vôtres.

Miranda s'aperçut que Marcus se crispait pour répondre, et se sentit soulagée quand il se ressaisit.

St. John pivota vers son frère et lui offrit le même salut sarcastique.

— Et merci, Marcus, pour ma vie sans valeur, quel que soit le bien que cela nous fasse à tous les deux. Je vais sans nul doute la dépenser avec l'argent que j'obtiendrai de cette babiole. Que je parte pour la péninsule ibérique ou pour quelque lupanar de Londres, c'est encore à décider, mais vous pouvez être réconforté par le fait que quand je mourrai, vos mains ne seront pas tachées de mon sang.

Miranda regarda son mari et n'aperçut dans ses yeux qu'une lueur qui prouvait que cette dernière déclaration avait fait mouche.

— Je ne peux vous sauver de vous-même, St. John. Cela ne dépend que de vous. Si vous ne pouvez trouver le bonheur, puissiez-vous au moins trouver la paix.

Avec un rire amer, St. John quitta la pièce et le bruit de ses pas mourut quand il s'éloigna dans le corridor.

25.

Miranda regarda son mari en bout de table, comme elle l'avait fait tant de matins durant les six derniers mois, et sourit. Il lisait son courrier, et quand il sentit ses yeux sur lui, il prit la lettre qu'il avait devant lui et la glissa sous la pile, hors de vue.

— Y a-t-il quelque chose d'intéressant dans le courrier d'aujourd'hui ? demanda-t-elle à dessein.

— Hmm.

Il baissa les yeux sur le courrier et feignit l'ignorance, mais elle vit le sourire qui jouait au coin de ses lèvres.

— Quelque chose dont vous ne voulez pas me parler ?

Le sourire de Marcus s'élargit.

— Pas encore, de fait.

— Une partie de la grande surprise de Noël que vous m'avez promise. Ou plutôt, corrigea-t-elle, avec laquelle vous me taquinez depuis des semaines sans rien dire.

— C'est la définition d'une surprise, non ? Quelque chose que je sais et que vous ignorez. Et que je vous révélerai bientôt, même s'il reste encore une semaine avant Noël.

— Bientôt ? Quand ?

— Très bientôt. Aujourd'hui, peut-être.

— Si je suis très sage ?

Les yeux du duc s'obscurcirent tandis qu'il la contemplait.

— Vous êtes toujours très sage, ma chérie. Et non, votre conduite ne changera en rien le moment de la révélation.

— Mais vous pourriez me le dire aujourd'hui. Ou me le montrerez-vous ? Est-ce un événement ou un objet ?

— Allons-nous jouer aux « oui et non » pendant que vous essaierez de deviner ce que je n'ai pas l'intention de vous dévoiler ?

— Cela marchera-t-il ?

— Non. Et mes œufs refroidissent.

— Alors mangez-les.

Marcus prit une bouchée et marmonna :

— Et vous, avez-vous reçu quelque chose d'intéressant ?

— Des vœux pour Noël des voisins. Plusieurs acceptations de plus pour notre bal.

Elle toucha son ventre.

— Les femmes m'ont toutes assuré que danser ne fera pas de mal au bébé, maintenant que je suis bien avancée. Mais je me fatigue facilement.

— Alors vous ne devez pas trop en faire, chérie. Et, au bal, vous ne danserez qu'avec moi.

— Vous souciez-vous de mon bien-être, Marcus, ou n'est-ce qu'une tentative de me garder pour vous ?

— Les deux. Si j'avais réussi, je vous aurais persuadée que tout divertissement est trop fatigant pour vous dans votre état, et que vous devez rester seule avec moi tout le temps. Mais je suppose qu'il faut recevoir tous ces gens qui vont s'agiter dans notre maison, manger notre nourriture et déranger notre calme jusqu'aux petites heures du matin.

— En effet. Nous devons beaucoup d'invitations, puisque tout le monde dans la région nous a reçus. Je ne peux plus invoquer l'excuse que la maison n'est pas présentable, car nous avons frotté la dernière pendeloque du candélabre de la salle de bal il y a plusieurs jours, et la décoration est achevée. Les valets ont cueilli de la verdure et accroché du gui.

— En pourchassant les servantes, ajouta Marcus. La façon dont vous réussissez à faire travailler les domestiques à cette époque de l'année me dépasse. Mais vous avez raison. La maison est splendide et nous devons l'ouvrir à nos amis. Je ne l'avais jamais vue aussi belle depuis l'époque de mon père.

Il leva sa tasse de café dans la direction de sa femme.

— Vous avez fait du bon travail, Miranda.

— Merci.

— Merci *à vous*.

Elle revint à son propre courrier avec un sourire satisfait. La dernière lettre de la pile était étrange. Elle était bosselée et tachée et semblait avoir parcouru une grande distance pour parvenir jusqu'à elle, mais il n'y avait pas d'indication de l'expéditeur. Quand elle ouvrit l'enveloppe, elle découvrit une feuille pliée plusieurs fois. Elle la déplia et une pierre verte tomba sur la table. Sur le papier, quelqu'un avait écrit le mot « Merci » d'une ferme écriture masculine.

Elle alla jusqu'au bout de la table et posa l'émeraude devant son mari.

— Pensez-vous que cela signifie…

— Que St. John a écrit pour vous faire savoir qu'il est vivant et qu'il va bien ? Cela semble être le cas.

— J'en suis heureuse.

— Moi aussi. A partir du moment où cette lettre nous vient de très loin.

Il retourna l'enveloppe.

— Elle est adressée à vous, mais cela se comprend. Je

doute que quelques mois soient suffisants pour que St. John daigne *me* remercier de quelque chose.

Il tendit la pierre à la lumière.

— Et il semble qu'il vous ait envoyé la monnaie de votre cadeau. Il a dû retomber sur ses pieds avant de dépenser tout l'argent.

Il la rendit à Miranda.

— Rangez-la dans votre coffret à bijoux, comme porte-bonheur.

— Hum.

Wilkins était entré dans la pièce et s'annonça le plus discrètement possible. Si son frémissement et son sourcil levé étaient une indication, il était dans un état d'impatience fébrile.

— Oui, Wilkins ?

— La livraison que vous attendiez est arrivée, Votre Grâce.

Ce fut dit avec une telle importance que Miranda eut la certitude que cela devait cacher un secret.

— Fort bien. Il semble que vous allez avoir la réponse à toutes vos questions au petit déjeuner, finalement, ma chère.

Il tira un mouchoir propre de sa poche et se mit à le plier pour en faire un bandeau.

— Vous n'allez sûrement pas..., commença Miranda.

— Bien sûr que si. Je me suis donné beaucoup de mal pour arranger cette surprise et j'ai l'intention d'en retirer tout le suspense possible.

— Allons-y, donc. S'il le faut...

Marcus passa derrière elle et lui couvrit les yeux du bandeau.

— Et maintenant, si vous voulez prendre mon bras.

Miranda agita la main dans l'air avant qu'il la saisisse et

la serre entre ses doigts. Puis il la leva et elle sentit ses lèvres se presser sur sa paume. Enfin, il la glissa au creux de son bras. Il l'aida à se lever et la guida hors de la pièce. Et dans le vestibule, nota-t-elle quand le tapis se changea sous ses pieds en un marbre lisse.

Elle sourit.

— Vous êtes vraiment le plus impossible des hommes.

— Ainsi que vous le saviez avant de m'épouser. Et cela ne vous a pas retenue.

— Je n'ai pas jugé convenable, à l'époque, de vous informer de ce fait.

— Non, bien sûr que non. Vous avez attendu la nuit de noces pour énumérer mes défauts et me chasser de chez moi.

— Vous chasser ?

— Jusqu'à Londres. Et c'est là que j'ai eu l'idée de cette surprise.

Ils se tenaient dans le vestibule. Miranda pouvait entendre la voix de Marcus résonner contre les murs et sentir le courant d'air de la porte récemment ouverte. Elle se creusa la cervelle. Quelle sorte de colis pouvait être arrivé à cette heure-là ? Quelque chose venu de Londres par une voiture spéciale, peut-être ? Elle redouta l'idée que cela puisse être un remplacement du collier d'émeraudes. Mais il ne lui offrirait certainement pas cela de bon matin.

Et s'il le faisait, se dit-elle, elle l'accepterait avec bonne grâce et une prière silencieuse que St. John revienne bientôt les poches vides pour être acheté de nouveau. Son mari s'était trop longtemps appesanti sur le passé, et ces émeraudes en étaient un triste rappel. Il était temps de rompre avec les vieilles traditions familiales et d'en créer de nouvelles.

— Etes-vous prête ? demanda-t-il.

— Vraiment, Marcus. Vous savez que vous n'aviez pas

besoin de m'acheter autre chose. Vous m'avez déjà offert tout ce que je pouvais désirer.

— Tout sauf une chose.

Il lui ôta le bandeau et elle cligna des yeux dans la lumière quand Wilkins annonça de sa voix la plus solennelle :

— Sir Anthony Grey et lady Cecily Dawson.

Miranda courut vers sa famille, vers la frêle étreinte de son père qui lui avait manqué pendant une demi-année et vers les larmes et les baisers de Cici. Enfin, elle se tourna vers son mari, incapable d'exprimer les sentiments qui débordaient de son cœur.

— Merci, Marcus, mon amour. Je pensais que vous m'aviez déjà donné tout ce que je pouvais souhaiter. Et puis vous avez exaucé mon vœu le plus cher.

— Et maintenant vous devez me donner quelque chose vous aussi, ainsi que sir Anthony.

Il lui souriait largement, mais il y avait en lui une timidité et une nervosité qui étaient attendrissantes.

Miranda regarda son père, en pleine confusion, et découvrit que son sourire était presque aussi large que celui de son mari.

Alors, à sa vive surprise, Marcus s'avança et demanda d'une voix altérée :

— Sir Anthony. Pardonnez-moi. Puis-je vous demander la main de votre fille ?

Sir Anthony ne répondit pas tout de suite, comme s'il réfléchissait.

— Je vous promets, sir Anthony, qu'elle aura tout le confort qu'elle mérite et tout l'amour de mon cœur.

Quand le père de Miranda hocha la tête, Marcus se tourna vers sa femme, mit un genou à terre et lui prit la main.

— Et vous, Miranda, voulez-vous me donner votre main, et accepter mon cœur en échange ?

Elle rougit en le voyant agenouillé ainsi, devant les domestiques et dans le froid de la porte ouverte.

— Marcus, relevez-vous. Bien sûr que je vous accorde ma main. Je vous l'ai déjà donnée. Nous sommes déjà mariés, non ?

Il leva les yeux vers elle.

— Dans nos âmes, peut-être. Mais pas comme vous le méritiez, ma douce. Si vous êtes d'accord, nous pouvons recommencer, et convenablement, pour le bénéfice de vos parents et du révérend Winslow, qui attend dans la chapelle. Et de tout le monde, si vous voulez, car je veux qu'il n'y ait aucun doute sur ce que je ressens pour vous.

Elle prit son visage levé entre ses mains et posa un baiser sur le sommet de sa tête.

— Levez-vous donc avant d'attraper la mort. Allons à la chapelle. Car rien ne me plaira davantage que de vous redonner ma vie et mon cœur.

Elle sentit qu'il se détendait et elle l'aida à se remettre debout. Quand elle le regarda, il paraissait aussi excité qu'un jeune marié.

Il lui sourit.

— Bien sûr, ceci crée un dilemme pour l'avenir. Je suis très heureux de vous donner tout ce que je suis et tout ce que je serai jamais. Mais que vous offrirai-je à Noël prochain ?

Collection *Les Historiques*

HARLEQUIN

PROCHAINS RENDEZ-VOUS LE

1er novembre 2007

LE BAISER DU GUERRIER, ***de Margaret Moore • n°387***

SAGA NOCES CELTIQUES, 3E PARTIE.

Complots et passions au temps des châteaux forts…

Pays de Galles, 1230. Depuis toujours, Trystan Delanyea, un chevalier gallois, rêve de vivre à la Cour. Aussi, quand on lui présente Rosamonde, la ravissante fille d'un noble normand, se promet-il d'obtenir sa main. Mais, par une nuit de fête, il devient l'amant de Mair, une rousse villageoise au tempérament ardent. Or, non seulement Mair n'appartient pas au même monde que lui, mais elle s'est laissé autrefois séduire par le propre cousin de Trystan, Dylan, dont elle a eu un enfant...

UN CARNET DE BAL, ***de Louise Allen • n°388***

Angleterre, 1815. C'est avec enthousiasme que miss Lily France fait ses débuts dans le grand monde. Héritière d'un bourgeois fortuné, elle est bien décidée à exaucer la dernière volonté de son père en épousant un aristocrate. Son projet semble bien engagé jusqu'à ce qu'elle rencontre le très séduisant Jake Lowell. Roturier, et précédé d'une sulfureuse réputation, il n'a certes pas le profil du mari idéal. Pire, rien qu'à croiser son regard, on a l'impression de commettre avec lui une indécence. Mais cela ne déplaît pas à Lily — au contraire…

LE BOUCLIER DE CRISTAL, ***de Sharon Schulze • n°389***

Pays de Galles, 1222. Pour parfaire l'éducation de leur dernière fille, lady Alys, qui ne montre aucun empressement à se marier, ses parents l'envoient en séjour chez une de leurs amies, lady Gillian, une noble dame apparentée à toutes les riches familles du royaume. Grâce à ses précieux conseils, espèrent-ils, leur fille fera un beau mariage. Mais c'est de Padrig ap Huw, le chevalier sans terre qu'on lui a désigné comme escorte pour son voyage de retour, que s'éprend Alys la rebelle…

LA CAPTIVE DU PIRATE, *de Anne Herries* • *n°390*

Venise et Rome, 1569. Dix ans après le rapt de Dickon, son ami d'enfance enlevé par des pirates ottomans, Kathryn Rowland espère toujours le revoir vivant. Peut-être, malgré leurs vaines recherches, est-il prisonnier quelque part, captif d'un prince d'Orient? Un espoir partagé par le père de Dickon qui décide d'aller à Venise rencontrer Lorenzo Santorini, un riche armateur proche du sultan. Kathryn le convainc de la laisser l'accompagner dans la Cité des Doges…

L'HÉRITIERE ET LE BRIGAND, *de Helen Dickson* • *n°391*

Angleterre, 1815. Afin d'échapper à une union forcée, Amanda O'Connell profite d'un voyage en Amérique pour épouser en secret un bandit de grand chemin qu'elle croit condamné au gibet. Son plan fonctionne à merveille jusqu'à ce que, de retour en Angleterre, elle découvre le nouvel éleveur de chevaux engagé par son père. Riche et séduisant, sir Christopher Claybourne n'est autre que… son mari !

LE SECRET DU MANOIR, *de Candace Camp* • *n°392*

Angleterre, 1879. Bouleversée par la mort de son frère Dennis, décédé en de mystérieuses circonstances en Amérique du Sud, Megan Mulcahey se jure de découvrir ce qui s'est vraiment passé. Elle apprend alors que, durant son voyage, son frère s'était lié d'amitié avec un aristocrate, le marquis de Raine. Résolue à en savoir plus, elle se fait engager comme préceptrice au manoir de Broughton, où le marquis vit avec ses parents et ses jeunes frères jumeaux…

— Le 1er novembre —

Noces noires - Metsy Hingle • N°304

Six ans se sont écoulés depuis le jour fatal de la mort d'Emily Le Blanc, étranglée à l'aide d'un bas de soie noir. Et son meurtrier n'a jamais été retrouvé. Charlotte Le Blanc, jeune inspecteur de police, n'a qu'une idée en tête : arrêter l'assassin de sa sœur adorée.

Or un nouveau meurtre vient d'être commis, selon le même mode opératoire. Cette fois, la victime est une très belle jeune femme, à la veille de ses noces avec un homme d'affaires. Pour mettre la main sur le tueur, Charlotte doit trouver quel lien fatal unit les deux victimes...

Au cœur de l'ouragan - Karen Harper • N°305

Plus que quelques heures.... Julie Minton, thérapeute en Floride, n'a plus que quelques heures pour retrouver sa fille Randi. Car celle-ci a mystérieusement disparu lors d'une promenade en mer avec son petit ami – alors même qu'un violent ouragan se rapproche dangereusement des côtes de la Floride... Comment lancer des recherches quand tout le monde ne songe qu'à fuir ? Il reste si peu de temps à Julie, si peu de temps pour retrouver Randi... et pour échapper elle-même à la mort.

La perle de sang - Cameron Cruise • N°306

Une voyante vietnamienne vient d'être poignardée à Westminster, Californie. A la place de ses yeux, deux orbites vides. Et dans sa bouche, une étrange perle appelée l'œil d'Athéna, volée par des pilleurs de tombes, et connue pour délivrer le don de double vue... Gia Moon, elle aussi medium, sait qu'elle court désormais un grand danger – car elle seule est capable de retrouver ce tueur avide de pouvoirs occultes et de sacrifices ...

Pendant que la ville dort - Helen R. Myers • N°307

Par une violente nuit d'orage, Campbell Cody, chargée de la sécurité d'une luxueuse propriété, voit la Pontiac blanche de Maida, l'une des résidentes, manquer l'écraser avant de s'enfuir à vive allure. Or Maida est une respectable vieille dame dont rien n'explique cette course affolée dans la nuit. Le lendemain, lorsque le véhicule est retrouvé au fond d'un fossé, Campbell sait qu'elle va devoir remonter la piste de cette nuit criminelle. Car Maida n'a pas été victime d'un accident, mais d'un meurtre...

La fortune des Stanton - Karen Young • N°308

Elizabeth Stanton, belle héritière de 29 ans, est ruinée. Pour sauver le domaine de Mimosa Landing, dans sa famille depuis le XIXe siècle, elle se résout à faire un mariage d'argent avec un riche homme d'affaires : Max Riordan.

Mais une fois leur union célébrée, Elizabeth est victime d'accidents et d'agressions qui ressemblent fort à des tentatives de meurtres... Qui peut bien être derrière tout cela ? Et si c'était une terrible méprise ? Elizabeth ne se connaît en effet aucun ennemi...

Le secret du Nil - Shannon Drake • N°309

Quand on lui propose de venir travailler au Caire, Katherine est ravie. L'Egypte... La Vallée des rois, Toutankhamon, Néfertiti... autant de noms magiques qui la font rêver depuis toujours. Et puis, David Turnberry, le brillant archéologue qu'elle aime en secret, sera du voyage. Avec sa fiancée, certes, mais au royaume des Pharaons, les espoirs les plus fous ne sont-ils pas permis ? Pourtant, très vite, d'étranges incidents viennent perturber l'expédition...

Promesse et défi - Debbie Macomber • N°155

A la mort de son père, Margaret Clemens se retrouve seule, et immensément riche. Mais dans la petite ville de Buffalo Valley, où elle s'est toujours comportée en véritable garçon manqué, personne ne s'attend à la voir trouver un compagnon. Aussi la stupeur est-elle générale lorsqu'elle annonce son mariage avec Matt Eilers, un séducteur au passé tumultueux...

Composé et édité par les
éditions Harlequin
Achevé d'imprimer en septembre 2007

BUSSIÈRE
GROUPE CPI

à Saint-Amand-Montrond (Cher)
Dépôt légal : octobre 2007
N° d'imprimeur : 71347 — N° d'éditeur : 13062

Imprimé en France